立法也时尚

姚丽萍 著

文汇出版社

姚丽萍

毕业于复旦大学中文系，文学硕士，高级记者。

2000 年进入新民晚报从事时政新闻报道，迄今荣获第 14 届、第 15 届、第 17 届、第 18 届、第 19 届、第 20 届、第 22 届、第 28 届"中国人大新闻奖"一等奖；上海市三八红旗手、全国五一巾帼标兵；著有时政类评论随笔集《梦想的力量》。

序

2024 年,全国人民代表大会成立 70 周年,上海地方立法也要满 45 岁了。

你要问我这 45 年的模样,前 20 年没见过,后 25 年亲眼看见,一句话——越来越时尚了。

在上海,立法也时尚。说几件市民身边事。

过年,烟花爆竹不再炸得鸡犬不宁,因为,《上海市烟花爆竹安全管理条例》让外环线内"零燃放"成了申城新民俗。

每天,垃圾分类,就算社区志愿者阿姨不再灵魂拷问"你是啥垃圾",你也一样分得明白。因为,《上海市生活垃圾管理条例》带来了空前的社会发动,上海人,哪会不知道垃圾分类呢!

想想这些,我就不由得笑了——从事立法报道 25 年,从来没有像今天这样,严肃的立法和生活的时尚,如此贴近,毫无违和感。果然,45 岁的上海地方立法,变得越来越时尚了。

立法,原本是件很严肃的事。上海市人大常委会成立 45 年,地方立法,可有可圈可点的成绩? 有! 简而言之——

1979 年,上海市人大及其常委会被依法授予地方立

法权;

1980年,上海通过了第一部地方性法规;

2001年,上海举行了国内首次立法听证会;

2016年,上海荣膺全国地方立法指数测评之冠……

45年来,上海地方立法同步于国家民主法治、改革开放发展进程,锐意进取,砥砺前行。

法治,上海的核心竞争力,照亮卓越城市梦想,不只是一场宏大叙事,更可在生活细微处感受澎湃脉动。

立法也时尚,是因为,敏锐感受时代需求,并满足需求——时髦的说法是,制度供给,要以需求为导向。比如,当雾霾成为公共健康和公共环境的大敌,地方立法能否回应市民关切,为"千年习俗"的改变给予坚定的制度支撑?上海地方立法拿出了足够的勇气和睿智。

2014年元月,时年85岁的《新民晚报》秉承"移风易俗"的传统,向全社会呼吁春节禁放烟花爆竹。这样的"市民呼声"得到地方国家权力机关的积极回应。2014年元月,市十四届人大二次会议上,厉明代表领衔联名138位人大代表倡议移风易俗春节不放烟花爆竹,以此控制燃放烟花爆竹造成的环境污染之害、公共安全之害。2015年元月,市十四届人大三次会议上,58位人大代表再提立法案,建议更严立法管控烟花爆竹燃放。2015年4月,修订《上海市烟花爆竹安全管理条例》从立法预备项目转为正式项目,并于12月审议通过。2016年丙申春节起,申城实现了依法"零燃放",千年习俗为之一变。

立法也时尚，不但满足需求，更能引领需求。比如，垃圾分类，就是以立法引领需求、造就生活新时尚的生动实践。

居家过日子，天天有垃圾。人人都知道，垃圾不分，不可持续，垃圾围城，近在眼前。究竟该如何做，才能让垃圾不围城、发展可持续？

立法，来引领。

2019 年 7 月 1 日，《上海市生活垃圾管理条例》实施，推行生活垃圾分类制度，规范分类投放、收集、运输、处置各个环节，完善源头减量和资源化利用的各项措施，改善城市人居环境、维护生态安全，建设美丽生态之城；提升城市精细化管理整体水平，促进经济社会可持续发展；增强社会公众建设生态文明责任意识，展现上海现代化国际大都市文明形象。如今，垃圾分类，已成申城生活新时尚。

立法也时尚，不但引领需求，推陈出新，更能赓续城市文脉，深刻家园记忆。

2021 年 9 月 1 日，《上海市城市更新条例》实施。2022年，申城完成了持续 30 年的大规模旧改。城市发展史，就是一部城市更新史。恢宏的城市更新，无数微小而又鲜活的瞬间，酝酿出城市生活新时尚，出人意料又自然而然。其间，新时尚，来自市民生活，来自社区实践，汇集了生活智慧，又将潜在的社会文明进步发展需求制度化、法治化。

如果说，领风气之先，是上海之所以成为上海的鲜明底色，成就了开放、创新、包容的城市品格；那么，越来越时尚的地方立法，将让这座城市的法治思维、法治素养、法治气质，更有辨识度！

而在所有立法故事中，"家站点"和立法联系点作用几何？也要聊一聊。

今年，中国内地最富历史传统的《新民晚报》95岁了。这本书的文字，出自新民晚报的几个知名专栏——《新民随笔》《今日论语》《新民眼》，以及《焦点》和《特稿》。

观察、记录、评论越来越时尚的地方立法，以及与之相关的城市生活，经年累月，见微知著，与有荣焉！

姚丽萍

目录

第一辑　老楼加梯 ABC

第二辑　花炮"易俗"和垃圾分类

第三辑 天花板下不吸烟

第四辑 "海上第一块"的启示

第五辑　经典何以经典

第六辑　新天地有了基层
立法联系点

第一辑 老楼加梯 ABC

2024年1月23日,上海市第十六届人大二次会议开幕,龚正市长在《政府工作报告》中提出,今年申城老楼加梯新增3 000台。

老楼加梯成为年度政府实事项目已是第四年,从1 000台、2 000台到3 000台,这中间透露的鲜明信号是:持续改善市民居住条件,不断提升市民生活品质,久久为功。

13年前,当市人大代表曹兆麟第一次提交"老楼加梯"代表建议时,或许无法想象,13年来,老楼加梯,制度设计从无到有、从繁到简,再到连续进入政府实事项目,变化实在巨大。回头看看,变化之所以发生,归根结底,缘于人民城市的价值取向——一座有温度的城市,在城市更新进程中,用心用情保障和改善民生,切实增进民生福祉,让人民生活水平不断提升。

"代表约见"显示监督效力

没有电梯的多层老公房，能否加装电梯？就此，市人大代表曹兆麟向市十三届人大三次会议提交书面意见。1年来，意见办理发生了戏剧性变化。

在3个月的法定办理期限内，职能部门对书面意见的答复为"留作参考"；对此，曹兆麟代表认为值得商榷。于是，在去年"十一"长假前，她通过市人大常委会人事代表工作委员会提出"约见"职能部门负责人。"十一"长假后，市住房保障管理局局长刘海生接受了代表约见。

"约见"之后，曹兆麟代表又就加装电梯提出第二份书面意见，很快收到职能部门的答复："正在解决"——本市将在一些小区试点加装，同时政府相关部门将就此制定指导性意见。

曹兆麟代表对目前的办理进程比较满意，她更期待的是，代表法定权利充分运用后的办理结果。

值得关注的是，在整个事件的发展过程中，人大代表究竟运用了哪些法定权利？除了在大会和闭会期间提交代表意见之外，另一项更引人注目的权利运用却是——约见。

"约见"是一项法定权利，依据《代表法》第22条，代表可以提出约见本级或下级有关国家机关负责人，被约见的有关国家机关负责人应当听取代表的建议、批评和意见。

长久以来，"约见权"的使用频率虽不算高，但权利本身却并不因此"休眠"，它的功效如何？曹兆麟代表的履职故事，可见一斑。

更值得一提的是，在曹兆麟代表的履职故事中，"约见"并非孤立运用的代表权利，而是代表权利"制度链"中的一环，在约见之前，曹兆麟还参与了代表书面意见的"集中督办"。

市十三届人大三次会议期间和闭会期间共收到1 115件书面意见。2010年9月，128位代表参与代表书面意见督办，与承办部门负责人"面对面"交流，就加强书面意见办理和跟踪提出了中肯的意见和建议。

截至去年11月30日，书面意见办理结果有积极变化，"解决采纳"从一次答复时的530件增加到再次答复时的590件，占1 033件已办结书面意见的比例从51.3％上升到57.1％；"留作参考"从一次答复时的266件减少为再次答复的232件，已办结比例由25.8％下降为22.5％。

曹兆麟代表在参与集中督办后，继续行使"约见权"，与职能部门再次"面对面"沟通。在人大代表看来，监督者和被监督者的处境不同,信息不对称,但改善民生的目标却是一致的,"约见"特有的"面对面"有助于信息互补,换位思考,推进问题解决。

因此,"约见"虽只是代表权利"制度链"中的一环,但也不可或缺。近年来,伴随"代表意识"的增强,包括"约见"在内的"非常用"法定权利正在被激活,可以预见的是,人大代表"权利自觉"将带来更多的"权力监督"和"民生改善"。

(2011 年 1 月 17 日,《今日论语》)

加装电梯，为何不再难

老楼装电梯，人称"社区第一难"。

从《新民晚报》最早报道市十三届人大代表曹兆麟为"老楼装电梯"率先提交代表建议至今，已过9年。

迄今，上海各区一个个小区传来加装成功好消息。老楼装电梯，从没有政策，到有政策支持，再到如今装一部电梯财政补贴40%最高28万元；从最初需要46个审批许可图章到现在精简成15个；从1部也没有到去年立项已达952部、启动实施411部、竣工221部……老楼装电梯，成功有秘诀，如果要为"上海模式"画像，这个模式究竟啥模样？回头看看9年来走过的"加装之路"，尝试为"上海模式"画画像。

破解"社区第一难"，一条必选路径是——自主协商、自主决策、自主管理、自主监督、自主服务，其中，党建引领是核心关键。每一个成功案例，都离不开居民区党组织牵头调查社情民意，积极帮助居民协调各方整合资源推动加装进度,在业主大会通过加装意向后,由小区居民自发组成加装电梯临时小组,坚持"有事好商量,众人的事众人商量",引导居民充分发扬民主、汇集民智。其中,五里桥街道围绕加装关键环节和难点问题,总结加装电梯成功经验,由社区党建服务中心印发"小红书"——《老旧小区加装电梯经验手册》,推动形成民主协商、多方参与、因地制宜、一梯一策。这本"小红书"不仅服务上海,也服务长三角乃至全国多地。

破解"社区第一难",不仅是老龄化社会的"适老需求",也是美丽家园高品质生活的"宜居需求"。因此,加装电梯的过程,也是发现、表达和实现需求的过程,这当中,离不开积极主动的居民自治。浦东、黄浦、静安、虹口、长宁、嘉定……凡加装成功的小区,都有一群"社区能人",无论是业委会成员,还是积极服务左邻右舍的业主,都是推动加装成功的中坚力量,充分展现了上海市民的法治素养和自治水平——从加装意愿征询、经费筹集、加装及未来维护费用分担,加装中的经费管理……一步步合法合规,细致周到,规则意识、契约精神、精细化的社区治理,可见一斑。

破解"社区第一难",也离不开社区共治。不少小区加装电梯,都得到社区周边单位的帮助。"友邻"互助方式,也很多样,或者捐款弥补资金不足,或者拿出停车位缓解施工期间停车难。值得一提的是,加装电梯是民生工程,同时也蕴藏着拉动内需的巨大市场需求,在普陀、杨浦等区,一些社会组织和企业参与化解"第一难",以市场化的方式推动加装,不仅尽了企业社会责任,也满足了市场需求,实现共治共赢。

人民对美好生活的向往,就是我们的奋斗目标。在城市治理体系和治理能力现代化进程中,老楼装电梯,"上海模式"呈现的,也正是基层社区的治理能力——9年来,从无到有、从繁到简的诸多变化,是党建引领下法治、自治、共治的善治结果;表达需求、了解需求、推动实现需求的过程,让人们看见,公共政策逐年完善,规则和流程更加明晰,治理效率和治理能力日益提升! 相信有一天,"社区第一难"不再难。

(2020年10月27日,《新民眼》)

"一键直达"的幸福

如果,你的邻居积蓄实在拮据,你是否愿意多承担一点费用,只为尽快过上有电梯的日子?

如果,有两户业主早已出租了房子搬去了别处,你是否有办法说服这两户老邻居支持"电梯工程"?

今年,全市至少加装1 000部电梯,这是申城既定的年度民生实事项目。上周,公积金新政也在为实现这一目标加油帮忙。

老楼装电梯,实现"一键直达"的幸福。迄今,凡是加装成功的,在标准化的政策支持之外,都有个性化的解决方案,自治共治的智慧,可圈可点。

思南路,梧桐树下小马路,大名鼎鼎。这条路上,有申城文化新地标思南公馆,也有无电梯的售后公房,比如,思南路26弄南三小区。

南三小区,建于20世纪80年代初,属于部分售后公房小区,就像那个年代出品的小区一样,南三老人多,加装电梯意愿强。尴尬的是,南三紧邻淮海路,要加梯,遇见民防设施、轨交保护,都是问题,困难多多。

怎么办?党建引领、居民自治、多方协同,就是"加梯法宝",瑞金二路街道就这么办了。从年初开始,转眼到了8月12日,南三小区3号楼电梯工程竣工,居民开启"一键直达"的日子。

过去大半年里,3号楼居民破解"电梯工程"遇到的麻烦,有些要靠政府,有些要靠居民,关键时候,还要看党建引领的真功夫。于是,瑞金二路街道香山居民区党总支站出来,坚持"大家的事,大家商量着办",挨家挨户做好协商,问题一个个解决——有的业主家庭经济困难,支付加梯费用,实在有心无力,楼上楼下邻居好商好量,共同分担资金缺口;有的业主出租了房屋,加装意愿不强,老邻居就主动联系,宣传发动,无论如何,装了电梯,居住品质提升房屋升值大家受益……结果,很快,加梯方案通过居民意愿征询。

老楼装电梯,今年申城目标1000台以上,如今,思南路南三小区3号楼,已经成为这幸福的"千分之一"。

回头看看,从《新民晚报》率先报道市人大代表曹兆麟为"老楼装电梯"奔走呼吁至今,已过10年。10年间,从没有政策,到有政策支持,再到政策持续优化,成功的加装,一再表明——积极协商自治,共建共享,至关重要。

事实上,居民诉求多元化,业委会、物业、楼栋居民无人愿意牵头,也正是加梯工程常见的烦恼。看看成功加装案

例,化解烦恼破解僵局,最有效的办法,可以归纳为以下三点:

第一,居民区党组织统筹协调,主动联合业委会、物业企业和第三方加梯企业,搭建起民主协商、居民自治、共商共议的平台,回应居民诉求。

第二,基层党建行不行,"加梯工程"试身手,发动居民区党员积极投入,以党建引领自治,以自治促进加装。

第三,符合条件的加梯楼组,成立党的工作小组。一方面,认真听取业主心声,特别是"反对的心声";另一方面,带头协商协调,座谈会、说明会、协调会,讨论方案、预算、保修等核心关键问题,不厌其烦,寻求最大公约数,直至促成共识。

"一键直达"的幸福,看得见、摸得着。显然,就像收获所有幸福一样,实现这个幸福,还是要舍得付出,没有舍,哪有得呢。

2021年,过了大半。2021年上半年,申城已有2 653幢房屋通过居民意见征询完成加装电梯立项工作,已完工投入运行424台,正在施工747台,完成全年加装目标已是大概率。

好吧,在这里,就先分享一下南三小区"一键直达"的幸福——

"叮——",走进新电梯,刷卡,按键,88岁的刘奶奶和92岁的老伴美滋滋的,有电梯的日子,真好!

(2021年8月26日,《新民眼》)

家门口·小空间·大文章

好消息!

老楼装电梯,新目标来啦——今年,全市将完成既有多层住宅加装电梯2000台!

2022年1月20日,市十五届人大六次会议开幕,市长龚正在《政府工作报告》中提到这个好消息。

好消息,不止加装电梯。政府工作报告还透露,今年新增1万个公共充电桩,建设一批社区嵌入式服务站点,在家门口的小空间里做足惠民生、暖民心的大文章。

家门口,小空间,大文章,有意思。

为啥是大文章?一来,规模不小,家门口要做的,是一系列的民生实事、民心工程,不是一件两件,而是一批。二来,目标不小,惠民生、暖民心,就是要踏踏实实地提高生活品质,让获得感、幸福感、安全感很有"感受度";显然,实现这个目标,不能只靠自治,而是要依靠共建、共治、共享,换句话说,民生实事、民生工程,要做出高品质,就离不开党建引领下的自治、共治、法治。

这样的大文章，到底怎么做？温故知新，不妨先回头看看。

2021年，在市十五届人大五次会议上，龚正市长承诺，1年中，要做实做细家门口服务，完成既有多层住宅加装电梯1000台。

然后，申城开启了空前密集的老楼装电梯。放眼望去，一边忙抗疫，一边装电梯，就成了疫情之下申城特有的基层社区新景观。截至2021年11月底，申城老楼加梯完成1382台，超额完成年度目标。

如果说，每一部新装电梯，都是一篇社区治理文章，总结这1382台电梯"加装史"，几个关键词，可圈可点。

首先，"量身定制"。个性化、人性化，尊重多数人权益，也兼顾少数人合理诉求。在街道社区，坚持"一小区一方案""一幢楼一方案"，成熟一栋加装一栋，依法依规，因地制宜。一个案例是，一户居民在看完设计方案后，发现新建的坡道恰好就在自家客厅、卧室外面，担心影响隐私。结果，街道邀请专业部门商讨解决方案，坡道从5.9米缩短为2.1米，最终赢得居民赞成票。

其次，"加梯达人"。街道发动社区自治达人、业委会骨干、法律工作者参与加梯。其中，加装电梯成功的社区热心居民，分享经验，广泛交流，协助推进加梯；有的楼道党员与业委会成员成立"三人加梯小组"，牵头推进方案设计、资金筹措；有的业主精通法律、富有工程经验，就做专业技术"牵头人",全程辅佐加梯流程。

最后,"互利共赢"。如今,每个社区都在建设"美丽家园",加装电梯就跟"美丽楼道"、社区微更新融合推进,一楼、二楼的公共空间更要"重点关注",着力布局美化,让底楼居民也能因为加梯真切感受"家门口"的获得感。同时,引导居民自发建立楼组自治公约、电梯管理公约,自觉维护美丽楼道,形成常态长效。于是,更多居民加入加梯这个"利益共同体",户户都是加梯"受益人",人人舒心,乐意投出"赞成票"。

你要问我,这几个关键词从哪里来的。也没什么好保密的,在我的朋友圈里,那一个个"小巷总理",不少都是亲历实战的"加梯高手"。文章本天成,这几个关键词,却也不是妙手偶得,而是"小巷总理"们一天天、一幢幢摸索出来的。

在这些"小巷总理"眼里,2021 年,申城完成了 1 000 台加梯大文章,2022 年,2 000 台,指日可待。为啥这么笃定?因为,在社区基层,实事项目、民生工程的实现过程,就是精细化城市治理在社区"小空间"的灵活应用,就是党建引领下全过程人民民主在"家门口"的生动实践,管用,好用,接地气。

何况,一想到,新年里,在家门口的小空间里做足了民生大文章,家门口因此烟火气更足、生活味更浓、幸福感更强,所有身处其中的人们,所有正在为幸福生活努力奋斗的人们,自然动力十足!

（2022 年 1 月 21 日,《新民眼》）

老楼加梯遇见"云治理"

高温酷暑、奥密克戎,都拦不住"加梯大事"。

市民丁良才,做了一辈子文物保护。退休后,做起了业委会主任,在恭房小区,72家房客都认识这位积极推动老楼加梯的老先生。

2018年,恭房小区5号楼、6号楼新装电梯竣工,实现黄浦区多层住宅加装电梯"零的突破",五里桥街道向恭房小区全体居民颁发"最佳自治精神奖"。

今年,恭房小区,加梯工程,继续。不同以往,申城老楼加梯遇见了"云治理"。

一边抓抗疫,一边保民生。2 000台,至少! 这是今年申城老楼加装电梯的既定目标。疫情之下,加梯计划,如何推进?"云治理",来啦!

3月25日,丽园路881号、斜土路486弄两处封控小区,在抗疫吃紧的时候,迎来好消息——加装电梯工程设计方案规划,如期公示!

原来，面对本轮疫情严峻形势，黄浦区启动各项应急预案，率先探索线上办公新模式，全力保障业务不停顿，坚持为群众办实事不松劲——既有住宅加装电梯工作手册 4.0 版问世，其中，重点推进全程网办和电子签章模式。

老楼加梯，在规划审批环节，项目经办人，是"关键人物"。碰到疫情，要是"关键人物"也在小区封控，有了电子签章模式，规划审批就能不停摆。

加梯"电子签"，到底怎么做？首先，电梯公司线上提交材料，规划管理部门结合前期踏勘结果，同步推进线上审核和方案预审。然后，由电子签章替代传统纸质盖章，实现全程线上受理、办理、发送成果。简单说来，就是加梯公司可以全线上办理规划审批；一张盖着"电子章"的加梯公示图，由规划部门网上公示，就有了法律效力。总之，有了"电子签"，就算加梯"关键人物"居家办公，也不耽误推进加梯大事。

老楼加梯遇见"云治理"，规划有"电子签"，社区有"楼组群"。

2020 年遭遇新冠疫情，两三年来，疫情反反复复。但疫情终将过去，生活还要继续。4 年前创造了一个"第一"，不算完，丁良才和他的邻居们，拿住"最佳自治精神"，继续尝试老楼加梯"云治理"——加梯流程，一步步走，不少细节，要在"楼组群"协商完成。

众所周知，本轮抗疫以来，实名制的楼组群，应运而生！

楼组,是社区治理最小单元。楼组群,就是最小治理单元的"云治理"——做核酸了,发抗原了,报名楼组志愿者了……抗疫信息发布、物资保障通知、邻里互助交流、公共卫生科普,全都"群"里见;这种行之有效的社区治理新平台,高效率、权威性,已经抗疫实战充分检验。

数字时代,实现治理体系和治理能力现代化,基层治理自然会有新的时代特色。楼组群,作为最小治理单元的"云治理",已经并将继续作为居民区党总支领导社区自治、践行全过程人民民主的新途径,无论非常时期还是平常时期。

非常之年,抗疫、加梯,两不误。来自上海市房管局的信息显示,既有多层住宅加装电梯持续提速,2022年有望完成加装2000台以上,截至6月底已开工1813台,423台完工投入使用。

老楼加梯,典型的城市微更新,改善的是居住品质,提振的是生活信心。无论何时,信心,都比黄金还要珍贵。当老楼加梯遇见"云治理",这种信心更有底气!

(2022年7月11日,《新民眼》)

"众人助梯"让困难家庭"一键直达"

一个最低生活保障家庭，儿子多重残疾，母亲重残无业，父亲是低保人员，外祖母轻微残疾，外祖父母的退休金不多，家庭生活实在困难。这个家庭的加梯意愿尤为迫切，能否如愿以偿？黄浦区海南西弄52号—64号"老楼加梯"给出答案：能！

2023年，全市"老楼加梯"3 000台是年度政府实事项目。这项民生工程、民心工程全力推进中，遇到的一个问题是：一方面，困难群体加装电梯意愿强烈；另一方面，分摊费用往往超过困难家庭承受能力。

有问题，就解决问题。黄浦区大力推进"众人助梯"制度，让困难家庭也有机会分享"一键直达"的幸福。

何谓"众人助梯"？通俗地说，就是"五个一点"——个人出一点、政府补一点、社会筹一点、企业让一点、邻里帮一点。

黄浦区民政局、区房管局联合制定"众人助梯"试行方案,辖区内人户一致的低保家庭、特困供养人员、困境儿童、低收入家庭中的重残无业人员等困难群体,在加装电梯过程中遇到的出资难题,因此得到化解。

至于帮扶比例,设计也很细致——低保人员、特困供养人员,社会化募集帮扶比例为 80%,爱心企业和邻里共帮扶 10%,剩余部分由个人出资;困境儿童、符合低收入条件的重残无业人员,社会化募集帮扶比例为 70%,企业和邻里共帮扶 10%,剩余部分由个人出资。

"老楼加梯"进程中,"五个一点",看似不起眼,效果还真不错。截至目前,"众人助梯"项目已帮扶五里桥街道铁道小区、丽园新村,打浦桥街道北蒙三小区,外滩街道宁波小区等 9 户困难家庭;另外,半淞园路街道的 8 户困难家庭,已提出申请并通过民主评议、提交部门审批。上周,"众人助梯"项目推进暨普育东路 101 弄 8 号楼加梯开工仪式举行,海南西弄 52 号—64 号"众人助梯"受益家庭的感激之情溢于言表。

"众人助梯",帮助困难群体解决加梯一次性出资难的"痛点、难点",点穴到位,深受好评。无疑,这项制度设计聚集资源、延伸服务、解决问题,有效推动"老楼加梯",是申城基层治理的一次成功实践。

尤为值得一提的是,在宏大的"老楼加梯"民生工程制度设计中,"众人助梯"的"五个一点"很微小,但其中的价值导向和社会效果,却很是可圈可点。

12 年前,市人大代表曹兆麟提出"老楼加梯"代表建议,初衷就是要解决既有多层住宅无电梯居民的出行难。12 年过去了,"老楼加梯"制度设计从无到有、从繁到简,最近 3 年,这一政府实事项目的推进力度更是以每年 1 000 台、2 000 台、3 000 台的数量大幅提升,数量提升的背后,是城市的温度、是钢筋水泥城市的人文关怀。

因为没有电梯,无法出行的群体,在城市人口中,不是多数;因为家庭经济困难而为加梯出资发愁的群体,在加梯群体中,也不是多数。如果说,"老楼加梯"的制度设计,解决了第一种"少数需求";那么,"众人助梯",就是解决了第二种"少数需求"。

一个国家、一座城市、一个区域,善治与否,不只在于保障多数人的合理合法需求,也在于重视少数人的合理合法需求;重视,并且能够去落实,靠的是治理体系和治理能力的相辅相成。

在申城,这种善治、这种相辅相成,如何实现?看看"老楼加梯""众人助梯",见微知著。

(2023 年 10 月 30 日,《新民眼》)

七彩电梯

8月,快来了。

"加梯小王子"欧阳敏祺要去履新了。

"小巷总理"钱姝磊继续张罗居民区的加梯大事。

用上了新电梯,"楼组牵头人"吴兴元牵挂着后续维护。

这辈子,寻常日子里,他们的光荣和梦想,都汇聚在一条小马路上。

小马路也能做大事。东边局门路,西边蒙自路,中间五里桥路不过 500 米,是一条十足的小马路。临街小区,一部部崭新的"七彩电梯"拔地而起,幸福红、柠檬黄、苹果绿、星光银、天空蓝……"七彩电梯",让老楼加梯加出了新境界。

"加梯小王子"的眼界

老楼加梯,能向政府借地吗? 借地,1 元钱,行吗? 要是不行,还有别的办法吗?

这问题,有点匪夷所思,"七彩电梯"偏就遇见了,解决了,更让"加梯小王子"开了眼界。

欧阳敏祺,五里桥街道基层公务员,一米九的大个子,人称"加梯小王子"。为啥这么叫? 一来,他年轻,85后;二来,想做事、能做事,积极推动加梯,颇受居民欢迎。

2018年,黄浦区实现老楼加梯零的突破。破纪录的,是五里桥街道恭房小区。

恭房小区建于1995年,是公房与商品房混合的老小区,居民老龄化程度较高。历时15个月,2018年6月恭房小区5号楼、6号楼新装电梯顺利竣工。

全程参与恭房小区加梯,让年轻的欧阳学到很多。师傅告诉他,在街道工作,就要常常下社区,发现问题、解决问题,多干实事,腿越跑越勤快,脑子越跑越灵光。

然后,"小王子"在加梯之路上,一路向前。回头看看,五花八门的加梯难题,当时可真够磨人的。

老楼加装电梯,应在小区红线内。可是,五里桥路上,有难度。临街居民楼虽说都是老楼,建造年代却是有前有后,不在一条起跑线上,就连人行道上的地砖,这一段跟那一段规格、材质也不尽相同,更特别的是——红线。

"七彩电梯"中,有两台"幸福红"。当时加装,就遇到了红线问题。居民加装意愿强烈,一路审批流程走过来,到了规划才发现,天哪,不行啊,碰到红线了。小区一根红线,市政道路一根红线,两根线没有重合,中间是绿化带。装电梯,一定会突破小区红线。怎么办?

街道、规划、房管、居委、居民，一起来想办法。第一个办法，向政府借地，花1元钱，行吗？不行。一番合法性论证，这个办法被否决了。

别急，再想想。这样，中间绿化带，向市政部门借用，然后，在小区里补种同等面积绿化，行吗？又是一番论证，可以试试！

当时，怎么会想到"借地"的主意？欧阳说，都是因为加梯论证"头脑风暴"，忽然想起淮海路上香港广场当年借地造过街连廊的故事，老楼加梯，也借地，怎么样？

这个想法，很快得到黄浦区主管部门的答复：法理情理都说得通，老楼加梯，居民有期盼，基层有干劲，制度创新，要鼓励！

其实，加装电梯，是民生工程民心工程，做好这个工程，需要一套制度设计，这样的制度设计，从无到有、从繁到简。过去5年，五里桥路上的"七彩电梯"，亲历申城"老楼加梯"制度设计的演变和发展。

2019年，五里桥路上第一批电梯竣工，3台外观玻璃材质，全透明，就像"观光梯"；电梯加装居民意愿征询时，还需要同楼90％的居民同意才能启动。

2020年，"幸福红"竣工。"幸福红"，遇到了好时光。2019年12月25日，上海市政府《关于进一步做好本市既有多层住宅加装电梯工作的若干意见》实施。老楼加梯，政策重大调整——本楼幢业主同意率从原来的90％降低到 2/3,小区同意率从原来的 2/3 降低到 1/2;最高补贴增加到 28 万元,可提取住房公积金用于支付电梯建设资金。

今年,"苹果绿""柠檬黄""香槟咖"竣工,电梯加装意愿征询期间,遇见了一件大事——2021 年 1 月 1 日《民法典》实施,老楼加梯有了国家大法支撑,社区里加梯更有动力。

今年,入伏后连续水晶天,蓝天白云,"七彩电梯",看着都养眼。一路参与老楼加梯,开了眼界的"加梯小王子"要去新岗位了。再回头看看,申城老楼加梯,从没有政策到有政策支持;从最初需要 46 个审批许可图章到精简成 15 个;从线下办理到线上办理,重点推进全程网办和电子签章模式;从一部也没有到连续三年进入市政府实事项目……小马路上"七彩电梯",与有荣焉!

"小巷总理"的担当

一位雷厉风行的"小巷总理",长什么样? 先听两段对话。

"钱书记,不够意思,讲啥原则,阿拉申请三四百元补贴,她不答应,说不够条件。不过阿拉装了电梯,房子涨了两三百万元,算了,不跟她搞了!"

一个居民把"坊间牢骚"转述给钱书记,听得钱书记哈哈大笑,说,谢谢他这么通情达理。

这个才走,又来了一个,气鼓鼓的,还是因为装电梯的事。

钱书记问:"有啥想法?"

居民说:"小区车位不够用,是不是同意装电梯,就能给个车位?两码事,不能吧。可为啥钱书记偏心,同意给别人车位,就因为那人是钱书记的朋友?"

钱书记很认真地看着居民,一字一句地回答:"第一,根本没这回事!第二,再说一遍,钱书记没这个朋友!"

这天,才出梅就入伏,挥汗如雨。站在五里桥路上,记者请钱书记聊聊加梯趣事,听爽快人讲爽快事,神清气爽。数数采访过的"小巷总理",钱书记够特别,泼辣风趣,有原则,能担当。

钱书记,80 后,大名钱姝磊,五里桥街道桥一居民区党总支书记。大学毕业后的 17 年里,她一直在做"小巷总理"。2018 年,她来到桥一居民区。

社区治理,就是一幅画布,画布上最弹眼落睛的风景,如今当数老楼加梯。

为啥五里桥路有"七彩电梯"?

当时,第一批老楼加梯,为了解决居民采光问题,3 台电梯选用玻璃材质透明色,简洁、硬朗、通透,很有现代感,跟老建筑相映成趣。

到了第二批,政策变化,居民楼电梯不再安装玻璃幕墙。社区协调会上,讨论起电梯颜色,居民们脱口而出——"中国红",喜庆、吉祥、幸福。

居民七嘴八舌,钱姝磊心里一动:"七彩电梯"点亮五里桥路，多好！

从此，每次启动新电梯征询，一个议题就是：颜色。

5 年来，五里桥路上"七彩电梯"项目加速推进。每次开工，周边社区居民走过路过，哇，又开工了，这回啥颜色？"地主们"就跟人家打哑谜，你猜！

"不要骄傲！低调，低调。"钱书记也跟"地主们"开起了玩笑。

"地主们"继续发嗲——阿拉就是开心嘛！

所以，你若真以为钱书记没朋友，天天绷着脸，那你可想错了；只不过，情谊是情谊，规则是规则，一码归一码。

在桥一，忙加梯。隔三岔五，钱书记、物业经理、加梯公司负责人，就在小区里到处转悠，能加尽加，再挖挖潜。

远远看见"加梯小分队"，居民们就乐了：快看快看，又来啦，"拼命三娘"，加梯！

过去 3 年，抗疫、加梯"两不误"。去年，抗疫最吃劲的时候，太累，钱姝磊病倒了，非常严重。楼组群，突然不见书记说话了，得知实情，居民们心疼，书记好好养病，还有好些事等着书记帮大家一起做呢。

可是，你若以为钱书记只管赶进度，那你又错了。

2023 年年初，听说全市老楼加梯要完成 3 000 台，有居民跑来居委会：书记，你为啥不管我们楼，不组织我们赶紧加梯？

"加梯，要先自己有意愿，你们楼组先选 3 个人成立加梯小组,然后,有问题尽管来找我,好不?"钱书记解释。

居民听明白了,跑回去成立加梯小组。

仔细想想,社区里,党建引领,到底该怎么引领?"小巷总理"钱姝磊有心得——不要大包大揽,要尊重居民意愿因势利导,规则告知、流程引导、条块联动、民主协商,该听证就听证,该协调就协调,该评议就评议。

桥一居民区,曾是典型的老旧社区。来到桥一后,钱姝磊做的第一件事,就是尊重居民意愿,依据业主大会表决结果更换物业;然后,依法整治社区环境,拆除大量违建,让乱停车导致走不进人的小区"走得进",让社区治理从无序变有序;随后,逐年依次推进电梯加装。居民评价:"小巷总理"钱书记,敢碰硬、擅法治、得民心。

目前,整个桥一居民区加梯率已达70%,今年又有9台电梯开工,桥一正在加速迈进"电梯时代"。"幸福加梯路"上将看到——党建引领、条块联动、民主协商、社会参与,三会制度充分运用,生动践行全过程人民民主,推动老旧小区居民幸福指数不断提升!

"楼组牵头人"的心愿

"天空蓝",2020年8月竣工。

五里桥路上,唯一的"天空蓝",是老吴和楼里邻居们青睐的颜色,大气又清爽。

老吴名叫吴兴元,是楼组加梯牵头人。当初下决心装电梯,直接原因是,楼里有位老人患了尿毒症,定时去医院做透析,每次上楼下楼,太痛苦。

日子,不能再这么过了。老吴决定做牵头人,加梯,帮邻居就是帮自己。他积极走访邻里,征求楼内 28 户业主的意见建议,有业主住在浦东,他就浦东浦西来来往往十多次,一次次与反对加梯的业主协商沟通,整整跑了两年时间,终于征得全部业主同意。

邻里齐心,才能圆好"电梯梦"。

在五里桥路上,邻里齐心,不只是老吴和邻居们。其中,五里桥路 210 弄 4 号电梯,就很奇特。通常,临街电梯和楼门之间都是无障碍坡道。这里,却偏偏不设"无障碍"。为啥?只为一位双腿打着钢钉的老先生。钢钉要用一辈子,老先生只能走平路,一走坡路就会非常痛。于是,邻居们就决定放弃无障碍坡道。4 号,就成了小马路上唯一不设无障碍坡道的电梯楼。

大家齐心,用上新电梯,后续,该怎么维护呢?加梯后,这是老吴最关心的事。政府补贴的 20 多万元中,有 10 万元存在专属账户,专门用于电梯日常维护。若干年后,10 万元用完了,怎么办?到时,电梯维护费用是纳入每月的物业管理费,还是再筹集资金专款专用?一个好消息是,今年上海推出了"梯管家",一系列加梯后课题,已有筹划安排。

有时候,老吴和邻居们会想:今年,电梯都装好了。明年,五里桥路,啥模样?

春天,樱花开了;夏天,绿荫蓊郁;秋天,银杏灿烂;冬天,冬天看什么呢? 看看阿拉"七彩电梯"呀,一年四季也不凋零!

有一点遗憾,这里距离外滩远了点,听不见钟声。于是,志愿者打算用录音"借"来外滩钟声。清晨,悠扬的钟声,唤醒小马路。中午,听听《高山流水》,心旷神怡。傍晚,听点啥,爵士乐? 也蛮好。

总归,五里桥路,不再是陈旧的背街小巷,是阿拉身边的美丽街区,欢迎朋友们都来兜兜逛逛。其实呢,这几年常有参观团来看看"七彩电梯",2023 年还接待了蒙古国的媒体参观团。小马路,近悦远来,这是阿拉的光荣。

邻居们开心,"加梯牵头人"老吴更开心。老吴 70 岁了,多年前患了胃癌,做过大手术,如今人看着却非常精神。或许,因为一直有一股子心劲,自己想过好日子,也要带着大家一起过好日子,这也是一种信念,有信念,就会有力量。

日子,继续向前,每天小马路上走走,看见"七彩电梯",老吴满心欢喜。

(2023 年 8 月,特稿)

烟火蒙西

该怎么形容烟火蒙西？一幅简版清明上河图。

清晨，鲁班路丽园路口，大眼包子，热气腾腾，开启一天3000只的社区供应；蒙自西路上，临街11部新装电梯上上下下，上班的上学的买早点的，欢畅；不远处，大名鼎鼎的蒙西菜场里，各色春菜水灵灵，丽蒙公园里，遛弯的健身的，各得其乐……

人间烟火气，最抚凡人心。1400多户，59个楼组，始建于20世纪80年代，这里是黄浦区打浦桥街道蒙西小区。城市更新进程中，从成功加装第一部电梯起，蒙西连续创下申城"老楼加梯"多个第一。

春日里，烟火蒙西，告别老旧，描绘着自己的清明上河图，笔触所及，秩序、活力、温度，尽在其中。

一、老楼加梯

一幢楼，已经加梯，标注。

一幢楼，正在加梯，标注。

一幢楼，将要加梯，标注。

小白，一名房产中介，这些标注，都是他的日常功课，勤奋做标注，不落一幢楼。果然，市场的嗅觉最敏锐，同一地段、同为老旧小区，加梯，就是房产升值的前奏。

助福楼、绿蓉楼、和美楼、和济楼……奋进楼，从蒙自西路64号到82号，11个临街楼组去年装了电梯，也都有自己的名字。居民们集思广益，各个都是好名字，这当中，有期盼、有祝福、有决心、有态度，真真是名如其"楼"。

两年前，临街楼组加装电梯，还只是"加梯专业户"的设想，如今已是居民们上上下下的自由。

"加梯专业户"，是谁？老王、大王和小王。大名王文震、王世超、王溢骏，都是打浦桥街道专攻老楼加梯的基层干部，人称"加梯专业户"。

2020年，打浦桥街道老楼加梯，实现"零"的突破。迄今，遇见过多少稀奇古怪的加梯难题？先不说难题，先说说解题答案。

地铁列车，双开门，上一站开左边门，下一站开右边门，不稀罕。居民楼，遇见双开门电梯，少见！打浦桥街道老楼加梯，就遇见了。双开门，只为避开底楼窗户，既保护居民隐私，又避免影响采光。

一幢回字形大楼，四面外墙都是窗户，中间是四四方方天井，电梯该装在哪里？就在天井里！街道、区房管局、加梯单位现场勘查,在全市首创天井内加装电梯。

老楼加梯,为啥会有这么多罕见情形?原来,建于 20 世纪八九十年代的老小区,当时通常是多家单位施工,建筑风格五花八门,回字大楼内天井,就很"岭南风",这也是一种海纳百川吧!无论如何,老楼加梯,一电梯一方案,量身定制却也可复制、可推广。

蒙西小区,老楼加梯,如今实现了能加尽加。幸福加梯路上,破解一个个技术难题,匠心别具,可圈可点。打浦桥街道还在全市率先设立"梯管家",都能做些啥?24 小时应急值守,数字化监管,开户受理及业务办理,维保、年检到期提醒,电梯轿厢、连廊保洁监督,维修方案和报价,老旧电梯更新咨询服务,违规操作、人为损坏报案受理,一应俱全。还有,加梯管理经费资金托管,以每台电梯为单位,由房地产交易资金监管公司开设托管账户,既最大程度保障资金安全,每一笔都有据可查;又能避免电梯运维中筹钱难、支付难。一句话,"梯管家"细心周到,居民放心,物业省心。

蒙西小区最早加装成功的两幢楼,一幢叫"众心楼",一幢叫"圆梦楼"。迄今,老楼加梯,早已不只是为了方便老人上下楼,让所有人在一项民生工程、民心工程的推进中感受众志成城、梦想成真,这也是一种实实在在的获得感。

想想这些变化,"加梯专业户"们就感觉很幸福,这也是职业成就感。

最后,还要说一个老话题。一楼居民,是否会因加梯受益？会！采光、隐私保护，已有加梯技术解决。更重要的是，加梯工程，并非单单装一部电梯，同步进行的，是楼道更新和美丽家园焕新，居住环境、小区品质全面提升——起码，房产增值，实实在在看得见。

二、一键服务

一幅墙绘，三个胖娃娃，笑眯眯，在吃枇杷。枇杷，一半长在墙上，是画；一半从居民家墙头探过来，真果子。虚虚实实，这构思，够俏皮！

墙绘，是一幅长卷，居民楼外墙就是画卷，顺着小区花园一路蜿蜒。画中，燕子翩跹、彩蝶飞舞、紫藤垂挂、吹面不寒杨柳风，一派春和景明、生机盎然。

有趣的是，墙绘和小区花园、居民楼，相得益彰，你中有我，我中有你——花园里的小草一路延伸，长到外墙边，就入了画，成了青青墙上草；底楼居民家的枇杷树探过矮墙，就跟墙绘里的枇杷碰了头，要是枇杷会说话，一准会说，哎呀，遇见亲戚了，长得好像呀！

"小花园，不大，就在两排居民楼中间，却是蒙西小区更新的一个代表作——鲜活、灵动、通透。"85后"小巷总理"、蒙西居民区党总支书记尹晓芸是土生土长的打浦桥囡囡，服务社区，带领居民建设美丽家园，很有一套。

她说，花园设计时，听了居民意见，做了几件事。

头一件，花园要够友好，人走得进去，花花草草可亲近。

所以,花园步道是畅通的,刚好跟小区路面持平,老人、孩子都能走进来,漫步、学步,无障碍。

第二件,大树,要迁移。花园里,两棵树,其中一棵香樟原本长在居民外墙处,种得不是地方,影响居民生活。如今,树,移到花园中间,远离居民外墙;大树还专门理了发,清清爽爽,造型很灵光。

第三件,花园里,椅子,要不要放两张?算了。原本就是居民楼中间的小花园,若放椅子,一来占地方,二来要是坐着聊天,影响了底楼居民,那就不好了,体贴体谅,必须的。何况,无论山水画,还是花鸟画,留白,都是雅俗共赏的美学传统。对呀,阿拉蒙西小花园,当然也要继承美学传统,不但继承,还要群策群力发扬光大,放心,阿拉居民素质、眼界眼光,很靠谱。

聊天嘛,有地方,要么零距离家园活动室,要么邻里角。

邻里角,摆设简单,遮阳伞、长条椅、矮凳子、小桌子,够用了。每天上午,买菜回来,张家阿婆,李家阿姨,王家姆妈,坐下来,剥剥蚕豆,聊聊家常,天天人不断。感觉怎么样?醉里吴音相媚好,白发谁家翁媪?很舒服、很自在、很幸福,对吧!春风沉醉,烟火蒙西,在邻里角、小花园,就是这种感觉——舒服、自在、幸福!

出了蒙西小区,有个数字公话亭,全名叫——"浦汇生活·烟火蒙西"之数字公话亭,鲜亮亮的大红色,很时尚。

数字公话亭,都能做点啥呢?助老、助残、助民,为全年龄段提供多项"一键"服务,守护城市弱势群体。

老人家们,可以"一键叫车",刷脸直接叫到出租车;按下"一键助老",立刻享受各种贴心专业服务;迷路了可以用"守望相助"AI人脸识别找到家属。特殊人群,通过"12345手语视频服务",搭建沟通彩虹桥。青少年,可以使用"3分钟免费通话"服务,确保紧急通信需求。另外,"15分钟生活圈"模块,帮忙查询周边医院、电信营业厅;"手机充电"服务可解燃眉之急。一句话,数字公话亭就是守护城市弱势群体的"数字安全岛"。

今年,"烟火蒙西"还将引入AI数治,对居民关心的小区停车、电梯运行、高空抛物、特约维修等事项实施智能化管理,以数治赋能,推动老旧小区物业管理向精细化目标迈进。

就这样,"浦汇生活·烟火蒙西"强化党建引领、聚焦民生改善、汇聚各种资源,努力打造老旧小区更新典范、"最小治理单元"精细化善治典范、深入践行全过程人民民主实践典范。

三、商户联盟

大眼包子? 为啥起这个名字,是因为创始人的眼睛很大吗?

"哈哈,不小,反正我觉得不小。"

鲁班路107号,大眼包子门店前,门店负责人杨富昌系着跟店里伙计一样的围裙，说起大眼包子的来龙去脉，如数家珍。

你看，20多年前，就在对面丽园路上，大眼包子开出上海第一家门店，叫大眼，其实门店很小。现如今，大眼做大了，长三角连锁店有300多家。日复一日，每日凌晨，早起现包，只为一笼皮薄馅大的鲜包，大眼包子立志成为"白案经济"的传奇明星。

不过，店开得再大再多，大眼包子都不会忘记，当年，从安徽来上海创业，蒙西就是"根据地"。

大眼包子门店外墙上，挂着上下两块铭牌。上面一块是，蒙西商户联盟共治网格长公示牌，负责人姓名、手机号码，都有。公示牌中间一行红字：服务群众 微光力量。落款是，蒙西居民区党总支。

在蒙西社区，商户如何共治？公示牌下，是共治公约铭牌。公约说得明白：落实门前"三包"责任制；为社区治理发展献言献策；积极参与社区志愿服务；诚信经营不做虚假宣传；做好日常维护管理工作；自觉遵守消防安全管理。

蒙西小区周边业态，以社区生活类沿街商铺、小餐饮为主，与居民生活息息相关。商户联盟共治网格长公示牌，环绕蒙西小区，一共有四块，分别挂在鲁班路、丽园路、蒙自路和蒙自西路。担任网格长的，除了大眼包子，还有中通快运、锦江之星和丽园路刻章店。

缪水亮，中通快运门店负责人，也在蒙西住了15年，门店就在蒙自西路临街居民楼底楼。加装电梯前,楼上老人要搬运东西,都是中通小哥来帮忙,小哥都是壮劳力,关键是热心公益信得过。门店里,靠墙是一排果绿色内置消防设施充电柜,屋顶是鲜红色消防报警喷淋装置,维护社区消防安全,网格长率先垂范。

沈佳莉,锦江之星蒙自路门店行政经理。她说,门店开在居民区,邻里生意,就成了特色。居民的子女从国外回来探亲,亲戚朋友从外地来沪,落脚家门口的门店,真是宾至如归。每逢端午、重阳、元宵,门店餐厅,就成了社区助老活动场地,汤圆粽子包起来,寿面吃起来,老人家们开心,网格长热心志愿服务更开心。

向文军,70后,来自湖南,擅长篆刻,他的刻章店开在丽园路上,整整25年了,刻章店,也是邻里生活杂货铺。他说,蒙西从来都不缺烟火气,一年四季春夏秋冬,繁忙又安详,大大小小的商铺,一开就是二三十年,很长情。社区更新后,社区服务向街区延伸,更多商户参与共治联盟,这是新的归属感、认同感,很需要。

如今的烟火蒙西,该怎么形容呢?对,就是清明上河图。想想看,下一幅篆刻,是什么?或许,就是——"烟火蒙西之清明上河图"!

(2024 年 4 月 11 日,特稿)

"老楼加梯"缘何连续成为实事项目

又是一个好消息！

2024年1月23日，上海市十六届人大二次会议开幕，龚正市长在《政府工作报告》中提出，今年申城老楼加梯新增3 000台。

老楼加梯成为年度政府实事项目已是第四年，从1 000台、2 000台到3 000台，这中间透露的鲜明信号是：持续改善市民居住条件，不断提升市民生活品质，久久为功。

13年前，当市人大代表曹兆麟第一次提交"老楼加梯"代表建议时，或许无法想象，13年来，老楼加梯，制度设计从无到有、从繁到简，再到连续进入政府实事项目，变化实在巨大。回头看看，变化之所以发生，归根结底，缘于人民城市的价值取向——一座有温度的城市，在城市更新进程中，用心用情保障和改善民生，切实增进民生福祉，让人民生活水平不断提升。

在基层，幸福加梯路上，那些锲而不舍的努力付出，把

"不可能"变成"可能"所展现出的智慧、勇气和担当,令人钦佩。记得 2023 年 7 月,刚入伏,天太热,挥汗如雨。站在五里桥路上,我听"小巷总理"钱书记聊聊加梯趣事。钱书记,80 后,大名钱姝磊,五里桥街道桥一居民区党总支书记。大学毕业后的 17 年里,她一直在做"小巷总理",泼辣风趣,有原则,能担当。

在桥一,忙加梯。隔三岔五,钱书记、物业经理、加梯公司负责人,就在小区里到处转悠,能加尽加,全力挖潜。远远看见了"加梯小分队",居民们就乐了:快看快看,又来啦,"拼命三娘",加梯!

钱书记,可不光能拼命,她更讲究方法。桥一居民区,曾是典型的老旧社区。过去一年,桥一加速迈进"电梯时代",在奋力前行时,钱姝磊和众多"小巷总理"一样,要做的是——党建引领、条块联动、民主协商、社会参与,三会制度充分运用,生动践行全过程人民民主,推动老旧小区居民幸福指数不断提升!

在基层,幸福加梯路上,破解一个个技术难题,匠心别具,可圈可点。

全市首个"防空洞＋内天井"加梯,就在黄浦区打浦桥街道北蒙三小区。历时两年技术攻坚,市安监所、区房管局、区国动办、区规划资源局通力协作,最终顺利通过项目评审并顺利开工,实现 6 个内天井楼栋加梯全覆盖。

不只北蒙三,老楼加梯,申城众多小区克服重重困难,尝试各种技术攻关,创造性地完成市政借地,地上地下高压线移位,地下管道精准勘探……能工巧匠穷尽一切可能,解决棘手难题,其间,精细化城市治理所必需的精细匠心,令人大开眼界。

在基层,幸福加梯路上,前瞻性制度设计未雨绸缪,难能可贵。

昨天提交大会的《政府工作报告》提出,要完善加装电梯长效管理机制。这意味着,作为政府实事项目,老楼加梯,不只是数量上从无到有、从少到多,更要完善制度设计,行稳致远。

事实上,这样的前瞻,已经运用于老楼加梯的基层实践。这两年,有个新名词,叫"梯管家"。电梯装好了,用起来了,日常还要维护好。如何维护?"梯管家",来帮忙。

打浦桥街道在全市率先设立"梯管家",都能做些啥?24小时应急值守,数字化监管,开户受理及业务办理,维保、年检到期提醒,电梯轿厢、连廊保洁监督,维修方案和报价,老旧电梯更新咨询服务,违规操作、人为损坏报案受理,一应俱全。还有,加梯管理经费资金托管,以每台电梯为单位,由房地产交易资金监管公司开设托管账户,既最大限度地保障资金安全,每一笔都有据可查;又能避免电梯运维中筹钱难、支付难。一句话,"梯管家"细心周到,居民放心,物业省心。

回头看看,幸福加梯路上,申城基层的种种创新实践,就不难明白,老楼加梯,为什么可以连年成为政府实事项目——城市更新进程中,有温度的城市,有情怀更有眼光有头脑,让好事做好实事做实!

(2024 年 1 月 24 日,《新民眼》)

第二辑　花炮『易俗』和垃圾分类

2016 年 1 月 1 日,新修订的《上海市烟花爆竹安全管理条例》实施。迄今,外环线内禁售禁放烟花爆竹的法定规范,得到了不折不扣的执行。申城的法治素养和文明程度,没有令人失望。

2019 年 7 月 1 日,《上海市生活垃圾管理条例》实施。舆论评价,垃圾分类不是小事,是环保必需,更是生活方式、社会治理和城市精细化管理方式的一场变革。上海,如何面对这场变革?开放、创新、包容的城市品格,决定了上海决不会因循守旧、墨守成规,而是以"排头兵""先行者"的心态和姿态参与变革,迎接生活新时尚。

环境日,想起花炮"易俗"

今天是"六五"世界环境日,说些个跟环境有关的事。

20世纪90年代初,一条社会新闻,或许不少申城市民都还记得。一户市民过年娶亲,燃放"高升"炮仗,不料,"高升"从空中落下直接在新娘头顶爆炸,喜事成丧事。除了新娘遇害,当时春节期间全市各大医院门急诊更是疲于救治此类伤害事故。1993年市人代会上,100多位市人大代表联名提交7份议案,强烈要求立法禁放烟花爆竹。

2013年12月2日,申城首次触及最高级别空气污染——六级"严重污染"! 2014年元月,《新民晚报》首先发出倡议,市十四届人大二次会议上,厉明代表领衔、138位人大代表联名倡议春节期间市民少放不放烟花爆竹,以此控制燃放烟花爆竹造成的环境污染之害、公共安全之害。

2015年,市十四届人大三次会议上,金永红等58位代表再提立法案,建议更严立法管控烟花爆竹燃放。近日,修订《上海市烟花爆竹安全管理条例》已从今年立法预备项目转为正式项目,并极可能在下月进入审议程序。观察20年来的上海地方立法,能令如此之多的人大代表为一个立法项目"兴师动众",不多见。不过,同样是禁放烟花爆竹,20年前的缘由和今天的缘由,不大一样。

20年前,烟花爆竹就像个"闯祸胚",越到喜庆日子越容易惹是生非,甚至害人性命,众怒之下,岂能任由它逍遥法外?

20年后,烟花爆竹再度被"法眼"紧盯,主因是,PM$_{2.5}$来了。

其实,20年来,关于是否该禁放烟花爆竹的争论,从未休止。20年前,立法能否禁放烟花爆竹,更是众声喧哗。当时的主流立法声音是:如果有几十万人在除夕上街巡逻监督,警察严格处罚违法燃放者,不会没有成效;一些城市的确也这么做了,很是立竿见影。但这种效果不可持续,一是执法成本太高,需要几十万人放弃假日加班加点;二是社会心理抵触,该全家团圆的时候不能团圆,人家孩子放个爆竹就要被拘留,这还让人过年吗?事实表明,一些城市的"全面禁放"也仅仅是"暂时执行"。

既然"主流声音"如此,当时的地方立法怎么牵住"牛鼻子"?权衡之下,既然劣质烟花爆竹是造成人身伤害的元凶,立法就设定专卖许可制度,在流通环节杜绝劣质烟花泛滥上海市场;同时,立法设定了另一个重要规则"限时限地"燃放,明确在重大节日期间,经市政府批准允许在规定的区域和时间内燃放烟花爆竹。1994年,《上海市烟花爆竹安全管理条例》出台。20年来,由于烟花爆竹"劣质"而引发的伤害事故大幅下降。

但,不幸的是,$PM_{2.5}$来势汹汹。如今,当$PM_{2.5}$成为申城乃至中国环境主要问题的时候,一波接一波的雾霾,无论是远道而来,还是本地生成,一样让我们深受其害。要免受其害,纵然经济转型发展是根本,但也不能小视生活方式对环保的重要影响。

试想,面对烟花爆竹带来的公共环境、公共安全、公共健康之害,你我是要固守逢节必放的旧俗,还是选择更绿色、健康、环保的生活方式,少放不放烟花爆竹?

试想,面对城市拥堵、出行成本居高不下的现状,你我是坚持将大排量豪车当身价象征,还是坚持绿色出行、低碳出行,推动绿色出行成为时尚和风尚?

何去何从,不仅在于我们想要如何,更要紧的是,现实环境已然变化。随着城市群规模的不断扩大,从20世纪70年代开始,申城近地面风速平均每年下降0.031 m/s,导致城市的大气扩散能力不断削弱。这也是秋冬雾霾成为季节常见现象的原因之一。

2006年以来,本市试行了机动车环保标志管理和高污染车辆限行措施,淘汰了30多万辆高污染机动车,但路上"冒黑烟"的机动车迄今尚未禁绝。监测数据分析显示,申城$PM_{2.5}$"本地人为"污染排放贡献约占八成。交通和工业领域是最主要污染源,机动车船等"移动源"的污染排放占到 1/4。2013 年年底,申城首次触及最高级别空气污染——六级"严重污染"!

面对严峻现实,改善生存状况,更需你我努力,从细微处入手,从点滴小事做起。令人欣慰的是,众多市民已聚集在环保的大旗下"同呼吸,共命运"——这也是申城修订立法,严控烟花爆竹不可或缺的"民意基础"。最近两年春节,市民普遍感到在除夕和年初四晚上烟花爆竹的声音相比以往减少了。特别是百位人大代表联名倡议的 2014 年春节,大年初五统计数据显示:申城共清除烟花爆竹垃圾 800 余吨,较前一年同期减 200 多吨;凌晨烟花爆竹燃放的密集时段,$PM_{2.5}$ 小时浓度 1 时峰值为 62.3 微克/立方米,比大年初一最高值 290 微克/立方米降 78%。

如今,环保之重要,不仅是现实的环境状况使然,更是人们对生活质量和生命尊严的期许使然。

按照国际标准,申城早在 2010 年就已步入长寿地区之列。但活得"长"跟活得"有质量",并非一回事。目前,申城 60 岁以上老年人口占比为 27%,80 岁以上高龄老人为 5%,老年人总体患病率高达 77.3%。

保护环境质量,就是提高生命质量。想想看,到了七老八十的时候,侬是欢喜躺在病床上"验证"儿孙们的孝心,还是欢喜跟一群志同道合的老小孩在鸟语花香的社区里跳"广场舞"?

道理大家都明白。或许，有人特别爱拿习俗较真，说，放爆竹是习俗，怎么放得下呀？

是啊，是啊，让我好好想想，这世界有什么习俗是绝对放不下的？我曾祖母缠了小脚，我祖母缠了一半放开了，我母亲天足，我也天足——这世界，因为这个习俗的改变，变得更美好了。

（2015 年 6 月 5 日，《新民眼》）

"花炮易俗"，申城准备着

很可能，2016 年 1 月 1 日起，申城将迎来"花炮易俗"的好日子。

因为，《上海市烟花爆竹安全管理条例（修订草案）》即将于本周三下午交付市十四届人大常委会第 26 次会议表决。

表决一旦通过，那么，申城烟花爆竹安全管理规则将发生重要变化。其中一个显著变化是：从此，申城外环线以内不得燃放烟花爆竹，重污染天气全市一律禁止燃放烟花爆竹。

为啥会有这些变化？媒体和舆论已经说过多次，这里不再赘言。想想刚刚过去的双休日严重雾霾天气，想想在雾霾笼罩下即将度过的 2015 年——花炮易俗，势在必行。

也许会有人说，跟企业污染、机动车尾气排放相比，烟花爆竹的污染，实在是"小巫见大巫"。

这话，固然不错。但是，勿以善小而不为，勿以恶小而为之——当雾霾和环境污染成为阻止生活质量、幸福指数提升的"全民公敌",所有的污染源都该最大限度地得到有效遏制。

所以,在产业转型升级的宏大命题之外,环保深入到生活细微处,申城地方立法对烟花爆竹安全管理做出新的法定规范,乃至全体市民在新年里共同践行花炮易俗,都是促进社会进步发展的必然选择。

那么,花炮易俗,申城准备好了吗?

其实,2015年春节期间,本市烟花爆竹的燃放量明显减少,为啥?原因不止一个,而来自市公安、消防部门的一种答案则是:加强源头管控,大幅削减烟花爆竹的经营销售点。

事实上,2014年1月,本报率先向全体市民发出倡议,少放不放烟花爆竹,平安祥和过春节,得到了市民的热烈响应。1个多月的大讨论,在全市逐渐形成了"少放不放"的广泛共识,这组报道也获得了今年的上海新闻奖。

不少人大代表在代表建议或议案中提出的一种观点就是:在申城,没有烟花爆竹的生产企业,加强对进沪烟花爆竹批发、零售等经营行为的监管,实行源头管控,是降低烟花爆竹安全风险的有效途径——要减少烟花爆竹的燃放数量,就要先将"禁放"和"禁售"挂钩,从源头上控制批发、零售单位的设置。市人大内司委的专项调研则显示:96.48%的市人大代表和81.82%的区县人大代表认为,应当加强烟花爆竹的源头管理,减少烟花爆竹经营点。

为此,修订草案强化了对烟花爆竹经营环节的监管力度。

其一,就是实行统一采购、统一批发制度,要求采购、销售的烟花爆竹符合技术标准。至于在申城能卖什么规格、什么品种的烟花爆竹,卖家要先向监管部门问问清楚。同时,烟花爆竹零售点实行专店或者专柜销售,还要配备必要的安全防护措施。

其二,明确烟花爆竹经营单位的布点,应当遵循合理布局、总量控制、逐步减少的原则。特别值得一提的是,扩大烟花爆竹的禁放区域后,禁放区域也不得经营烟花爆竹,换句话说,一旦修订草案通过——今后,不但内环线以内,而且外环线以内,一律禁售烟花爆竹。

其三,对烟花爆竹的储存管理,除了准许经营的批发企业、零售经营者和燃放作业单位外,禁止其他单位和个人以经营为目的储存烟花爆竹。这项规定填补了国务院相关规定的"制度空白"。

此外,烟花爆竹的流向信息,乃至实名登记制度都有可能进入法定规范。修订草案提出,烟花爆竹的批发企业、零售经营者和燃放单位,要如实记录经营、燃放情况,鼓励采用信息化手段记录烟花爆竹流向信息;出于公共安全的需要,可以对购买者实行实名登记。

而在行政部门强化烟花爆竹的安全管理之外,更不容忽视的是：花炮易俗，智慧在民间。

过年了，娶亲了，搬家了——总归，遇见喜庆的日子，心里欢喜，怎么办？

好办啊，挂大红灯笼，贴大红喜字，或者一大群人敲锣打鼓舞狮子……只要高兴，花样多着呢！

这种时候，少了烟花爆竹，感觉会怎么样？起码，不用再担心头顶上炸了，阳台上着火了，呛得咳嗽吵得睡不着了，也不会再有"大队人马"大过年的赶着去医院挂急诊了……其实，单单在138位市人大代表联名倡议不放烟花爆竹过春节的2014年，大年初四18时至初五1时，全市共受理火警74起，其中出水扑救9起，阳台火灾21起，较上年同期火警降15％，阳台火灾减二成。

可见，不放烟花爆竹，好处多多，至于损失了什么，倒还真说不上来。过日子，我们总是不停地面临取舍——当环境承载力日益脆弱、公共安全如履薄冰、公共健康面临威胁之际，禁放禁售烟花爆竹，已不是"能不能""该不该"，而是"不得不"。

事实表明，移风易俗不放烟花爆竹，文明健康过春节，不是不能被广大市民所接受。更何况，地方立法即将给出明确的规范和导向。至于风俗怎么变？逢年过节、婚庆乔迁，可不是"唯有炮仗，不可替代"——在大红灯笼、大红喜字之外，还可以用什么来表达"载歌载舞"的喜悦之情？智慧在民间。

如果，明年 1 月 1 日就是申城"花炮易俗"之日，当务之急，是把这则重大信息在全社会范围内广而告之。

让"花炮易俗"深入人心，并转化为全体市民的行为规范，需要行政管理部门做出强有力的社会发动——所有的移动终端设备都可以是发布媒介，手机、地铁、公交车、出租车，电梯、户外大型公益广告，都可以参与"花炮易俗"的全民发动。

这样的社会发动，上海是否有能力做得到？试试看。

（2015 年 12 月 28 日，《新民眼》）

"零燃放"是社会治理的进步

可以悄悄地告诉你一个秘密：2016年春节期间上海外环内真正做到了烟花爆竹零燃放，有3起刚刚准备燃放，立即被制止并且上交了烟花爆竹。

烟花爆竹零燃放——这曾经只是一种期待，一个愿望，一点梦想。但在丙申猴年春节，申城梦想成真。

"零燃放"，是上海社会治理的进步。

先请看看一组闪亮的数据。

今年春节，申城180个回收点累计接受市民主动上交烟花爆竹1500余箱；除夕夜、年初五凌晨共清除烟花爆竹垃圾62.1吨，全部位于外环线以外；除夕夜至年初一凌晨，外环外区域PM$_{2.5}$浓度明显高于外环内，年初四晚至年初五凌晨，本市空气质量始终保持在"优"。

申城有史以来"人数最多、规模最大、措施最严、力度最强"的烟花爆竹管控猴年"春节版"成果丰硕——外环以内基本无燃放，外环以外燃放量显著减少，7天长假外环内烟花爆竹产生垃圾为"零"，引发火灾事故为"零"。

"零燃放"得以实现，有很多原因。根本的一点，是上海社会治理的进步，是上海加强基层组织建设的成果，是上海法治建设、法治意识的成果。

新修订的《上海市烟花爆竹安全管理条例》自今年1月1日实施后，人们曾经对法规能否得到落实感到忐忑。但是，外环线内禁售禁放烟花爆竹的法定规范，得到了不折不扣的执行。申城的法治素养和文明程度，没有令人失望。曾经对申城社会发动能力的猜测——所有曾经悬着的心，终于，都安然落地了。

20世纪90年代初，申城曾在春节期间禁放过烟花爆竹。但是实施过程中遇到巨大困难。据说，当时面对一个弄堂里肆无忌惮的集中燃放，执法者只能摇头苦叹法不责众，力不从心，"禁放令"不了了之。

可是，为何20多年后，"禁放令"却能不折不扣地执行？天时、地利、人和，无疑助推了丙申"零燃放"。

2013年12月2日，申城首次触及最高级别空气污染——六级"严重污染"！如今，当$PM_{2.5}$成为申城乃至中国环境主要问题的时候，一波接一波的雾霾，无论是远道而来，还是本地生成，一样让我们深受其害。要免受其害，纵然经济转型发展是根本，但也不能小视生活方式对环保的重要影响。

同时，伴随城市群规模的不断扩大，从20世纪70年代开始,申城近地面风速平均每年下降 0.031 m/s,导致城市的大气扩散能力不断削弱——这也是秋冬雾霾成为季节常见现象的主要原因。2006 年以来,固然申城已经试行了机动车环保标志管理和高污染车辆限行措施,淘汰了 30 多万辆高污染机动车,但 PM$_{2.5}$"本地人为"污染排放贡献仍占八成。

环境污染之严重,城市规模之庞大,如此不利"天""地"因素,恰恰成为申城环保的强大动因。

如此城市环境,也让人们不得不反思生活方式的改变,不得不探究该如何移风易俗。面对一个流传了千百年的习俗,当这种习俗带来的弊病远远背离城市文明的现实需求,舆论、立法者、执法者,表现出空前的一致、积极和主动。

在这个过程中,媒体的社会动员能力,发挥了重要作用。2014 年元月,《新民晚报》首先以报社编辑部的名义,倡议上海市民在春节不放烟花爆竹,得到了社会各界的积极响应。在此后各个阶段,上海的各媒体,都根据自身特点和受众群体,进行了积极、大量、有效的宣传,对少放不放烟花爆竹,进行了广泛的宣传和全社会的动员,为最终落实形成全社会共识,发挥了举足轻重的作用。

在市十四届人大二次会议上,138 位代表联名倡议春节期间市民少放不放烟花爆竹,以此控制燃放烟花爆竹造成的环境污染之害、公共安全之害。2015 年元月,市十四届人大三次会议上,58 位代表再提立法案,建议更严立法管控烟花爆竹燃放。2015 年 4 月,修订《上海市烟花爆竹安全管理条例》(以下简称《条例》)从立法预备项目转为正式项目,并于 12 月审议通过。进入 2016 年,申城公安、消防等执法者都进入最严管控烟花爆竹的执法状态。

在《条例》实施后,上海警方的执法能力也得到了高度称赞。春节期间全员动员、全员上岗,有效地保障了法的落实和执行。

更重要的是,这次"零燃放",也充分检验了上海加强基层组织建设的成果。上海市委加强基层建设的 1 + 6 文件,对推动基层组织建设、加强社会治理能力,起到了重要作用。这次春节期间有一个十分重要的现象,就是在禁燃的关键时刻,各个社区、各个可能发生燃放的地方,都有一队队戴着鲜明标志的社区志愿者,与执法人员一起行动。这不仅加强了执法力量,也大大营造了全民动员、全民响应的氛围。这么多有组织的社会力量参加,跟上海加强基层建设、加强社会治理能力建设密切相关。加强基层建设的相关措施落实到位后,基层组织的力量得到大大加强,基层工作者的队伍扩大、积极性得到大大提高。

时代发展到今天,我们的城市会遇到各种各样"成长的烦恼"。这些烦恼中的多数,都要通过法定规范、行政执法、社区自治,得到最终化解,这将是特大城市社会治理的一种新常态。文明养犬、室内控烟、轨交安全,都是"成长命题"

中的一个个难点,如何解决好这些问题,"零燃放"的实现过程,就是一个不错的借鉴。

从某种意义上说,丙申春节"零燃放",仅仅是一个"开始",它将对申城的社会治理,提供广泛的借鉴。

(2016 年 2 月 15 日,《新民眼》)

垃圾分类，上海动真格了

赞成 818 票，反对 5 票，弃权 11 票。

2019 年 1 月 31 日下午，上海市十五届人大二次会议高票通过《上海市生活垃圾管理条例》，今年 7 月 1 日起实施。

眼下距离 7 月，不足半年。当立法高票通过之后，接下来，上海推动生活垃圾依法分类依法管理，要做的是——最广泛的社会发动，让所有市民都能参与到"环境友好型"城市建设中。

818 票赞成，不难看出立法的民意基础。2001 年以来，申城生活垃圾年均增长量超过 3％，2018 年每天清运量接近 2.6 万吨，年均生活垃圾产生量超过 900 万吨，资源环境和经济社会可持续发展因此承受巨大压力。作为本届市人大的第一个立法项目，《上海市生活垃圾管理条例》涵盖了生活垃圾管理全链条，涉及面非常广，难度非常高。在市十五届人大二次会议的审议过程中，代表们提出了方方面面的建议，最终的表决稿做出了相应的修改。

据初步统计,有代表 488 人次提出 646 条意见和建议,三分之二的建议都与宣传扩大社会知晓相关,代表对草案基本认可,大多是完善性意见。众所周知,地方性法规一般由人大常委会制定,只有少数事关重大的法规才由人民代表大会制定。近年来,上海市人大常委会将覆盖人群广、与市民权益密切相关的法规的审议和表决列入人代会议程——去年是食品安全条例,前年是老年人权益保护条例,今年是生活垃圾管理条例——生活垃圾管理,对城市未来的重要性,可见一斑。

在《上海市生活垃圾管理条例》提交市十五届人大二次会议审议之前,市人大常委会已进行了 3 次审议,全程听取代表意见;同时,人大代表们带着立法问题下基层,广泛听取社区意见。

科学立法、民主立法的价值导向之一正是——让立法的过程,成为普法的过程。无疑,《上海市生活垃圾管理条例》践行了这一价值导向,广泛而充分的社会知晓和民意征询,让生活垃圾分类在基层社区落地成为可能。

今天,生活垃圾分类,对申城市民而言,是生活方式、社会治理和城市精细化管理方式的一场变革——对生活垃圾的出路选择,就是对未来城市生态环境品质的选择。

最近两三年来,申城市民在垃圾分类的实践中,特别是那些先行先试的社区,渐次走出了因地制宜的分类之路,居民分类意识的提升、分类实践的参与,其效率和效果都是 20 年前所无法比拟的。2018 年 12 月初,当垃圾分类立法听证会开进长宁区虹桥街道,社区居民提供的垃圾分类新锐观念——无论是生活垃圾"定时定点"投放的习惯养成,还是政府主导回收体系重建的立法前瞻,都让人对申城市民的环保素养、法治素养刮目相看。所有社区实践,都蕴含着申城有效推动生活垃圾分类的章法、规则和规律,点点滴滴汇聚成生活垃圾分类不可或缺的"民间智慧"。这样的"民间智慧",正是基层社会治理创新最可宝贵的创造力、行动力。在昨天通过的《上海市生活垃圾管理条例》中,"四分类"界定眉目清晰,社会发动措施周到全面,充分汲取了生活垃圾管理的"民间智慧"。

如果,要数数申城过去 20 年里想做又难做的事,垃圾分类,算一件。2019 年,面对环保压力,面对城市未来可持续发展的愿景,垃圾分类,难做而必须做。在人们还不习惯垃圾分类的时候,会有一些不方便;在一些硬件设施相对落后的社区,垃圾分类更会有一些"硬骨头要啃",这些都是现实。

但更不容忽视的现实是——开放、创新、包容——上海的城市品格。这样的城市品格,会让城市管理像绣花一样精细,用心用力做好每一件事,让市民在家门口于细微处感受城市的温度;也会让市民不囿于旧习不得过且过,因为爱生活爱家园爱上海,积极参与垃圾分类,推动生活垃圾无害化、资源化、减量化,为"环境友好型"城市添砖加瓦。

迄今,推行垃圾分类制度,是国家既定方略,关系到 13
亿多人的生活环境改善。上海能否在这场"垃圾变革"中向
国际水平看齐,率先做出生活垃圾强制分类制度的全国表
率? 上海是否有决心有底气,一步步实现这场生活方式变
革的终极目标? 当《上海市生活垃圾管理条例》以 818 票的
赞成票高票通过,接下来,全城总动员,有你有我!

(2019 年 2 月 1 日,《新民眼》)

让垃圾分类真正成为新时尚

继上海市十五届人大二次会议高票通过《上海市生活垃圾管理条例》后，昨今两天，市人大常委会正式向全社会发布公告，条例将于 2019 年 7 月 1 日起实施。

在申城，生活垃圾减量化、资源化、无害化，不但是环保需要，更将是市民生活移风易俗的新变革、新时尚。地方立法又如何保障新变革、新时尚在申城落地开花？

随着经济社会发展、城市规模扩大，申城生活垃圾的产生量不断增加，2018 年全市每日生活垃圾清运量接近 2.6 万吨，年均生活垃圾产生量超过 900 万吨，给资源环境和经济社会可持续发展带来巨大压力。申城，会否坐视"垃圾围城"？绝不！

新时尚，恰恰契合了提升城市管理水平，建设卓越全球城市的需要。而地方立法推行生活垃圾分类制度，规范分类投放、收集、运输、处置各个环节，完善源头减量和资源化利用的各项措施，有助于改善城市人居环境、维护生态安全,建设更加美丽的生态之城;有助于提升城市精细化管理整体水平,促进经济社会可持续发展;有助于增强社会公众建设生态文明的责任意识,展现上海现代化国际大都市的文明形象,并为建设卓越的全球城市创造有利条件。

特别值得一提的是,源头减量是生活垃圾综合治理的重要内容,也是当前推进全过程垃圾管理的薄弱环节和难点问题。地方立法为此开出了药方。过往,循环经济促进法、清洁生产促进法、电子商务法等法律对促进"源头减量"都有要求,但大多为倡导性规定。源头减量,须成刚性约束,由此,地方立法针对"特定对象"提出了强制性规范——积极推进产品包装物、快递包装物减量;农贸市场、标准化菜场应当按照要求配置湿垃圾就地处理设施;绿色办公、绿色消费,将减少一次性用品使用作为着力点,党政机关、事业单位内部办公场所不得使用一次性杯具,旅馆不得主动提供客房一次性日用品,餐饮服务提供者和餐饮配送服务提供者不得主动提供免费的一次性筷子、调羹等餐具。这些制度设计,都让新时尚有法可依。

新时尚,来自市民生活,来自社区实践,汇集了公众智慧。经过多年实践,申城生活垃圾管理坚持全程管控、确保系统推进、推动社会参与,已经取得了不少有益的经验。地方立法将这些经验制度化、法治化。

过去两年,"开门立法"将生活垃圾分类管理作为市、区两级人大代表下社区活动的主题,听取市民意见近两万人次,发放 3 万余份调查问卷。3 次征求全体市人大代表对条例草案的意见,共有 270 多位代表提出 380 多条意见建议,其中 50 多条意见建议被采纳;先后组织 150 多位市人大代表参加立法实地调研和代表论坛。

同时,《条例草案》向社会公布,共收到 280 多条修改建议;聚焦实践中的堵点问题和关键条款,立法调研深入 10 多个区、40 多个住宅小区、20 多家企业。立法听证会开进虹桥街道,就生活垃圾分类标准、收集容器设置、大件垃圾管理"三大内容"在居民家门口直接听取意见。此外,广州、宁波、杭州、厦门、大连、青岛的生活垃圾管理经验,也成为上海地方立法的"他山之石"。

开门立法,多样化的路径和渠道,让新时尚贴近生活和实践,毫无违和感。

新时尚的诞生,离不开时间的积淀。1996 年以来,申城开展了多轮生活垃圾分类试点,并于 2000 年成为国家首批生活垃圾分类试点城市。市政府连续 7 年将生活垃圾分类减量列入实事项目,2014 年出台政府规章《上海市促进生活垃圾分类减量办法》。

党的十八大以来,党中央、国务院高度重视生活垃圾管理工作。习近平总书记在中央财经领导小组第十四次会议上对普遍推行垃圾分类制度做出了重要指示,要求北京、上海等城市要向国际水平看齐,率先建立生活垃圾分类制度,为全国做出表率。国务院 2017 年出台了《生活垃圾分类制度实施方案》,进一步明确上海等46个城市要在2020年年底前,先行实施生活垃圾分类。

从顶层设计到地方立法,都在铺垫着垃圾分类新时尚的养成。《上海市生活垃圾管理条例》将于今年7月1日起实施,依法推动生活垃圾减量化、资源化、无害化,面对事关城市未来的重大变革——申城市民将是垃圾分类新时尚的受益者,更将是垃圾分类新时尚的创造者。

(2019年2月20日,《新民眼》)

垃圾分类也要脑筋急转弯

2019 年元月，上海市十五届人大二次会议高票通过《上海市生活垃圾管理条例》。

迄今，2019 年已进入二季度，2020 年不远了，全面实现生活垃圾分类的目标越来越近了。时间紧任务重，申城各区新招频出，推动垃圾分类不遗余力。

在中心城区，有高楼大厦，也有二级旧里，有新建商品住宅小区，也有石库门老弄堂，普遍存在的二元结构，让垃圾分类真正落地，少不了因地制宜苦干巧干，少不了头脑风暴脑筋急转弯。

推进垃圾分类，二元结构难题如何破解？答案是，条块结合，以块为主，多元协同，以社区治理促进垃圾分类，以垃圾分类促进社区治理。治理路径有了，还得来点催化剂，让治理成效事半功倍，办法是——"科技＋管理"。

从时装到文艺、到金融到互联网，跨界融合，互联网思维渗透到社会经济发展的方方面面角角落落，基层社会治理也没落下，脑筋一转弯，就转到了垃圾分类。"科技＋管理"，正是互联网思维营运于垃圾分类的一种探索。

垃圾分类，采取"科技＋管理"模式，建立双向监督机制，从智能监控装置、车辆 GPS 设备到网格化管理，所有治理资源统统整合起来，从居民区、街道到全区建立投放、收集、运输、中转、处置五个环节的全程监管体系。

这个全程监管体系，要破解的，正是生活垃圾分类中的常见难题。

头一样，源头分类投放。一方面，借力"绿色账户"激励机制，推行定时定点投放，倡导居民主动垃圾分类；同时，开放监督举报平台，鼓励居民参与监督分类管理责任人的分类收集、分类驳运，形成市民与分类投放管理责任人双向监督机制。

第二样，分类运输和中转。收运时间、车型标识，都要有规范有公示，什么时间收运、谁来收运，杜绝混装混运，一清二楚。在居民区，物业公司配合源头分类收集、分类驳运，是法定义务，要依照条例将其纳入物业服务企业信用管理体系；同时，依托垃圾分类全程信息化系统，强化生活垃圾品质控制，对分类品质不达标的予以拒收，对多次混装混运严重的收运作业企业实行市场退出机制。

一种极端的情况是，不依法分类的小区，就会垃圾成山，倒逼居民和物业公司依法分类；混装混运，屡教不改的垃圾清运企业，就会失去营运资格，倒逼企业依法分类清运。

最后，末端处置。垃圾运到了处理场，此时，垃圾分类的品质，会有全程追溯的自动监控，分类品质考核，直接影响末端处置企业的绩效评价。同时，垃圾收费，收多少、怎么收，不会一刀切，建立面向单位、与生活垃圾分类质量挂钩、奖惩得当的差别化的生活垃圾收费制度，关键要素一定会涉及分类质量——分类品质升上去，收费金额降下来。

有了"科技＋管理"，双向监督促进垃圾分类，到底灵不灵，不妨拭目以待。

另一件垃圾分类"脑筋急转弯"，效果倒是已经立竿见影了。

上周，全国劳模、十一届、十二届全国人大代表，从农民工成长为上海总工会兼职副主席的朱雪芹做了一件事——作为颁奖嘉宾，为上海市金鼎学校荣获"垃圾分类小达人"的同学们颁奖。

很多事，都讲究"小手牵大手"，娃娃人小，能量大，垃圾分类，也不例外；只不过，怎么才能让娃娃们参与分类更有动力，倒也需要动动脑子。金鼎学校成立了垃圾分类志愿队，孩子们平时学到了不少分类常识，也开始在学校、在家里学以致用；但要让孩子们意识到垃圾分类不仅是为了环保，更是守法小公民对城市的义务，是一件光荣的事，那就需要多点激励。于是，朱雪芹应邀来加油。

面对小朋友们，朱雪芹说：垃圾分类是一场攻坚战，也是持久战,这场战役需要每一位市民参与,从我做起,共同努力;同学们都是城市的小主人,想不想能不能可不可以做好垃圾分类保护好城市环境,让上海成为垃圾分类的城市榜样?

朱雪芹是金鼎家长学校的名誉校长,她的励志经历让她成为孩子们的偶像。面对偶像,如此被激励,孩子们异口同声地回答:可以!

果然,小手拉大手,管用的,换个角度,大手拉小手,也是很有力度的。

的确,申城要做垃圾分类的城市榜样,需要只争朝夕,更需要四两拨千斤的方法,要相信,在上海,一个社区、一所学校,乃至这座城市从来都不缺乏——敢啃硬骨头会啃硬骨头的勇气、魄力和智慧。

(2019 年 4 月 12 日,《新民眼》)

"端午龙舟"徜徉历史长河

　　端午时节,龙舟竞渡。

　　不同以往,这个端午,申城过得很别样。

　　一方面,粽子、菖蒲、艾草、香囊,一个个鲜明的"端午符号"让大街小巷都浸透着传统的味道。

　　另一方面,垃圾分类生活新时尚,正以前所未有的热情,召唤着生态文明新境界。

　　端午时节,传统的继承和时尚的养成,就这样浑然天成。

　　粽子、菖蒲、艾草、香囊,不只是"文化符号",也已是假日经济中的"活跃因子"——不必说老字号、网红店的粽子如何热销,不必说大大小小药店里的香囊如何抢手,单单到自家周边的菜市场里走走,两三元一枝的菖蒲艾草,哪个"马大嫂"不是人手一枝?

　　过端午,吃粽子、戴香囊、挂菖蒲……从舌尖、鼻尖到指尖,传统文化全方位体验,基因里的古老文化记忆全方位复苏;过一次端午,就是对中华传统的一次集体重温。在今天,这样的记忆和重温,满足了需求,拉动了消费,繁荣了市场,发展了经济。

更重要的是,在这个特别的节日里,整个中华民族都涌动着爱国主义的家国情怀,正如诗人余光中《招魂》所言:"五月五,楚大夫……都为你而下水,满江龙船;都为你而分波,满舷长桨;都为你而悬挂,满门菖蒲。"端午时节,传统文化,家国情怀,充盈于天地之间,浩荡而充沛。

2019年端午,与传统文化记忆并行不悖的,是一场生活新时尚的酝酿、萌发和风行。

垃圾分类,为何要成生活新时尚?新时代,推行垃圾分类,事关生态文明,事关社会治理体系和治理能力现代化。近年来,我国加速推行垃圾分类制度,全国垃圾分类由点到面、逐步启动、成效初显,46个重点城市先行先试;2019年起,全国地级及以上城市全面启动生活垃圾分类;2020年年底,46个重点城市将基本建成垃圾分类处理系统;2025年年底,全国地级及以上城市将基本建成垃圾分类处理系统。

未来已来,要让更多人行动起来,培养垃圾分类好习惯,发动全社会人人动手,一起努力改善生态环境,一起为绿色发展、可持续发展做贡献。

上海,改革开放排头兵,创新发展先行者,推动垃圾分类新时尚,自然也要率先引领。即将于7月1日实施的《上海市生活垃圾管理条例》适应了依法提升城市管理水平和文明水平、建设卓越全球城市的需要。这部地方立法推行生活垃圾分类制度,规范生活垃圾分类投放、收集、运输和处置,完善源头减量和资源化利用,有助于改善城市人居环境、维护生态安全,建设更加美丽的生态之城;有助于提升城市精细化管理整体水平,促进经济社会可持续发展;有助于增强社会公众建设生态文明的责任意识,展现上海现代化国际大都市的文明形象,为建设卓越的全球城市创造有利条件。

舆论评价,垃圾分类不是小事,是环保必需,更是生活方式、社会治理和城市精细化管理方式的一场变革。日本、德国等国家生活垃圾精细化治理都是经历了几十年甚至更长时间的努力,才有今天的成就。因此,我国要建立和推行生活垃圾全程管理制度,也必然是一场攻坚战、持久战。上海,如何面对这场变革? 开放、创新、包容的城市品格,决定了上海决不会因循守旧墨守成规,而是以"排头兵""先行者"的心态和姿态参与变革,迎接生活新时尚。

端午时节,继承传统文化,是为了,不忘过往;推行生活新时尚,是为了,面向未来。

一个民族有生命力,文明和文化不断流,就在于有历史、有未来、有记忆、有憧憬;5 000年中华文明,从未断流,就在于中华民族不忘过往不惧未来,即便有风浪,"端午龙舟"历尽劫波,总能以竞渡的姿态徜徉于人类文明的历史长河之上——世界可以看到,这样的姿态,适用于过去、现在和将来!

(2019 年 6 月 8 日,《新民眼》)

垃圾分类贵在久久为功

今天，是个好日子。

今天，《上海市生活垃圾管理条例》正式实施。

从此，在申城，生活垃圾分类，是生活新时尚，更是法定规范，生活垃圾处理已然进入城市法治水准、精细化管理水准、社会治理水准的考量体系。

2019年元月《上海市生活垃圾管理条例》由市十五届人大二次会议表决通过至今，半年时间里，面对生活方式变革和生活新时尚养成，如果，要用一句话概括上海市民所展现的精神风貌，那就是——垃圾分类欢乐多！

欢乐的背后，是空前的社会发动。没错，垃圾分类，在申城经历了并经历着空前的社会发动。垃圾分类，关系到家家户户的日常生活。普及分类常识，告知分类义务，务必家喻户晓；家喻户晓，告知方式普及渠道，务必喜闻乐见；喜闻乐见，精彩纷呈，已达何种境界，不妨听听新童谣《垃圾分类再垃圾倒》，童谣唱道——

"倒垃圾倒垃圾倒啥垃圾？要拿垃圾分类记在心里！新时尚啥物事最扎台型，垃圾分类再垃圾倒……垃圾分类再垃圾倒！倒！倒！笃笃笃，卖糖粥！三斤胡桃四斤壳！吃了侬格肉，还了侬格壳！张家老伯伯，侬晓得哇？垃圾分类再垃圾倒……"

一曲旋律欢快的新童谣，把垃圾分类的重要性、必要性和分类常识，唱了个一清二楚。一件事，若能让童谣传唱，那一定是事关千家万户，这件事的社会知晓度更是不言而喻。由此，垃圾分类新时尚在上海的宣传普及力度，可见一斑。

与此同时，任何一项事关民生的立法，要落实为行为规范，一定离不开精细化的城市管理和社会治理；精细与否，绩效如何，最终都要落实在社区、落地在小区。在新童谣欢乐传唱的背后，是上海全市 16 个区的社区志愿者为推动垃圾分类的辛勤付出。诚然，全上海 200 多个街道 5 000 多个街道社区近两万个小区，垃圾分类推进有先后，但所有街道、社区和小区，都看得见垃圾分类志愿者的身影。他们是垃圾分类新时尚的先行者、倡导者、普及者、推动者，他们的认真执着，对规则的遵循、对公益的热心、对新事物新风尚的接纳，都让人们坚信——上海人，一定能做好垃圾分类这件事！而志愿者的精神风貌，也正代表了上海市民的精神风貌。

垃圾分类，也曾遭遇过不理解，但精细化的城市管理和社会治理,会为人们释疑解惑,会让人们知晓垃圾分类"定时定点"投放的必要性、可行性,知晓垃圾分类对环境保护和生态文明建设的重要性,从而有力保障垃圾分类在每个社区每个小区依法推进。

德不孤,必有邻。正当上海人民以高度的法治精神和环保意识推动垃圾分类之时,住房和城乡建设部最新消息表明,马上,又将有45个城市加入垃圾分类行列!权威发布称,2019年,全国46个重点城市将继续加大生活垃圾分类处理设施建设投入,满足生活垃圾分类处理需求;全国计划投入213亿元,2020年年底先行先试的46个重点城市基本建成垃圾分类处理系统;2025年前,全国地级及以上城市要基本建成垃圾分类处理系统。

垃圾分类,全国人民都要撸起袖子加油干!住房和城乡建设部还表示,将加快生活垃圾分类设施建设,完善垃圾分类技术设施标准;加强法制建设,通过推动立法加强源头减量,提升生活垃圾全过程管理水平。上海,改革开放排头兵,创新发展先行者。垃圾分类,任重道远,不会一蹴而就,久久为功不懈怠是关键,也将是每位上海市民的行为准则。

因为,上海人民知道——绿水青山,就是金山银山。若继续以填埋方式处置生活垃圾,将让我们赖以生存的家园被大大小小的垃圾填埋场包围,这样的方式必定不可持续;以焚烧代替填埋,以垃圾分类回收减少焚烧时有害气体的产生量,正是当今世界各国破解"垃圾围城"的不二选择。

因为,上海人民知道——垃圾分类,功在当代,利在千秋。能否做好垃圾分类,衡量着上海这座城市的文明程度、法治素养;践行垃圾分类新时尚,共创美好环境新生活,一个天蓝、水清、地绿的上海,一个更加强大、文明、可持续发展的中国,正是每一位上海市民发自心底的家国情怀!

(2019 年 7 月 1 日,《新民眼》)

垃圾分类和城市数字化转型

垃圾分类,城市数字化转型,二者有啥关系?

2021 年 7 月 1 日,《上海市生活垃圾管理条例》实施就要满两年了。上周,上海数据立法研讨进入公众视野。立法是大事,数据立法关乎城市数字化转型;城市数字化转型,也是大事,可市民感受度高的还是身边事。不妨,就以垃圾分类为例,说说数据将会如何依法赋能社会治理。

想想看,你家小区的垃圾箱房,长什么样,干净清爽还是脏兮兮? 投放垃圾,定时定点,还是 24 小时? 别急,先看看别人家的。

南昌路上,雁荡社区,有个福元小区,小区里的垃圾箱房,有特色。

首先,垃圾分类智能化投放,够聪明。扔垃圾,先刷垃圾箱房门禁卡,系统后台迅速识别居民身份,确认是小区居民才开门。干、湿垃圾正确投放,后台自动统计投放重量换算积分,积分够多,可兑换牙膏、香皂、垃圾袋。智能垃圾箱房的液晶显示屏也没闲着,居民干、湿垃圾投放量、绿色账户积分一一显示,定期更新居民垃圾投放"红黑榜",督促大家自觉遵守《上海市生活垃圾管理条例》。

其次,精细化管理,够高效。两个探头,一个在垃圾箱房里头,一个在外头,连接着智能终端控制系统室。垃圾桶快要满溢,内部探头立马报警;谁要是乱扔垃圾,外部探头 10 秒内发出处理信息。在智能终端控制系统室,墙上大屏幕显示垃圾箱房"即时状态"。一有情况,智能终端控制系统室工作人员就呼叫保洁员,保洁员会第一时间赶到现场处置。

最后,服务生活,投放时段优化为 24 小时全天候开放,够方便。福元小区,原本就是老小区,老人多,大多早睡晚起,每天扔垃圾就像一桩心事,错过了扔垃圾时段晚上就睡不好觉。福元小区自治家园执委会了解到居民诉求,既然智能垃圾箱房改造得益于瑞金二路街道社区"微更新",那就把好事办好,跟物业公司、居委会共同协商决定,2020年 5 月起智能垃圾箱房 24 小时全天候开放。

不用说,福元小区的智能垃圾箱房,就是"一网统管"应用于基层治理的迷你版,种种特点,也正得益于基层社会治理探索尝试的数据互联共享。

这阵子,南昌路 100 弄 2 号,参观中国共产党发起组成立地(《新青年》编辑部旧址)的人越来越多。不少来自基层社区的,慕名顺路到福元小区来看看,看了,不只羡慕,更想自家社区垃圾分类,也早点数据赋能。其实,数据赋能基层社会治理,呈现的应用场景,远远不止垃圾分类,养老、医疗、教育、公共安全等诸多领域,概莫能外。

技术跑得快,制度供给不能落下。数据立法,一个思路正是——推动数据赋能基层。大量的数据应用需求在基层,立法草案就要求各区归集至市大数据资源平台的数据经过整理后,应当按照数据的区域属性及时返还至区大数据资源分平台,赋能各区开展数据的深度应用。

同时,数据赋能社会治理,共享开放机制,尤为必要。一个共识是,公共数据的共享以共享为原则、不共享为例外,开放则以分类分级、安全可控、便捷高效为原则。如何共享?头一样,需求清单、责任清单和负面清单,就是公共数据共享机制的基础,不断提高有条件共享的效率,形成基于应用场景的直接共享机制。第二样,建立共享开放成效的考核评价机制,督促各区和各部门落实共享开放要求,谁也不能垄断数据,杜绝"数据孤岛"。

数字时代,技术发展必然带来治理能力和治理体系的现代化。数据立法,如何让城市数字化转型切实提升日常生活的安全感、获得感、幸福感——即便普通如垃圾分类这件事,值得期待!

（2021 年 5 月 31 日,《新民眼》）

垃圾箱房升级，新时尚成新风景

眼下，你家小区，垃圾箱房长啥样？

是蓬头垢面脏乱差，是干净整洁秩序井然，还是更聪慧美观了？

一个街区、一个社区、一个小区的治理水平怎么样，不妨就看看这里的垃圾箱房。

上周，作为城市的心脏、窗口和名片，黄浦区在全市率先试点垃圾箱房设计大赛。比赛，只是方式；升级，才是目标。

2019年，《上海市生活垃圾管理条例》实施，垃圾分类成为市民生活新时尚。如果说，垃圾分类1.0普及"四分类"，申城进入生活垃圾无害化、减量化、资源化的起步阶段；那么，垃圾分类2.0就是以"高质量发展、高品质生活"为目标导向，从最贴近居民生活的垃圾箱房入手，以形象之变、功能之变带动效能之变。

事实上，在申城，垃圾分类2.0以来，垃圾箱房智能化、景观化，已是升级生活垃圾分类水平最直接的切入点，代表了低碳生活的新趋势新方向，以及治理能级提升的新要求。

那么，最时尚的垃圾箱房，可以长成什么样？

梧桐树下，"新时尚焕发街区新活力"垃圾箱房设计大赛，令人大开眼界。这场大赛选取衡复历史风貌保护区内的5处社区，公开征集垃圾箱房设计方案，所有热心市民、社会团体均可通过瑞金二路街道公众号提交设计方案。一个目标是：持续提升社区源头投放环境，让垃圾箱房便利化、智能化、景观化，鼓励市民热情参与社区治理，共同践行低碳绿色生活，形成垃圾分类、社区共治良好氛围。

其实，百年南昌路，已添新街景。南昌路290号，垃圾箱房升级焕新，马路边上，四幅水墨山水画，好似四扇屏风，正是垃圾箱房外墙；箱房里，感应式四分类投放口，整洁实用。

在申城，垃圾箱房升级换代，究竟将改变什么？

首先，是环境品质。垃圾箱房变街景，用居民的话说，很干净，看看都养眼。好的环境，对市民行为的导向作用，必然是正向的。

其次，是观念之变。推动一件事，共识很关键。脏、乱、差，是人们对垃圾箱房的刻板印象。试想，脏乱脏的垃圾箱房，如何匹配垃圾分类新时尚？

刻板印象，能否改变？申城不少社区，都在积极推动改变。效果是，走过路过，人们的第一反应是——这是垃圾箱房吗？垃圾箱房竟然可以这么体面！第二反应是——要是全上海的垃圾箱房都这样，那可就太好啦！

有了全新的想法、全新的向往，才会有更多行动推动垃圾箱房大变样。有朝一日，全上海的垃圾箱房都能智能化、景观化吗？

回答这个问题，让我想起了一件事。12年前，市人大代表曹兆麟第一次为"老楼加梯"提交代表建议。当时，这几乎是一件不可能的事。12年后，"不可能"成了"能"，而且连续进入政府实事项目。

变化，为何发生？有很多因素。关键是，高质量发展、高品质生活，是人心所向大势所趋，是目标也是动力。老楼加梯如此，垃圾箱房焕新也是如此。

在申城，当众多街区、社区、小区顺势而为；当新时尚变成新风景，更多资源、更多力量有序参与基层治理，治理效能也将因此提升。

一个有意思的细节是，吴梦涵，三年级小学生，参观了南昌路290弄智能化、景观化垃圾箱房，代表巨鹿路第一小学的同学们说出童心规划——垃圾箱房变画廊，下次，画展，看我们小朋友的吧！

童心可贵，未来可期！

（2023年12月6日，《新民眼》）

第三辑　天花板下不吸烟

上海市人大代表吴凡,从事医疗健康事业,也是全面禁烟的积极推动者。2015 年元月,吴凡等 11 位人大代表向市十四届人大三次会议提出尽快修订《上海市公共场所控制吸烟条例》的议案,这一议案被大会列入立法案。这份立法案的核心内容是:扩大控烟场所范围,将室内工作场所纳入控烟范围。

　　2017 年 3 月 1 日起,在上海,公共场所"天花板下不吸烟",已成法定规范,铺天盖地的社会发动,让这个规范家喻户晓。在北京,十二届全国人大五次会议改进会风 20 条措施,压轴的,便是重申"控烟令"——要求自觉遵守《北京市控制吸烟条例》。

　　公共场所"天花板下不吸烟",由大会风纪重申,足见控烟趋势不可逆转。

这是公益广告？

一幅巨大的广告牌，广告牌正中是天安门，上书大字"爱我中华"，一些地方的广告右侧还有一行字：吸烟有害健康。

您看见它，第一反应是什么——香烟广告，还是公益广告？

虹口区人大代表曹永明是一位大学教师，他已连续两年提出书面意见——建议禁止中华牌香烟设立"爱我中华"大型户外广告。

2009年，曹永明代表又委托上海市人大代表邬振伟向政府职能部门提出这一书面意见。行政职能部门答复说，目前，本市发布的带有"上海烟草公司"企业名称的"爱我中华"广告，是兼有一定的公益内容和烟草企业信息的"烟草企业形象广告"，内容并无《广告法》和《烟草广告管理暂行规定》明确的禁止情形，发布形式也不在法律禁止范围。

不过，行政职能部门也表示，要"加强对此类广告的管理,适当控制其发布范围和期限,尽量减少传播影响面"。

有一定"公益内容",还有"企业信息",这叫"擦边球"吧。不过,这球打得实在不算漂亮。吸烟有害健康,这是常识,可这样的商品为什么一定要把自己的牌子跟"中华"挂上钩?烟草公司号召大家"爱我中华",其所指究竟是什么——是民族,还是香烟?烟草公司既然如此钟情"中华",那就该明白,"中华"二字在国人心中的分量。

众所周知,多年来,这家烟草公司为慈善事业投入了巨额资助,表现出强烈的"企业公民"意识。但在慈善投入之外,"守法"只是"企业公民"的底线,不违背法律,并不意味着企业的所有行为都能被社会文化伦理所接受。

2006年,经全国人大批准,世卫组织"烟草控制框架公约"在我国正式生效。2010年世博会就要来了,曹永明很想看见一个真正的公益公告——56个民族手拉手,上书"爱我中华",这完全不同于香烟壳的画面,行吗?

[本文上海电台今天下午4时半在《晚报大家听》(中波990、调频93.4)同步播出]

(2009年4月3日,《新民随笔》)

90

烟草郁闷是好事

在上海，烟草越来越郁闷。

酝酿了 15 年，《上海市公共场所控制吸烟条例（草案）》终于交付市十三届人大常委会第 13 次会议审议。

这世界，悖论不少。烟草，就曾经是一个"巨大的悖论"。一方面，人们日益知晓烟草的危害；另一方面，人们又很迷信"烟草致富"。

实际的烟害之烈却并非你我所能想象。我国是世界上最大的烟草生产国、消费国和受害国。目前，全国有 3.5 亿烟民，消费全球香烟产量的三分之一。全国卫生服务调查数据显示，2000 年，我国因吸烟造成的额外医疗费用达到 140 亿元，吸烟引起的生产力损失为 270 亿元，总经济损失估计为 410 亿元。

其实，如果不简单看待 GDP 增量，那么，"控烟"便无损社会经济发展。爱尔兰、新西兰、挪威及我国香港地区的评价报告都显示，"全民无烟立法"改善了卫生状况，对服务行业并无负面经济影响。

"烟草观"日见辩证,控烟呼声便逐年攀升。1992 年,市九届人大常委会建议市政府制定"公共场所禁止吸烟"的规章,适时提升为地方立法。1994 年,《上海市公共场所禁止吸烟暂行规定》实施。

彼时至今,世界和中国的控烟状况也发生着不小的变化。2003 年 5 月 21 日,第 56 届世界卫生大会通过《烟草控制框架公约》,这是世卫组织的第一部全球公约。2006 年 1 月 9 日,《烟草控制框架公约》在我国生效,并于 2011 年 1 月 9 日起全面实施。因此,上海"控烟"持续进步,也在情理之中。

15 年来,上海的医院、公交车、博物馆、图书馆……都已向吸烟说"不","敬烟、劝烟"也不再被单纯看作"无害风俗"。15 年来,控制公共场所吸烟的立法案,一直是历届市人大代表的"保留议案"。如今,一部政府规章上升为地方法规,实施更严格的控烟措施,正当其时。

烟草郁闷,这是好事。

[本文上海电台今天下午 4 时半在《晚报大家听》(中波 990、调频 93.4)同步播出]

(2009 年 8 月 24 日,《新民随笔》)

掌声为王兆孙响起

王兆孙何许人也？一位上海市民。掌声为王兆孙响起，因为，他说了真话。

2009年9月21日，上海市人大常委会成立30年来的第9次立法听证会——《上海市公共场所控制吸烟条例(草案)》立法听证会，跟大家见了面。"第1次"是在2001年，距今8年。作为记者，我经历了这9次听证，大概是观点听多了，很少主动为谁鼓掌，王兆孙却让我也破了例。

王兆孙到底说了什么真话？

王兆孙说：我在外企工作，每天"被动吸烟"三四个小时。我们单位严格禁烟，隔壁单位有几位老烟民，烟飘过来了，熏得我天天苦恼，花了4000多元买了空气清新器，不管用，烟还是源源不断地输送过来，电梯口就像生炉子一样。我们这些老白领、小白领，还有很多怀孕的女职员，苦不堪言。我对那些说"二手烟"没啥危害的，嗤之以鼻，"二手烟"有害已是国际公论，不必再争论。

王兆孙说：有人说，烟草公司为税收做了大贡献，控烟，势必会影响烟草公司的利益，也会影响税收。请问，国家财政每年为"主动吸烟"和"被动吸烟"的病人支付巨额医疗费，烟草企业该不该为此承担责任？眼里若只有"赚钱"二字，种植毒品更赚钱，可我们能那么做吗？

王兆孙还说：即使是小平同志，人大代表提出不要吸烟，他也从善如流。在这个问题上，我觉得没有任何人可以特殊。

王兆孙话音刚落，立刻掌声一片。

你看，市民王兆孙就是这么当"立法听证陈述人"的：现身说法让人感同身受，反驳谬误鞭辟入里，树立典型无懈可击。三段论述完成，好了，"二手烟"有害健康，毫无疑问；"烟草致富"实为双刃剑，不可迷信；吸烟并非不可控，关键是态度端正。

上海市民王兆孙就这么有水平。静下心来想想，9 次听证，见过的那些人，类似"王兆孙"的，还有，他们都该算是"民意代表"。有他们在，听证才有意思、有实效。

[本文上海电台今天下午 4 时半在《晚报大家听》(中波 990、调频 93.4)同步播出]

(2009 年 9 月 22 日,《新民随笔》)

全民控烟不必急于"唱衰"

前一阵子,曾有一种声音感叹中国控烟全面失败。任何论断都要有事实依据,所谓控烟"全面失败"的根据究竟是什么,是否有全局性的调查支撑? 不得而知。

2011年3月1日,《上海市公共场所控制吸烟条例》(以下简称《条例》)实施1周年,由上海市人大教科文卫委、市人大常委会研究室、上海市健康促进委员会联合发布的"上海控烟白皮书"显示:1年来,全市公共场所控烟状况有所改善——各类法定禁烟场所内吸烟发生率由法规实施前的37.5%下降到去年9月第2次监测时的3.42%,劝阻率从实施前的19%提高到第2次监测时的54.1%;在禁烟场所内发现烟头、闻到烟味的情况也明显减少,《条例》已初步显现法律约束力。

经验表明,法律约束力要得以实现,首先要具备民意基础,要得到绝大多数人的"内心认同"。《条例》在酝酿15年后出台,具备广泛的民意基础——立法调研表明,89.3%的市民支持通过地方立法,约束公共场所随意吸烟;同时,在公共场所受到劝阻,85％的吸烟者也都能"听劝"。

法律约束力要得以实现,离不开刚性规范。"上海控烟白皮书"表明,《上海市公共场所控制吸烟条例》实施次月,公安部门就开出了全市首张 2 000 元罚单。截至去年 12 月 31 日,各级控烟监管部门共检查各类公共场所 212 043 家(次),责令整改 3 494 家,及时整改到位 2 622 家,立案处罚并罚款 12 家,并对 5 名个人予以罚款,罚金共计 25 400 元。被处罚单位中包括娱乐场所、宾馆、医疗机构、公用事业和金融机构营业场所。此外,市交通和港口管理局执法总队对违反行业控烟规范公交从业人员予以处罚,立案处罚 67 户,处罚金额 7 700 元。

必须说明的是,以保护公民人身健康、提升环境质量为价值追求的控烟条例,所要达到的目标,绝非对烟民实施行政处罚。它要改变的,是一些烟民"随时随地"吞云吐雾的陋习——烟民不能把"个人爱好"凌驾于他人和公共权益之上,烟民只有"让度"一部分权利,才能心安理得地保有"个人爱好"。

法律约束力要得以实现,更离不开"权利自觉"。控烟条例好比"红绿灯",有了刚性规范,人们才知道哪里可抽烟,哪里不可。拒绝"被动吸烟",也是立法赋予每位市民的法定权利,每位市民都有主动劝阻、制止"不当吸烟"侵害的义务和权利。烟,抽与不抽,也都在一念之间。面对"不当吸烟",我们何妨劝他一劝,既成就了烟民个人的守法素质,也成就了我们自己的权利,何乐不为? 毕竟,不随意抽烟,不仅是烟民需要遵守的法律底线,也维系着城市文明素养,值得每一个人认真对待。

无论如何,面对刚刚起步的"全民控烟",先不必急于唱衰——这世界要变得更好,需要每个人在秩序和规则的框架内积极行动起来。

(2011 年 3 月 1 日,《今日论语》)

天花板下不吸烟

公共场所，天花板，两个再普通不过的名词，却已经搅动了申城的控烟神经。

无论是尼古丁成瘾，还是毒品成瘾，照医生的说法，都是"物质成瘾"。吸烟者，是烟草受害者，也是控烟不力的受害者；同时，受害的一种结果，就是"受害者"变成了他人健康的"加害者"。

公共场所，天花板下不吸烟，烟草受害者不做加害者，正是申城修订控烟条例的一个目标。如何更有力、有效地推动公共场所室内全面禁烟？2016 年 5 月 26 日，市人大代表进社区活动中，控烟条例的修订再度成为关注热点。

市人大代表吴凡，从事医疗健康事业，也是全面禁烟的积极推动者。2015 年元月，吴凡等 11 位人大代表向市十四届人大三次会议提出尽快修订《上海市公共场所控制吸烟条例》的议案，这一议案被大会列入立法案。这份立法案的核心内容是：扩大强制控烟场所范围，将室内工作场所纳入强制控烟范围,取消现行条例"允许设立室内吸烟区或吸烟室"的规定。

取消室内吸烟区或者吸烟室,为啥?换而言之,公共场所室内全面禁烟,为啥?

先看看《烟草控制框架公约》怎么说。目前,我国已经签署世卫组织《烟草控制框架公约》(以下简称《公约》)。《公约》第8条要求,各缔约方通过立法"防止在室内工作场所、公共交通工具、室内公共场所,包括其他公共场所接触烟草烟雾"。这意味着,只要是公共场所,只要在室内,只要头顶天花板,那就一律禁烟,没有例外。

《公约》这么不"通融",要求100%无烟,理由,也很明确。

理由之一,会要命。医生反反复复告诫,接触烟草烟雾会导致死亡和疾病,包括心脏病、癌症、呼吸系统疾病或间接导致其他健康问题。如果允许酒店客房、单人办公室、公共交通枢纽、餐厅设置吸烟室或指定吸烟区,那么,进入这些场所的人群,例如,酒店员工、办公室同事、机场和车站的清洁人员及餐厅服务员,仍将接触到烟草烟雾。

理由之二,不管用。将二手烟控制在指定区域内并不具有可操作性,指定吸烟区域的入口敞开时,烟雾会向外扩散;烟雾也可以通过门框、地板和天花板的缝隙、缺口及管道和共用的通风系统往外扩散。即使是最精细的通风系统,也无法保护人们免受二手烟的伤害。

因此，"控烟立法"如果规定允许室内吸烟的例外情况，不仅违背世卫组织公约，也会给执法带来困难；而在100％"无烟场所"，若执法者发现任何吸烟现象或吸烟证据，即可明确判断其为违法行为。

迄今，越来越多的国家和城市通过控烟立法，全面禁止在室内公共场所吸烟。其中，在机场所有室内区域禁止吸烟，实现100％无烟正成为全球趋势。全球所有主要机场已经或者正在实现全面禁烟，包括洛杉矶、纽约、伦敦希思罗、莫斯科和北京。

一旦，公共场所，天花板下，禁烟，成为法定规范，除了行政处罚种种罚则之外，又该有哪些必要的技术手段来推动执法？

一种业已采用、普遍认可的办法是：全市统一举报电话。申城著名的12345热线，已是控烟平台。发现违法吸烟，市民要举报，随时可拨12345。搭建这个平台，不只是要方便市民投诉，更重要的意义在于，通过一种便捷的方式，鼓励市民行使劝阻权，达到充分普法的社会效果，让越来越多的人把不在公共场所吸烟当作"不影响他人""遵纪守法"的自律修养。

那么，一时还无法戒烟，需要抽烟的人们，又该何去何从？除了努力摆脱烟草之害，还有一个去处——室外。在申城公共场所控烟条例实施5年时，市健康促进委员会的统计表明，全市已有658家区镇机关签订了创建承诺书，长宁、浦东、原闸北等不少政府办公大楼已完成室外吸烟区的设置。

如今，要减少烟草"受害者"，不让"受害者"成为"加害者"，立法就要积极营造更为有利的控烟环境、舆论氛围。更有一种立法建议是：烟草包装不该掩饰，而应揭示真相——香烟盒上，危险标识，敢用吗？

（2016 年 5 月 27 日，《新民眼》）

"严控烟害"趋势不可逆转

申城控烟,修法,究竟会呈现怎样的姿态和样貌?修法的每一步,都会牵动人们的"控烟神经"。

目前,市十四届人大常委会第 32 次会议二审修改《上海市公共场所控制吸烟条例》的决定从一审到二审,修订草案透露出的基调是:控烟,从严,趋势不可逆转。

严控,严到什么程度?室内公共场所控烟,从"特定区域"扩展至"所有区域"——室内公共场所、室内工作场所、公共交通工具,一言以蔽之,公共场所"天花板下不吸烟"。

立法审议过程中,一种设想是,在室内公共场所、工作场所控烟趋严趋紧的同时,是否可以允许特殊行业、特殊场合依照规定设置室内吸烟室。比如,一些特殊行业,厂区严禁烟火,需要设置特定的室内吸烟室;一些特殊场合,比如,话剧演出为了再现生活,需要保留吸烟行为。

这样的考虑,在审议中遇到了不同意见。

一种意见是,一些特殊行业,比如石化、医药企业,早已实施较之地方立法更严格的控烟措施,确切地说,不是"控烟"而是"禁烟",只要进入厂区、车间,就不允许吸烟。地方立法面向的是日常大众,不必操心"特殊行业"。

一种意见是,一些特殊场合,无论话剧演出也好,还是影视节目也好,演员不在观众面前"吞云吐雾",是公众呼声,也是行业自觉。不信,看看20世纪三四十年代、七八十年代和现在的电影,烟草镜头,究竟是多了还是少了?答案是,少,越来越少了。

何况,"再现生活"和"自然主义",并非一码事,艺术源于生活高于生活;戏,怎么演,观众才爱看,那要看艺术家们的本事,不在于有没有吸烟镜头。

这些不同的观点,究竟如何取舍,立法者自然会认真考量,趋势是:从严。

从严,不只对室内公共场所,进入二审的立法草案增加一个新的内容:公共场所室外区域,有条件的都可以设置室外吸烟点。此外,对吸烟点也提出了要求——安装引导标识,设置烟草危害健康的警示标识,远离人群聚集地和行人必经地,符合消防安全技术规范。

控烟,从严,如此立法导向,自有其缘由。

大量的科普公益宣传,让越来越多的人知晓,吸烟,不只是个人习惯,更是关乎所有人生命权益的公共健康和公共环境问题。

公众对烟草之害的认识——从"一手烟"、"二手烟"到

"三手烟",较之5年、10年、数十年前,已不可同日而语;与之相对应的是,公众对公共场所控烟的需求,也已不可同日而语。因此,在申城,公共场所室内全面禁烟的民意支持率也从5年前的90%上升至目前的94%。于是,当现行法规不能适应公众日益增长的健康需求,修法,以更严立法控制烟害发生,便是大势所趋。

每位不吸烟的市民,都享有劝阻"不当吸烟"的法定权利,都享有不受烟害的法定权利;每位吸烟的市民,也都享受在恰当的地方,不妨害他人恰当吸烟的法定权利。两种权利,并不矛盾,维护好对方的权利,就是维护好自己的权利。

一部管用好用的地方立法,不只是回应公众关切,而且,一定要经历充分的社会动员。2016年上海人大工作研究会的专项研究报告显示:人大主导立法,很重要的一个环节,就是加强组织协调。除了继续完善听取政协委员、民主党派、人民团体、社会组织、专家学者意见的机制和程序,拓展公民有序参与的途径,加强与相关政府部门的沟通协调外,对草案中的关键条款和争议较大的条款,建议建立第三方评估机制,将这些条款交有关机构研究论证,提出客观、公正、有说服力的评估报告。此后,人大再依据评估报告与有关方面沟通协调,这将有助于提高沟通协调的说服力。

在控烟修法启动的几个月来,市人大教科文卫委员会、市人大法制委员会针对立法难点和重点，聚焦修法涉及的禁烟场所的增加、执法主体的调整、管理模式的转变，展开联合调查，听取各方意见，无疑，这将有助于让立法过程成为社会发动、促进公众健康，提升全社会文明素养的普法过程。

申城控烟，在路上，今天的修法，如何权衡取舍，都不会偏离"立法初衷"——从严控烟，营造更健康的公共环境。

（2016 年 9 月 14 日,《新民眼》）

控烟立法更需执行力

一锤定音——今后,申城公共场所天花板下不吸烟。

2016 年 11 月 11 日上午,市十四届人大常委会第 33 次会议通过关于修改《上海市公共场所控制吸烟条例》的决定。新条例自 2017 年 3 月 1 日起实施。

严控烟害,地方立法的引领性、科学性和可执行性,如何彰显?回顾控烟条例的修订过程,不难管窥一二。

先看,控烟立法的引领性。

如今,为了公共健康福祉和公共环境保护,面对减少"烟草危害"的公众呼声,申城是否要在公共场所扩大控烟区域,是,或不是?申城地方立法选择了——是!

为此,新通过的控烟条例中,最引人关注的新增条款莫过于第六条:"室内公共场所、室内工作场所、公共交通工具内禁止吸烟。"

新增第六条,意味着,申城公共场所的室内控烟区域从过去的特定场所扩大到所有场所;换而言之,今后,在申城公共场所,只要头顶上有天花板,就不能吸烟。

不止公共场所天花板对吸烟说"不",同时,地方立法也扩大了室外禁止吸烟区域。这些区域既包括托儿所、幼儿园、中小学校、儿童医院等以未成年人为主要活动人群的公共场所,包括体育场馆、演出场所观众座席和比赛、演出区域,包括对社会开放的文物保护单位,包括人群聚集的公共交通工具等候区域,还包括法律、法规、规章规定的其他公共场所。

在公共场所,无论是室内全面禁烟,还是室外扩大控烟区域,无不体现了地方立法严控烟害的引领性。

再看,控烟立法的科学性。

6年来,申城控烟立法从无到有再到修订,其间,既有公众健康意识的变迁,也有城市法治的要求。

1994年,《上海市公共场所禁止吸烟暂行规定》实施,这是全国第一部省级控烟政府规章,但此后经年,申城控烟地方立法一直空缺。

2009年元月,市十三届人大二次会议,市人大代表厉明、冯丹龙、陈晓玲各自领衔提交议案,建议尽快制定公共场所禁止吸烟的地方性法规,共有50多名代表附议,直接促成了"控烟立法"进入当年市人大常委会立法程序。

2010年3月1日,《上海市公共场所控制吸烟条例》实施。舆论评价,控烟条例好比"红绿灯",有了刚性规范,人们才知道哪里可抽烟,哪里不可抽烟;对不当抽烟,市民要劝阻要举报,有法律撑腰,也才更有底气。

此后 6 年,伴随公众健康意识提升,扩大法定控烟场所,日益成为主流呼声。上海地方立法顺应时代要求,听取各方诉求,在立法焦点问题中求取最大公约数,从室内公共场所、室内办公场所到公共交通工具——"天花板下不吸烟"终成法定规范。

最后,法规的执行力,不可回避。事实上,执行力问题,也是所有立法都要面对的一个问题。

2015 年,《上海烟花爆竹安全管理条例》的修订也一度令人惴惴:将禁放区域从内环线以内扩大到外环线以内,能否做得到? 所幸,申城丙申春节经受住了外环线内禁放烟花爆竹的大考——之所以能够"零燃放",在于面对雾霾公众环保意识的空前高涨,在于移风易俗文明素养的潜移默化,在于遵法守法的广泛社会发动,还在于行政执法的部署到位。

2016 年,《上海市公共场所控制吸烟条例》修订,一个必须面对的问题也是:保障法律权威,执法如何跟得上。

为此,市人大法制委员会建议:市政府主管公共场所控烟的部门,应当就有效实施控烟立法提出工作方案并报市人大常委会,切实发挥主管部门的牵头、协调、指导、督促作用,切实组织力量贯彻落实各项控烟措施,切实加强相关行政管理和行政执法,持续提升本市控烟成效,促进广大市民的身体健康。

毋庸讳言,"执法担心",在 6 年前控烟条例制定之初,也曾出现过。时间给出的答案是:2010—2015 年,全市共开展控烟执法检查 2 001 407 次,对单位处罚 971 例,罚款金额 1 838 540 元,对个人处罚 482 例,罚款金额 32 700 元,与此同时,大量志愿者参与公共场所控烟劝导,一次次有效制止了违法吸烟行为的发生。

如今,市民的健康意识、环保意识、法治素养,较之 6 年前,更有进步。申城控烟,公众有需求有信心,更会有行动。在行政执法之外,必将有大量市民参与控烟志愿行动,12345 市民服务热线更是鼓励市民监督举报违法吸烟及监管失职。

健康,无论是个人的还是公共的,都要维护要争取——面对烟害,与其怨天尤人不如自觉行动——吸烟者自觉依法不影响他人,不吸烟者自觉依法维权,共同营造更少烟害、更加健康的申城控烟新境界。

(2016 年 11 月 11 日,《新民眼》)

大会风纪重申"控烟令"

2017年3月1日起，在上海，公共场所"天花板下不吸烟"，已成法定规范，铺天盖地的社会发动，让这个规范家喻户晓。

在北京，十二届全国人大五次会议改进会风20条措施，压轴的，便是重申"控烟令"——要求自觉遵守《北京市控制吸烟条例》。

公共场所"天花板下不吸烟"，由大会风纪重申，足见国家的控烟趋势。

近年来，大会控烟经历了怎样的变化？不妨回顾一二。

上海代表团有个控烟故事，至今令人津津乐道。故事的主人公，是十一届全国人大代表、中科院院士王恩多。

2009年3月十一届全国人大二次会议期间，故事开始了——

"少抽点，公共场合更要控烟，保护环境，珍惜自己的健康，也珍惜别人的健康。"王恩多出现在几位抽烟的代表中间。

"烟民"们反应不一,一位把香烟藏在了身后,还有一位连呼"上当"——原来,上海代表团会签代表议案,这位"烟民"曾毫不犹豫地附议了王院士提出的控烟立法建议。

"开个玩笑!公共场合要控烟,烟民们更需要多点监督。"声称"上当"的张兆安代表笑得直摆手。

2010年3月,十一届全国人大三次会议期间,故事在继续——

"王老师,报告您一个好消息,我控烟啦!"张兆安代表向王恩多代表汇报。

"很好,《上海市公共场所控制吸烟条例》已在3月1日实施,上海代表团应做控烟模范。"王院士非常肯定张代表的"控烟行动"。

张代表可不是开玩笑,自从受到王院士"吸烟有害,控烟有责"的劝诫后,他就为自己制订了"控烟计划"。

"控烟计划"是否落实,不只在于个人意志,更在于外部约束。2015年,十二届全国人大三次会议首次发布大会风纪"控烟令",明确大会期间公共场所室内全面禁烟——天花板下不吸烟。

控烟,从严,如此风纪导向,自有缘由。

近10年来,呼吁国家控烟立法的议案和建议,不绝于耳。而在国家立法之前,各地地方性法规纷纷出台,2010年3月1日《上海市控制公共场所吸烟条例》正式实施,今年 3 月 1 日,修订后的控烟条例实施,公共场所"天花板下不吸烟"正式入法。

天花板下不吸烟,是因为,大量的科普公益宣传,让越来越多的人知晓,吸烟,不只是个人习惯,更是关乎所有人生命权益的公共健康和公共环境问题。

公众对烟草之害的认识——从"一手烟""二手烟"到"三手烟",较之 5 年、10 年、数十年前,已不可同日而语。与之相对应的是,公众对公共场所控烟的需求,也已不可同日而语。在申城,公共场所室内全面禁烟的民意支持率也从 5 年前的 90%上升至目前的 94%。于是,当现行法规不能适应公众日益增长的健康需求,修法,以更严立法控制烟害发生,便是大势所趋。

在国家层面,2013 年,中办、国办印发《关于领导干部带头在公共场所禁烟有关事项的通知》,对领导干部不能在公共场所吸烟提出具体明确的要求和规范。2015 年,"控烟令"进入十二届全国人大三次会议大会风纪。

风纪,可有约束力?有。起码,人民大会堂里,再也无人"吞云吐雾"。这样的令行禁止,值得推广。

今天,在"健康中国"的推进过程中,人们更渴望,控烟能早日进入国家立法。

虽然,烟草有害健康,加剧环境污染,日渐被医学和环境科学所证明,但,立法根本上要协调的还是利益问题。在烟草的税收贡献和公共卫生消耗、环保支出之间,究竟何去何从，权衡利弊，曾令立法者左右为难。何况，当 GDP 还曾是政府接受政绩考核的关键指标之时，谁又能放弃"烟草经济"的巨大诱惑。

时至今日，中国经济进入新常态。新常态下，在增速放缓的同时，必须提高经济运行效率，而效率本身离不开社会运行投入产出、收入支出的整体权衡。同时，环境承载能力迄今已达或接近上限，必须推动形成绿色低碳循环发展新方式，也是新常态的共识。2017 年，李克强总理在《政府工作报告》中又提出，要以创新引领实体经济转型升级，提升科技创新能力，加快培育壮大新兴产业，大力改造提升传统产业。所有这些，都意味着，"烟草经济"终将式微。

新常态下，经济发展方式之变，也必然带动社会生活之变——大会风纪重申"控烟令"，便可见一斑。要控烟，在国家强制力之外，文化认同不可或缺。如果，越来越多的人将公共场所"天花板下不吸烟"当作不影响他人、遵纪守法的个人修养，那么，"控烟令"才能像八项规定那样不折不扣地执行。

面对"控烟令"，期待公共场所"天花板下不吸烟"，也能成为人大代表身体力行、率先垂范的新常态。

（2017 年 3 月 7 日,《新民眼》）

第四辑 『海上第一块』的启示

人民城市发展史,就是一部城市更新史。进入数字时代,城市发展由"增量"进入"存量"阶段,城市建设发展模式从外延扩张转向内涵提升。上海将不断推动城市更新,传承历史文脉,创造高品质生活,增强城市软实力。

　　2021 年 8 月 25 日,上海市第十五届人大常委会第 34 次会议全票表决通过创制性地方立法——《上海市城市更新条例》,当年 9 月 1 日起实施。

　　这部地方立法出台前后,城市更新的申城基层实践,样貌如何?

"海上第一块"的启示

从田子坊向南,过日月光,就是打浦桥海华花园。曾经,这里是棚户区斜三地块。

20世纪90年代初,黄浦区(原卢湾区)大胆创新,首开先河,在打浦桥斜三基地探索土地批租形式改造旧区,走出一条不依靠财政资金、利用社会资金大规模开展旧改的新路,被誉为"海上第一块"。

城市更新,永恒命题。2021年7月18日,"上海人大代表论坛"聚焦城市更新。论坛之外,"海上第一块"的启示,历久弥新,土地批租,如何创造了旧改传奇?

财力,所有旧改都绕不开,当年斜三,也不例外。当时,斜三基地位于打浦桥以西、瑞金南路以东、卢湾中学以北,人口密集、环境恶劣、污染严重,居住环境极差,被市政府列为"七五"期间23片旧区改造基地之一。但改造困难重重:1 000多户居民要动迁安置,20多家工厂和商店要搬迁,周围环境要改造,臭水浜要填埋,道路要拓宽。仅以安置一户居民一套商品住宅 10 万元左右计算,动迁费就要 1 亿元左右,靠地区财力短期内不可能实施改造。

幸运的是,伴随法治进步,破解"斜三困境"有法可依。1987 年,经国务院同意,上海市在国内率先发布了《上海市土地使用权有偿转让办法》,并在 1988 年完成了 6 个配套的实施细则和两块用地的招标试点工作。

1988 年 4 月,全国人大通过宪法修正案,增加"土地使用权可以依照法律的规定转让"的内容;12 月,《中华人民共和国土地管理法》也规定"国家土地和集体所有土地的使用权可以依法转让"。由此,土地有偿使用制度改革,有法可依。

斜三旧改,机遇来了。1992 年 1 月通过土地批租,由香港中国海外发展有限公司出资 2 300 万美元受让了这一地块,开了改革开放以来吸引港资进行旧区改造的先河。

当年,利用出让金,安置了居民和工厂企业,又将斜土路上的棚户"孤岛"改造为街心花园,将徐家汇路由 13 米拓宽至 50 米,成为上海南部连接南浦大桥与肇嘉浜路的主干道。海华花园被评为 1995 年度上海市"白玉兰"优质建筑工程小区,其中的华丽阁获 1995 年度全国建筑业最高奖——鲁班奖。海华花园还被推荐参加联合国第二次人类居住大会展览。

从棚户区到鲁班奖,斜三巨变,得益于上海融入血脉的城市品格——开放、创新、包容,历史关头,勇立潮头;更得益于法治中国的制度供给,让城市更新有法可依。

城市更新,城市建设的永恒命题。国家"十四五"规划纲要特别提到,要转变城市发展方式,加快推进城市更新。即便新冠疫情突袭,上海也未停止城市更新的步伐,坚持抗疫、旧改两不误。2020 年,完成 75.3 万平方米中心城区成片二级旧里以下房屋改造。2021 年,完成 70 万平方米中心城区成片二级旧里以下房屋改造,实施 1 000 万平方米旧住房更新改造,加快推进城中村改造。紧锣密鼓,是因为,作为超大型城市,上海城市发展模式已然进入新阶段。

依据 2035 年总体规划,上海要坚持"底线约束、内涵发展、弹性适应",探索高密度超大城市可持续发展的新模式;推动城市更新,更加关注城市功能与空间品质,更加关注区域协同与社区激活,更加关注历史传承与魅力塑造;促进空间利用集约紧凑、功能复合、低碳高效,必须加大存量用地挖潜力度,向存量要效益,以更新促发展。

因此,昨天论坛的一个共识是,实现高质量发展、高品质生活,上海地方立法有必要创新制度供给,破解实践难题,有效推进城市更新,建设更为宜居、绿色、韧性、智慧的人民城市。

一个利好消息是,城市更新条例很可能近期提交上海地方立法机关审议。此时,回望"海上第一块",对城市更新的启示,价值所在,不言而喻。

(2021 年 7 月 19 日,《新民眼》)

"灶披间"的冰皮月饼

中秋,来啦!

过中秋,吃月饼,不新鲜。"灶披间"的冰皮月饼,很特别。

今年中秋,在申城,佳节团圆意,味道浓厚吗?尝尝"灶披间"的冰皮月饼,就知道了。

中秋前夕,豫园街道迎来了盛大"豫福日"。一早,从惠南镇到豫园,公交、地铁一路换乘,"跋涉"近 50 公里,安郁香的心情却很轻松——"灶披间"的冰皮月饼在等着她呢!

安郁香原本是豫园街道居民,旧改,改变了她的生活轨迹。去年,豫园街道旧改征收,她搬离旧居,住进了惠南镇的新家。新家敞亮舒适,住着舒心,但她还有一个身份留在老城厢——"零距离家园·豫福里"巧手志愿者。

"零距离家园·豫福里",做什么的?哦,就是豫园街道便民服务综合体,自开放以来,"馨、美、康、享、乐、益"六大板块,服务老城厢居民,康养理疗、共享厨房、衣物洗晒、残

120

疾助浴,备受欢迎。其中,昵称"灶披间"的共享厨房,一大功能就是巧手志愿者定期为左邻右舍奉献美食。

"豫福日",申城老城厢特有的家园公益日。"豫福日"这天,周边居民就像赶集一样来参加公益活动,实现一个个微心愿。到了中秋,"微心愿"里,冰皮月饼不缺席。巧手志愿者安郁香,要和公益伙伴们一起大显身手,就算一早狂奔50公里,值啊!

不止安郁香,"豫福日"的志愿者,不少都经历了或者正在经历旧改。因为旧改征收,老城厢的居住形态、居民结构已经并且还将继续发生重大变化。

这些年,申城旧改流行一句话——人搬走了,情留下来。从宝兴里到豫福里……邻里情、家园情,并不因为居住形态、居民结构的改变而消逝,寄托深情服务居民,有一种方式,就是创意社区公益,比如,"灶披间"的冰皮月饼。

只不过,今年中秋,疫情还在。

疫情防控常态化,防疫"三件套"——戴口罩、勤洗手、不扎堆,一样不能少;科学防疫,保持社交距离,已是市民习惯。可就算新冠病毒再凶猛,也不能消解化不开的"中秋情结"。在申城,处处可见,一边抓抗疫,一边忙过节,千方百计,呵护中秋团圆意。

中秋前夕,从南京路到淮海路,看看一个个"买饼长队",等候几个小时也要耐心排队,真的是月饼那么好吃,未必。恐怕,月饼味道还在其次,人们是用"排队的诚意"表达过节的心情,致敬中秋——传统节日,阿拉很看重的!

因为,有"零距离家园",豫福里的左邻右舍,倒是不用花大把时间排队,"灶披间"的冰皮月饼,一盘盘排好了队,等着老邻居们来赏味。有一个问题,"灶披间",为啥特地要做"冰皮"呢?时尚啊,除了冰皮月饼,还有珍珠奶茶,都是巧手志愿者的手艺,若论传统节日时髦过,老城厢也是老有腔调的。

阿拉老城厢,传统又时尚,可要数数最近最时尚的大事,应该是——3位中国航天员经历了3个月的太空飞行,平安归来啦!

老话说,出门的饺子回家的面,拿什么为英雄接风呢?3位,最想吃点啥?

聂海胜说,襄阳牛杂面;刘伯明说,老家的紫花油豆角;汤洪波说,西瓜!

新闻里听了这些想法,安郁香和老邻居们笑了,3位英雄出了那么远的门,做了那么大的事,回到地球家乡,想吃啥就吃啥吧;等过了隔离期,非常非常欢迎他们来上海老城厢看看,尝尝阿拉"灶披间"的冰皮月饼,管够!

(2021 年 9 月 20 日,《新民眼》)

文庙诗会，后会有期

在申城，如果要寻找一处古老、富有诗人气质、极具文化认同感的城市地标，那就应该是——老西门的上海文庙。

2021年10月，文庙启动大修。大修之后，最令人期待的是：文庙诗会，后会有期。

老西门，500岁，上海老城厢发祥地之一，历史底蕴深厚，人文资源丰富。文庙、四大书院、徐光启故居、申城最早的中学敬业中学、最早的小学梅溪小学，都在老西门。多年以来，在老西门街道辖区，一个以文庙历史建筑群为核心的开放式街区，自然形成——北起复兴东路，南至尚文路，东起河南南路，西至中华路。就像人，气质相貌，各不相同。文庙街区，最鲜明的气象，就是文气。漫步文庙街区，拜访文庙，邂逅诸多学校、中华老字号，以及优秀历史建筑；还有，龙门邨、景德里、普育里……传统民居星罗棋布，生动展示老城厢风貌，鲜活演绎市井风情。只不过，岁月远走，里弄垂暮，街区老旧，亟待更新。

文庙大修,改扩建工程总建筑面积达 13 162.14 平方米,拆除违建,新建致道书斋、观德堂、尊经阁⋯⋯ 恢复文庙西庙轴、东学轴的传统规制布局。大修后,文庙原有规制得以恢复,历史建筑与周边石库门民居交相辉映,文庙特色街区浑然天成。

重要的是,城市更新,古老文庙大修,不只是一处老建筑改扩建,而是一个"资深街区"在社区治理现代化背景下的全新探索——让城市更新既传承历史文脉,又创新治理体系、提升治理能力。

最近 15 年,在文庙,最令人记忆深刻的街区活动,一个是新春楹联大赛,另一个是端午诗会。

诗歌,究竟是什么? 孔子说:诗三百,风雅颂,可以兴,可以观,可以群,可以怨。

可见,中国诗歌,从来都是气象洒脱,不拘一格。诗歌,可以是情绪的表达,抒发喜怒哀乐;也可以是情操的涤荡,寄托家国情怀。从这个意义上说,楹联,也是一种诗歌。因此,无论新春,还是端午,文庙奉献给人们的,都是诗会。

15 年以来,在文庙,老西门楹联大赛,年年见。楹联大赛以上海文庙为基地,唱响主旋律,集聚正能量,征集楹联作品超过 5 万副,数千人参与,分别来自全国各省、自治区、直辖市和港澳台地区,以及美国加州、澳大利亚悉尼等地。普及楹联文化,老西门"楹联送福"进社区、进楼宇、进地铁、进军营,举办两岸楹联文化交流活动,成立楹联学堂和沙龙。老西门街道,被中国楹联学会命名为全国首个"中国楹联文化社区"。楹联大赛、端午诗会,也就成了文庙街区的"文化名片"。

而今,文庙街区治理,核心关键,就是以党建引领、以文化凝心聚力,充分挖掘街区文化资源,传承弘扬优秀历史文化,让一片现代化街区既充满新鲜活力,又洋溢生动气韵。一个目标是,漫步文庙街区,扑面而来的,是毫无违和感的文化认同——文化同根、区域同地、家园同建;与认同感相伴,获得感、幸福感、安全感,生发生长。

人民城市发展史,就是一部城市更新史。文庙街区更新,将会怎样美轮美奂?老西门楹联大赛的一副经典作品,写照未来,很合适——"小刀斩雪,开沪上新天,日月有情怀赤子;大笔点春,歌人间盛世,湖山无恙慰红巾"。

放心,文庙诗会,后会有期!

(2021 年 10 月 20 日,《新民眼》)

人民城市，有烟火气有人情味

上海，"人民城市"重要理念首提地。

外滩，钟声悠扬，唤醒上海的早晨。不远处，"申城第一居委"——宝兴里。2020 年，宝兴里旧改 1 年内实现居民 100％自主签约、100％自主搬迁，创造了申城大体量旧改项目当年启动、当年收尾、当年交地的新纪录。

2022 年元旦前夕，"打造人民城市建设的上海样本——城市更新最佳案例展"在杨浦滨江上海城市更新成果展示馆揭幕，开幕论坛上，市民黄祖菁作为申城旧改亲历者，讲述自己跟宝兴里近 70 年的缘分。我理解，那是女儿对母亲的挂念，更是对"人民城市"烟火气、人情味的朴素描绘。

"人民城市"的烟火气、人情味，究竟是什么？是每天清晨海关大楼的悠扬钟声，是弄堂口小皮匠、老裁缝的活计摊头，是菜市场里早餐车上的"四大金刚"……是，也不全是。如今，大规模城市更新，正在进行中，黄祖菁的故事，颇能代表城市更新中的烟火气和人情味。

宝兴里,新中国上海第一个居委会。黄祖菁出生在宝兴里,是第一任居委会主任单粲宝的女儿。在她的童年记忆里,居委会没有办公场所,她家的客堂间就做办公室。多年后,母亲早已去世,老房子在,就仿佛母亲还在。旧改征收,盼了多年,真的来了。人都搬走了,"回家的日子"却也固定下来了——12月10日是宝兴居委会成立的日子,每年这一天,就是宝兴居民的"使命日"和"回娘家日"。2021年,因为疫情,不能聚集,居委会就把这个好日子搬到网上过,一样其乐融融。无论是旧改征收期间的贴心服务、一户一方案,还是旧改征收后"回娘家日""使命日"的温馨牵挂,都让居民们倍感温暖。其实,不只宝兴里有"回娘家日",在申城旧改征收地块,人们常常听到的一句话就是——人搬走了,情留下来!

城市更新,"人民城市"的烟火气、人情味,也不只是"常回家看看",还可以是一种不可磨灭的城市记忆,用什么方式来铭记这种记忆呢?在杨浦滨江,上海城市更新成果展示馆,创意就很不错。

两年前,习近平总书记在上海考察时,在杨浦滨江提出了"人民城市人民建,人民城市为人民"重要理念。去年8月25日,国内首部城市更新创制性地方立法—《上海市城市更新条例》由市十五届人大常委会第34次会议表决通过,9月1日起实施;12月31日,浓缩了近年来城市更新实践精华的上海城市更新成果展示馆向公众开放。崭新展馆，见证上海建设"人民城市"的奋斗历程，见证上海城市更新的创新实践，全方位展示"人民城市"上海样本。

城市更新，是上海城市发展的必由之路，是延续城市肌理、保留历史文脉的内在要求，是推动城市高质量发展的必然选择，也是创造高品质生活、满足人民群众对美好生活向往的永恒主题。

当你作为一名参观者，走进上海城市更新成果展示馆，体验沉浸式展陈，扑面而来的，是焕然新生的城市记忆——漫步苏州河，看见划船俱乐部老建筑涅槃重生；踏上"红色小径"经典步道，感受初心始发地的深厚底蕴蓬勃朝气；探访城市街区花园"小口袋、大民生、微治理"的精致和精妙；欣赏武康大楼精细化管理为衡复历史风貌保护区带来的创新与创意；观察上海的"工业锈带"如何变成"生活秀带"……

上海，"人民城市"重要理念首提地。在这里，此时此刻，你一定会深深地感受到——这座城市的鲜活灵动，也正在于历史记忆和崭新生活的水乳交融，那是一种很丰富、很有质地的烟火气和人情味！

（2022 年 1 月 3 日，《新民眼》）

城市更新和数字治理

市民施怀钊,出生在永丰村。

永丰村,上海市优秀历史建筑,历经 3 年,完成"百年更新"。

每天,87 岁的施怀钊走在 103 岁的弄堂里,一切都那么熟悉,修旧如旧,却又不止修旧如旧,光阴的故事已经刷新,生活继续向前!

回头看看,不止永丰村,宝兴里、承兴里、祥顺里、梦花街、蓬莱路、顺昌路……一条条百年老弄堂、一个个百年老街坊,恢宏城市更新中点点滴滴的灵动细节,让人真切地感受到——人民城市发展史,就是一部城市更新史。

城市更新,是居住形态之变,更是治理方式之变。历时 30 年,上海成片二级旧里以下改造,收官在即。目前,《上海市城市更新条例》执法检查正在进行中,无论旧改征收,还是社区更新,目标都在于——宜居、绿色、韧性、智慧的人文城市建设。其中,以"智慧"为特征的数字治理,最能代表未来城市更新的治理模式。

20世纪90年代初,黄浦区(原卢湾区)大胆创新,首开先河,在打浦桥斜三基地探索土地批租形式改造旧区,走出一条不依靠财政资金、利用社会资金大规模开展旧改的新路,被誉为"海上第一块"。

如果说,"海上第一块"开创了土地批租,并成为可复制、可推广的法定旧改制度。那么,数字治理,在城市更新进程中,也经历了自己的成长史。

最近10年,若问"阳光征收"有什么技术保障可圈可点?答案肯定少不了"信息查询系统"。迄今,在上海,所有征收项目都有"信息查询系统"。这套拥有国家专利的查询系统,充分演绎了"公开的力量"——来自财政的征收补偿总额,在这里公示;各家各户得到多少补偿,也在这里公示;要知道左邻右舍的情形,可以在这里查询;要知道整个征收最新进展,也可以在这里查询。如此公开,最大限度地保证公平公正,提升征收效率。其实,这样的创新实践,也正是城市"数字治理"的一种雏形。

今天,"数字治理"的逻辑进入地方立法,让配套的监管体系提升城市更新的效率和质量。看看《上海市城市更新条例》第10条,"统一信息平台建设"赫然在目——本市依托"一网通办""一网统管"平台,建立全市统一的城市更新信息系统。

这个统一的信息平台,如何派用场?答案是,城市更新指引、更新行动计划、更新方案及城市更新有关技术标准、政策措施,同步通过城市更新信息系统向社会公布。

在上海,依托统一信息平台,政府对城市更新活动统筹推进、监督管理。同时,城市更新项目全生命周期管理制度,将更新项目的公共要素供给、产业绩效、环保节能、房地产转让、土地退出,均纳入土地使用权出让合同,由管理部门共享信息、协同监管。

显然,数字时代,以"数字治理"促进公开透明、监管有力、高效优质,就是城市更新统一信息平台的建设目标,也是城市更新制度设计最鲜明的时代特征。

2022年7月底,上海将全面完成持续30年的成片二级旧里以下改造,历史性地解决这一困扰城市多年的民生难题;成片完成之后,重点将转向零星旧改;全面启动零星旧改之外,成套的旧住房改造也将加速推进。其间,将借助数字治理、数字转型,积极搭建统一信息平台。

人民城市发展史,就是一部城市更新史。宏大历史,对城市发展最深刻的影响,在于人的感受。城市更新,之所以牵动人心,不仅在于居住条件、生活环境的改善,更在于治理形态的进步——从旧改征收"信息查询系统"到城市更新"统一信息平台",亲历其间的人们,无不参与并见证了城市治理体系和治理能力的现代化进程,与有荣焉!

这荣光,有多大? 刘蕴,一位从事旧改30年的老法师。

她说自己是路盲,每到一个新地块就找不着北,等到能认路时,旧改差不多也收尾了。这时候,心里会有不舍、有惆怅,但更多的是成就感。我想,这是所有城市更新亲历者的心声,也是上海旧改持续推进的强大动力!

(2022 年 7 月 29 日,《新民眼》)

小东门的"大门"是南外滩

外滩,天下闻名。南外滩,是谁?

2022 年第 33 届上海旅游节,大幕开启!黄浦奉上"欢乐游",小半径、深度游、微度假,南外滩借此亮出两张名片,正式做一场自我介绍——小东门的"大门",就是千年南外滩!

第一张名片,BFC 外滩枫径周末市集。

黄浦,最上海。没有什么比集市更具烟火气,没有什么比黄浦的集市更具海派味道。外滩源集—蕾虎街区、思南公馆首届美好书店节、新天地灵感生活节、BFC 外滩枫径周末市集,不论哪个集市,都能让人逛得有滋有味。

你看,150 米长,地处黄浦江畔,在外滩和豫园之间,名不见经传——这是两年前的枫泾路。

2020 年 6 月 6 日,上海夜生活节,由枫泾路、BFC 外滩金融中心北广场部分区域共同组成的周末集市——"外滩枫径"开市。2022 年 8 月,经历了大上海保卫战,"外滩枫径"重新开市,150 米延伸出一个新地标的"非常创意"。

"外滩枫径",作为一个周末集市,灵吗?一组数据是,每期平均摊位数 110 家,2020 年摊位总销售额达到 2 800 万元,2021 年摊位总销售额达到 3 150 万元;夜市举办期间,BFC 外滩金融中心日均客流 6 万人,累计总客流达到 1 400 万人,同比增长 270%,商场销售同比增长 150%。还有一个细节是,周末集市推出半年后,BFC 外滩金融中心办公楼全部出租,无一空置。

2022 年,"外滩枫径"夜市将继续与豫园商圈联动,提升十六铺、老码头周边商圈活力,助力经济重振。

第二张名片,金融不夜城。

你要问:南外滩,贵庚?千岁左右。这里是上海最早形成的城区之一,沿新开河路向南至南浦大桥,1.6 平方公里的黄金水岸线,发端可追溯至宋代。早年,南外滩人烟稠密,商贾辐辏,"一城烟火半东南",说的就是当年繁华。

如今,南外滩滨江地区的人口结构、行业形态发生巨大变化。伴随旧改,一幢幢金融大厦拔地而起,一个个重量级金融机构纷纷入驻,大量老居民迁出,全国各地、世界各地的青年人才纷至沓来。

南外滩,身处金融集聚带,宜业、宜居的营商环境,谁来打造?作为"地主",小东门街道责无旁贷。这份责任,如何承担?答案,藏在细节里。

人民路、枫泾路路口,游客出了豫园,一路走来,远远就能看见高大拱门上四个大字：外滩枫径。

明明是枫泾路，为啥叫"外滩枫径"？一个"径"字，双重寓意，周末市集，是街区繁荣之路，也是街区善治之路。

小东门街道辖区，上海商贸发源地和城市发祥地之一。党建引领，如何实现区域统筹，提升常态化基层治理水平，共绘南外滩新蓝图？答案是：全域融合联动发展，以"零距离"构建共同体。其中，零距离社企服务，精准对接政企供需，推出"南外滩金融直通车"，依托企业首席联络员制度，解决楼宇白领急需的交通、生活配套问题；依托"滨江党建·金融外滩"区域化党建平台，优势互补、资源共享，推动"共建共治共享"治理常态与"联动联防联控"战时状态自如切换。

2022年新冠疫情期间，南外滩金融楼宇里，2 000多位操盘手正常工作，城市"金融血脉"依然畅通无阻，后勤保供，街道全力以赴。同时，驻区单位捐赠物资38批，派出志愿者289名，凝聚战疫合力。经此一役，政企协同，共建共治，团结更紧密。

如果说，外滩，是上海的窗口和名片，那么，南外滩，就是小东门的"大门"。走进南外滩，看见"金融不夜城"勃勃生机，曾经，一城烟火半东南，而今，不辱门楣续写华章！

（2022年9月19日，《新民眼》）

上海文庙的兔年元宵

兔年元宵,来啦!

上海文庙,在忙什么?

新年开工,预计2025年完工的文庙大修,紧锣密鼓。

729岁的上海文庙,将在城市更新中涵养城市文脉,恰如传统节日在嬗变中传承中华文化。

上海文庙,经历怎么样的城市更新,又如何涵养城市文脉?

70岁的市民陈秀兰,守着文庙住了30多年,去年搬家了。去年早春,她特意站在文庙大门口留个影,看着镜头,拍了拍自己的肩膀——老城厢旧改,阿拉来收官!

2022年7月,上海历时30年的成片二级以下旧里改造落下帷幕。收官,在黄浦。蓬莱路地块,黄浦区最后一个大体量成片二级以下旧里房屋改造地块,涉及10个街坊4 600多个权证居民,堪称老城厢旧改"收官之作"。

陈秀兰和邻居们告别蜗居,告别大修中的文庙,开始新生活。在居民们口口相传的"乡土文化"中,文庙修缮不是第一次。

上海文庙,始建于 1294 年,毁于 1853 年,1855 年于现址重建,典型的"庙学合一"的学庙。1997 年,文庙首次改扩建。如今大修,准确地说,也是改扩建——项目总建筑面积为 10 915.28 平方米,包括新建建筑面积 9 885.50 平方米(地上 2 822.10 平方米、地下 7 063.40 平方米)、修缮建筑面积 1 029.78 平方米。竣工后,文庙总建筑面积将达 13 162.14 平方米。无疑,文庙的样貌将更加恢宏。

文庙大修,其实也是城市更新进程中,"重塑老城厢"的一件作品。作品一大亮点——沿街绿地,生趣盎然,生态环境,品质提升,最终形成生态、形态、神态、业态"四态合一"的文庙特色街区。在这个特色街区,配套设施完善,老城厢历史文化风貌得以重塑。其中,充分利用地下空间承托地面活动,综合考虑停车场、报告厅、库房等各类附属功能需求,深度体验"上海文化"的历史人文空间,由此呈现。

最近 20 年,上海文庙以特有的地域优势和品牌效应,传承儒学经典、演绎传统文化、展示海派神韵,成为历史悠久、极富诗人气质、极具文化认同感的城市地标。在文庙,最令人记忆深刻的街区活动,一个是新春楹联大赛,另一个是端午诗会。

大修后,文庙原有规制得以恢复,历史建筑与周边石库门民居交相辉映,文庙特色街区浑然天成。更重要的是,城市更新,古老文庙大修,不只是一处老建筑改扩建,而是一个老城厢街区在社区治理现代化背景下的全新探索——让城市更新既传承历史文脉,又创新治理体系、提升治理能力。

城市发展史,就是一部城市更新史。无论城市更新,还是文化传承,都需要时间,历史长河中,时间才是最神奇的魔术师。文庙大修竣工,为期不远;特色街区形成,却需要更长时间,并非三五年就可以完成。但可以肯定的是,城市更新、文脉涵养、文化传承、街区治理,只要目标明确、路径清晰,久久为功,蓝图终将实现。

中华生肖,12年完成一次轮回。12年后,又到兔年元宵。届时,在上海文庙,一场国风情景剧正在上演,剧名或许就是《论语·侍坐》。孔子和弟子们在闲谈中畅叙理想,一句台词是:"暮春者,春服既成,冠者五六人,童子六七人,浴乎沂,风乎舞雩,咏而归。"

2 000多年前,弟子曾皙说出这个理想,夫子为他点赞。因为,儒家理想,修齐治平;暮春画面,展现的正是自由、祥和的生活,而这样的生活只能来自自由、祥和的国家和社会。

2 000多年后,这样的理想,依然跳动在实现民族伟大复兴的不懈奋斗中,依然流淌在传承历史文脉、重塑老城厢的城市气象中。

兔年元宵,来啦! 12年后,又到兔年元宵。那些曾经城市更新、曾经楹联大赛、曾经端午诗会的文庙老邻居们故地重游,看看上海文庙的雍容气象,不禁莞尔,道一声:你好,文庙! 你好,元宵!

(2023年2月3日,《新民眼》)

如意里的"如意日子"

如意里，就在河南中路上，毗邻南京路步行街。

曾经，如意里日子不如意，如今，如意里名副其实。

今年，上海全面开展"15分钟生活圈"行动。15分钟生活圈，目标指向——社区治理、街区建设带来更高品质的公共服务、更宜居的生活环境。

这个目标，如何实现？看看如意里。

据说，20世纪二三十年代，就有了如意里。20世纪七八十年代，如意里更名山北小区。过去半年，因为社区更新"零距离家园"建设，这里发生了几件大事，小区名字也要改回"如意里"了。

头一件，加装电梯。最近两三年，上海大力推进老旧小区加装电梯，每部成功加装，都离不开共建、共治、共享；如意里，也不例外。

一幢楼，对面就是大型燃气调压房。装电梯，调压房要移位，一旦移动，新问题就来了——调压房大门正对底楼居民窗户,要多压抑有多压抑,严重影响居住品质。

电梯要装,底楼居民生活不能受影响,怎么办?山北居民区党总支牵头向外滩街道反馈居民诉求。结果,外滩街道、黄浦区房管局、市住建委合力推动解决,几次协调会开下来,移位后的燃气调压房,体积缩小到原来的三分之一,大门开在临街方向,外观装饰得古色古香,非但不影响居民生活,反倒成了一处社区新景观。难题解决了,电梯加装,水到渠成。如意里共有 13 幢楼,符合加装条件的 6 幢,如今已全部完成电梯加装。

第二件,小凉亭的去留。小区里,有个小凉亭,很多年里,老人家们习惯了在这里纳凉聊天。小区更新,老旧亭子是拆还是留?不少居民说,凉亭就像老朋友,拆了,舍不得,留下吧。居民区党总支说,那就尊重居民意愿,留下亭子,不过,加固更新,也是必需的。

然后,社区规划师拿出更新方案。木结构的小凉亭,加固金属支柱,顶部也新增金属框架,够结实。到了 5 月,紫藤花开,微风过处,笑语欢声,美吧。居民都盼望着,5 月赶紧来吧。

亭子的去留,看似小事,却是对居民意愿的尊重。这种尊重,并非盲目听从,而是居民区党总支引领引导、科学规划,安全、品质、人心,都得到最大限度的呵护。

第三件,楼组群成了"云治理"高效平台。

三会制度——听证会、协调会、评议会,20 年前发端于黄浦区五里桥街道,闻名全国。数字时代,三会制度从线下到线上,持续拓宽基层治理有序参与渠道,持续渗透覆盖基层治理的全过程、全领域、全人群。

2022年大上海保卫战中,楼组群"云治理"应运而生。申城众多居民区善用、活用三会制度,以"云治理"守护家园、共克时艰,化"陌邻"为"睦邻"。如今,如意里小区更新,更将"云三会"融入"最小管理单元",楼组群变身云端议事厅,凡小区公共事务一桩桩一件件,都在楼组群中公开公示,收获"零距离家园"建设的高效率、新气象。

气象,新在哪里? 今年春节,山北居委在如意里挂出200个小红灯笼,从初一到初七,200个小灯笼,一个不少,喜气洋洋;3月,小区花草园新添应季鲜花,居民志愿者轮值养护,春意盎然……人们发现,一个曾经脏乱差的老小区,只要治理有道,就能过上如意日子。

山北居民区党总支书记林维敏说,"零距离家园"党建引领,从来都不是一句空话,那是了解居民需求、尊重居民意愿、带领居民有序参与,推动解决一个个过好日子必须解决的问题——微光成炬,如意日子的模样,一天天照亮。

居民们说,如今就盼一件事——弄堂大门上,赶紧看见"如意里"三个大字吧!

（2023 年 3 月 27 日,《新民眼》）

"理想菜场"的模样

　　早上 6 点 30 分,鲁班路江南菜场,老杨准时出现在自己的摊位上。过去 10 多年,一直如此。从小杨到老杨,他见证了申城菜场的升级史。

　　在申城,伴随城市更新,15 分钟生活圈里,一个理想的菜场,该是什么模样? 不断升级的"菜场家族",有自己的成长逻辑。

　　最近 20 年,申城菜场的一大进步,就是标准化。10 多年前,还没有江南菜场,老杨和其他摊主一样,就在马路对面的露天菜场经营。露天菜场,其实就是马路菜场的代名词。马路菜场,占道经营,无序状态带来的种种问题,就不必多说了。从无序到有序,还要方便市民、保障"菜篮子"安全,标准化菜场因此应运而生。于是,就有了江南菜场,有了老杨在江南菜场的摊位。

　　江南菜场,是黄浦区淮海集团旗下巨鹿集团经营的一家国营菜场。就像申城众多标准化菜场一样,作为市民生

143

活不可或缺的"菜篮子"，保基本、保民生，就是江南菜场的首要任务。

老杨的摊位，就是其中典型代表。这个摊位上，十来样菜品，头一天下午从浦东菜地里采摘，从田头到摊头，间隔不过一晚，不必喷水保湿，新鲜、干净、干燥，关键是价格平易，深受居民欢迎。据说，人最多的时候，买菜队伍从菜场摊头蜿蜒到菜场外，盛况堪比淮海路上光明邨。江南菜场的价格，究竟有多平易近人？一个例证是，每个月，上海市物价部门都要来这里采样，以江南菜场为标准衡量全市菜价。

标准化，仅仅是理想菜场的初级版。最近几个月，丽园路蒙自路上，蒙西菜场，引领申城菜场新时尚。

2022年，蒙西菜场经历升级改造，一下子跻身沪上网红菜场。1 000多平方米的菜场，从门头到摊头，装饰布局，处处洋溢着时尚的味道。因此，这里不再只是居民买菜的地方，也是最热门的美食打卡点，不少人大老远跑来，只为了菜场里的一块小蛋糕、一杯咖啡。当然，蒙西菜场的菜价，总体上要贵一点，但这点价格差，并没有妨碍蒙西受欢迎——环境可人，内容丰富，经营富有想象力，就是另一种菜场软实力。

如果说，江南菜场是中规中矩的标准化模范，那么，蒙西菜场就是出挑的时尚先锋；但是，一个理想菜场的升级并不会止步于此。

在老西门，经历城市更新旧区改造，新的居民区、新的消费群体、新的消费需求，也让新唐家湾菜场由此焕新。作为国企经营的菜场，这里不仅要标准化、时尚化，还要求具备可持续的高品质。这当中，数字治理，将更多进入菜场管理。其实，数字化，最近几年已在江南菜场小试牛刀，每个摊位上方，都有一块显示屏，摊主信息、菜品价格，一应俱全。只不过，在菜场，这些都还只是数字治理场景应用的初级阶段。

王震，菜场管理老法师，他有一个愿望：未来，人工智能更多参与菜场的日常管理。菜品更新，借助大数据分析；保洁巡检，请小机器人来做帮手。如果有人在菜场里抽烟，马上就能听到小机器人友善提醒："不要抽烟，不要抽烟！"

想想将来，王震就感觉很美好。回头看看，从江南菜场、蒙西菜场再到新唐家湾菜场的焕新升级，理想菜场的模样，一直在更新，就如同这座城市从未停止更新的脚步。

未来，伴随城市更新、街区治理，市民对菜场的需要越来越多元。但可以肯定的是，在15分钟生活圈里，更宜人的环境、更优质的服务、更高效的管理——这，就是理想菜场该有的模样。无论王震还是老杨，都将为之努力！

（2023 年 4 月 10 日，《新民眼》）

"小金陵路"上的西凌烟火

上周六,"小金陵路"上,街区开放日,西凌营造站开张啦。

未来两三年,西凌营造站要见证两件事。一件是,零距离家园将营造出怎样的"西凌烟火";另一件是,超大城市里,面对高品质生活必须破解的痛点、堵点和难点,一个大型居民区的治理能力和治理方式如何适应现代化需求?

"小金陵路"上,骑楼对面,就是住着 3 700 多户居民的西凌新村,这是 20 世纪 90 年代初上海市著名的危房改造项目。

3 年前,新村里发生了一件大事——小区物业管理区域内,原有的 6 个业委会合并为一个。

西凌新村原有 7 个业主大会和业委会、四个物业公司,"多头自治"让小区公共问题频发,生活品质大打折扣。破解"西凌难题",物业管理区域调整势在必行。于是,西凌新村 7 个业委会中的 6 个合并为 1 个,选举产生新的业委会。

街道依托零距离家园理事会,引导新的业委会依法依规运行,发动居民协商自治,形成西凌新村《住户守则》。

3年来,依据《住户守则》,西凌新村优化道路、绿化和共用设施,增加机动车停车位,重新配置门岗和进出口;更重要的是,老楼加装电梯全覆盖,全面提升小区生活品质和环境面貌。

无疑,零距离家园建设中,被称为社区"小宪法"的《住户守则》,管用。规则的制定,依据的,是法律法规;针对的,是"开门七件事"天天都要面对的家长里短——从文明养犬到有序停车、从房屋租赁到物业服务,事无巨细,凡是安心、放心、舒心过日子要遵守的规则、规矩,一件件说清楚。更重要的是,《住户守则》不是挂在墙上、放进抽屉里的,而是党建引领、居民参与、各方认可的全过程人民民主的基层实践,"零距离"制定规则、认同规则、遵守规则,也就成了在"小金陵路"上过好日子必备的素质和教养。

零距离家园,首先是"规则之治",但《住户守则》,仅仅是"零距离"的第一步。何谓"零距离"? 是治理的零距离,也是服务的零距离,最终要体现为人们的感受度——生活办事更方便一些,诉求表达渠道更畅通一些,安全感、获得感、幸福感更提升一些。

于是,在《住户守则》之后,上周,"醉美烟火·乐荟西凌"党建联盟,来啦!

但凡联盟,都有目标。"醉美烟火·乐荟西凌"的目标是：共同服务发展、共同服务社会、共同服务群众，持续关注西凌家宅街区品质提升，将全过程人民民主理念贯穿其中，引导多元主体有序参与街区治理，实现共建、共治、共享。

于是，西凌家宅路街区开放日，也来啦！一家临街店铺小屋变身为社区营造站，名字就叫"西凌营造站"。今后，西凌营造站的服务，自然也是"零距离"的——持续分享街区更新计划和街区营造行动；开展街区对话，聆听当地居民、商家的声音，特别要倾听孩子们的想法，邀请"街区儿童议事会"感受西凌烟火、挖掘西凌故事。

西凌烟火、西凌故事，最弹眼落睛的，自然要数——骑楼。

骑楼，典型的岭南建筑，为啥西凌家宅路会有骑楼？西凌故事说，当年建新村，西凌家宅路就是社区配套商业街，居民来消费，骑楼遮风挡雨很实用。外滩的金陵东路很海派，半淞园的西凌家宅路也很海派，骑楼下，本帮和天南地北的商户一同繁荣着社区经济，活色生香。

开放、创新、包容，上海的城市品格，从来也都是西凌烟火的"零距离"本色；这种品格和本色，也让一个超大城市治理体系和治理能力的现代化，在社区基层的探索实践中，呈现别样精彩！

（2023 年 5 月 22 日，《新民眼》）

保屯路为啥能有"四个第一"

保屯路,毗邻浦西世博滨江的一条小马路,名不见经传。

因为"两旧一村"改造,保屯路 211 弄,成为全市首个体量最大的旧住房拆除重建改造项目,更爆发出"四个第一"的创造力。

2023—2025 年,申城"两旧一村"改造,目标明确路径清晰。其中的关键是,以法治保障城市更新,以制度创新践行全过程人民民主,诠释人民城市价值取向。

本周,市人大城建环保委"两旧一村"专项监督推进中,保屯路的"四个第一"备受关注。

保屯路 211 弄项目,位于黄浦区半淞园路街道。2022年 12 月 17 日第一轮居民意愿征询,以 99.43％高比例通过;2023 年 4 月 15 日启动第二轮居民意愿征询,首日便以 98.29％高比例生效;4 月 26 日,351 证居民实现 100％自主签约;5 月 31 日完成了全部居民自主搬迁。

迄今,保屯路 211 弄创造了"四个第一"——"两旧一村"成套改造居民参与度第一,居民知晓率、选票送达率、投票参与率、自主签约率均达 100％;启动征询至签约生效推进速度第一,仅用 120 天;自启动二轮签约开始 100％居民签约完成速度第一,仅用 12 天;签约生效后 100％搬离速度第一,仅用 36 天。

由此,保屯路 211 项目也成为城市更新中,践行全过程人民民主、推进"两旧一村"改造的最佳实践案例。

2022 年,申城持续 30 年的大规模成片二级旧里改造收官。区别于旧改征收,"两旧一村"成套改造,是"留房留人"功能性改善,居民难免会有心理落差。而在老旧住房改造过程中,最大限度地改善实际居住品质,保障居民独用厨卫的基本生活条件,让居民从中真切感受获得感、幸福感、安全感,是"两旧一村"城市更新的价值所在。

保屯路 211 弄项目中,面对居民的各种疑虑,政策宣讲团、政策通气会、居民沟通会向大家释疑解惑。居民想知道,旧改征收和成套改造到底有什么区别?《上海市城市更新条例》究竟怎么说?市人大代表金缨和她的律师团队常驻项目组,提供周到、细致、专业的法律服务,为居民打开心结。更为重要的是,律师团队为保障居民知情权、参与权、表达权和监督权提出制度设计,将全过程人民民主重要理念融入方案征询、改造设计和项目实施各个环节。进入签约阶段,"五位一体"——街道、居委会、实施单位、设计团队、法律团队协商沟通机制,针对"一户一方案",通过居民协调会,打开天窗说亮话,有力化解痛点和堵点。

这样的制度设计,好用、管用,必然在申城"两旧一村"改造中发扬光大。因此,城市更新,不仅是居住环境和居住品质的改善,更是社会治理方式和治理效能的提升;实现改善和提升,首先是规则之治,是与城市更新价值导向相匹配的创造性制度供给。

同时,有温度的服务,设身处地为居民着想,真正考虑居民需求,让所有居民在"两旧一村"改造中感受体面、体贴,一样不可或缺。

一个细节是,在保屯路 211 弄方案设计阶段,南房集团物业团队和设计团队进驻现场与居民一户一议,灶台的摆放、卫生间的窗户、适老设施、残疾人设施……方案颠覆性调整了十余次,最终形成居民满意的"一户一方案"。

无疑,"两旧一村"改造,每户诉求都很细小,但要过好日子,那些细小真的很重要。那就拿出真心实意,让群众工作更加精细化、人性化。这样的真心实意,在保屯路 211 弄换来了"四个第一"。

只不过,"两旧一村"改造,完成搬迁,只是"上半章"。确保"下半章"又快又好又稳推进,还需要持续探索改造"新模式",算好综合账、长远账和品质提升账,着力在改善民生、群众接受、资金投入之间寻找可持续的最优解。

2023 年,已经过半;2025 年,就在不远处。星光不负赶路人,"两旧一村"改造,申城必然会拿出令人信服的答卷,恰如名不见经传的保屯路211弄创造了"四个第一"。因为,面对城市更新,无论是一个弄堂、一条马路,还是一座城,血脉中流淌的,都是一样的精气神。

(2023年7月3日,《新民眼》)

百年金陵路，为何令人念念不忘

金陵东路上，骑楼，会拆除吗？不拆，旧改征收后，骑楼一条街，又将如何？10年前，这个话题曾引发广泛关注。

上周，金陵东路街区更新项目正式开工，酝酿近10年的规划终于落地。百年金陵路，上海市中心最富历史传统的骑楼街区，将在城市更新中书写新传奇。

百年金陵路，为何令人念念不忘？答案，就藏在历史的细节中。

300米长的小马路，一排骑楼，几十户商户，像极了金陵东路，人称"小金陵路"，气质很"海派"，这里是半淞园路街道西凌家宅路。人们好奇，骑楼是典型的岭南建筑，为啥西凌家宅路会有骑楼？"地主"们说，20世纪90年代初建造西凌新村时，西凌家宅路就是社区配套商业街，骑楼遮风挡雨很实用；别具一格的骑楼下，本帮和天南地北的商户一同繁荣着社区经济，仿佛当年的金陵东路。

西凌家宅路，一条申城小马路，向往繁荣与繁华，便如此致敬百年金陵路。在申城,历史街区的影响力,可见一斑。百年来,金陵东路上,看得见海纳百川的模样;风貌独特的历史街区,的确也见证了城市更新与变迁。

金陵东路上,宝兴居委,"申城第一居委"。宝兴里,建成于1916—1944年间。1949年9月,宝兴里开始筹备组建居民自治组织,当年12月,"宝兴里居民福利联谊会"宣告成立,这是上海最早成立的里弄居民自治组织。1951年4月,宝兴里居民福利联谊会更名为"宝兴里居民委员会",上海第一个居委会由此诞生。

岁月不居,房屋衰老,居民旧改意愿强烈。2019年,宝兴里旧改第一轮意愿征询实现了"居民单位知晓率100%、选票送达率100%、投票参与率100%"三个100%,同意率达到99.69%,创造了黄浦区大体量旧改项目第一轮征询同意率的新纪录。2020年1月6日,第二轮签约征询首日签约率达到99.20%,创下黄浦区旧改首日签约率新高,实现2020年旧改开门红。

宝兴里的居民都搬走了,可他们还会常回来看看,到居委会坐坐。金陵东路上,骑楼下,不少老字号点心店、琴行也都陆续搬走了。常常有不知情的市民从别处赶来老地方,找不见点心店和琴行,也会顺路到居委会来打听:今后,金陵东路啥模样?

按照规划,金陵东路告别二级旧里,迎来的,将是"海派金陵路、活力新走廊"。在这里,高起点规划,高标准设计,努力打造出代表上海城市形象的新地标,集中展现外滩、人民广场、老城厢的新风尚,充分彰显骑楼和海派里弄独特的精气神。

旧改,改善的是居住环境,提升的是城市品质。旧改中的故事,记录了这座城市特有的温暖力量,这种力量足以让人们勠力同心、矢志前行。

上周,嘉里金陵路项目落地金陵东路街区,东起四川南路,西至浙江南路,南至人民路,北临延安东路,毗邻上海老城厢历史文化风貌保护区。

项目何时竣工?预计 2027 年至 2029 年间。届时,超大型城市综合街区里,住宅、办公、商业、酒店……多元业态,呈现全新繁华;一条近千米的旗舰商业大道上,金陵东路骑楼风貌保留保护,周边石库门建筑、里弄巷道也将妥善保护。

百年金陵路,为何令人念念不忘?因为,城市发展史,就是一部城市更新史,活跃在其中的人物和故事,书写出城市记忆,鲜活,历久弥新。

(2023 年 8 月 28 日,《新民眼》)

"今夕往西"保留的是城市记忆

蓬莱路周边，马路两侧墙壁上，一幅幅大照片记录着老城厢的日常生活，"今夕往西"——西门烟火之城厢漫步摄影展正在进行中。

在申城，历时 30 年的大规模成片旧改业已完成，如何回望历史、感受当下、展望未来，让历史悠久的老城厢街区焕发新生？"今夕往西"，给出答案。

一面墙，一幅大照片，照片里有一只巨大的钢精锅。锅子不再明光锃亮，用了好些年头，算得上家里的一样老物件了。这样的老物件，在旧改搬迁的日子里，年轻的"小巷总理"顾佳怡见到的不是一两件。

2022 年 7 月，每天早上五六点，蓬莱路上，搬场车一溜排开，锅碗瓢盆、家电家具……纷纷跟着主人们告别老宅，奔赴新居。

蓬莱路地块，黄浦区最后一个大体量成片二级以下旧里房屋改造地块，堪称老城厢旧改"收官之作"，涉及 10 个街坊 4 600 多个权证居民,居民们盼旧改愿望强烈。2021年 12 月,一轮意愿征询以 98.35％ 的高比例顺利通过;二轮征询 2022 年 3 月下旬通过! 顾佳怡是老西门街道小西门居民区党总支书记,小西门居委涉及旧改居民 758 户,全力推进旧改,她和居民们一路飞奔,跑出了酷暑天的"旧改速度"。

当时情形,历历在目,仿佛昨天。如今,站在蓬莱路上,"常回家看看"的旧改居民们,一眼看见墙上的一幅幅大照片中的钢精锅、石库门、敬业中学……就忍不住笑了,人搬走了,情留下来了,这个展览办得有心了。

老城厢旧改,改善的,是居住品质;保留的,是城市记忆。记忆老城厢,曾经的老物件,曾经的寻常日子,是对风貌的独特记录,也是对生活、情感的深度挖掘;更展现出深厚的历史文化底蕴,以及未来发展走向。回头看看,宝兴里、承兴里、祥顺里、梦花街、蓬莱路、顺昌路……一条条百年老弄堂、一个个百年老街坊,恢宏城市更新中点点滴滴的灵动细节,让人真切感受到——人民城市发展史,就是一部城市更新史。

城市更新是居住形态之变,更是治理方式之变。上海如何持续推动城市更新,传承历史文脉,增强城市软实力? 2021 年 8 月 25 日,市十五届人大常委会第三十四次会议全票表决通过《上海市城市更新条例》,诸多"制度创新"点亮"城市更新",目标都在于——宜居、绿色、韧性、智慧的人文城市建设。这当中，有人民城市为人民的温暖诚意，更有法治之城以制度供给保障城市更新永续发展的理性光芒。恰如老城厢摄影展，为了记忆，也为了展望。从色彩斑斓的街景到充满生活气息的人物，每一张照片都在讲述着老城厢的故事，既有对过去的怀念，更有对未来的期待。

事实上，成片旧改完成之后，老城厢的人口结构、居住形态，都发生了重大变化；治理体系和治理能力现代化，也将让"小巷总理"们面对全新的课题。毫无疑问，顾佳怡们将以"全力旧改"的勇气和智慧，依法推进更新与善治。

500 岁的老西门，典型的申城老城厢。旧改之后，蓬莱路路口，"今夕往西"——西门烟火之城厢漫步摄影展的巨幅广告前，步行的、骑车的，来来往往，匆匆忙忙，川流不息。

若问一声："今夕往西"，去向哪里？答案是：告别曾经的辉煌与沧桑，在城市更新的进程中，这片老城厢将迎来崭新的生活！

（2023 年 9 月 11 日，《新民眼》）

开往春天的南外滩"金融直通车"

入冬，寒潮袭来，但南外滩"金融直通车"却暖意融融。

今天7时45分，一群80后、90后金融白领，出了轨交9号线小南门地铁站，乘上第一班直通车，直达"金融不夜城"各大楼宇，通勤"最后一公里"无障碍。

南外滩，申城新地标，金融不夜城。2022年年底，大冬天，南外滩出了一件暖心事——"金融直通车"发车啦！1年来，从无到有、从有向优。城市更新后，优化营商环境，城市新地标，如何心怀使命与梦想，创造繁荣与繁华？开往春天的南外滩"金融直通车"，给出了答案。

南外滩是上海最早形成的城区之一，沿新开河路向南至南浦大桥，1.6平方公里的黄金区域，发端可追溯至宋代，"一城烟火半东南"，可见当年繁华。

而今，伴随旧改，一幢幢金融大厦拔地而起，一个个重量级金融机构纷纷入驻，大量老居民迁出，全国各地、世界各地的青年人才纷至沓来。2014年起，从太保大楼沿外马

159

路一路南下至黄金交易所,1.5公里沿线集聚14家总部企业大楼。目前,南外滩通勤员工已达3.5万人,"十四五"期间将突破8万人。

大量金融白领,特别是青年白领来了,辖区服务最需要什么?曾经,上下班通勤,难!附近仅有9号线小南门地铁站一个轨交站点,地铁站距离办公楼宇还有15分钟到20分钟路程。公交线路少、配套不完善,也直接导致地铁口非法营运车辆集聚。

南外滩,身处金融集聚带,宜业、宜居的营商环境,谁来打造?作为"地主",小东门街道责无旁贷。小东门街道党工委依托"滨江党建·金融外滩"区域化党建联席会议,联手辖区企业以党建引领,共建共治共享。

2022年年底,南外滩"金融直通车"发车,久事集团旗下巴士四公司提供的22座新能源公交车,每天早晚高峰各运行两个小时,3辆公交巴士交替环线运行,5—8分钟一班。从起始站小南门地铁站出发,途经鑫景金融站、金融品巷站、久事大厦站等,晚高峰反向运行。目前,直通车对参与共建单位的员工免费开放,每个工作日乘载人数达2 500人。

直通车,如何开得更顺畅?

三会制度,是社会治理法宝,也是营商环境好帮手。"金融直通车",发车只是第一步;要优化,关键是共商计划安排、共筹项目资金、共治日常运行、共享项目成果。

1 年来,小东门街道走访调研,召开意见征询会,收集吸纳企业员工、交警和巴士公司的意见建议,年中启动直通车 2.0 版,车辆增至 4 辆,路线新增董家渡金融城站,微调部分站点点位,缓解高峰期交通拥堵,让更多企业白领受益。

　　最新变化是,2023 年 11 月,午间"金融直通车"正式通车,往返于鑫景金融中心和 BFC 外滩金融中心,串起南外滩滨江 1.6 平方公里黄金水岸线 11 幢商务楼宇,方便白领午间用餐和休闲。

　　未来,直通车要开向哪里?

　　南外滩,滨江一线,有 6 个"小矮人"。"小矮人"是昵称,其实是 6 幢楼,限高、楼矮、能量大,每幢年税收达 10 亿元。6 个"小矮人",只是直通车通勤服务的一部分。目前,整个路线已涵盖南外滩大部分金融机构,包括太保集团、东方证券、海通证券、蚂蚁科技、外企德科等,总计每年产生百亿元税收。

　　虽然寒风凛冽,开往春天的"金融直通车",之于青年白领,是服务,更是激励。年轻人念兹在兹,有归属感更有荣誉感——宏大的城市更新,巨变的南外滩,传统或新兴金融行业的发展,"一城烟火半东南"的光荣历史,"金融不夜城"的未来担当,就是沿途所见最壮美的风景!

　　　　　　　　　　（2023 年 12 月 18 日,《新民眼》）

"零距离家园"的凝聚力

福瑞里、淮海家、广场驿,距离上海"城市原点"都不过3公里,有一个共同的名字——"零距离家园"。

城市更新进程中,一个个"零距离家园",横看成岭侧成峰,却都是基层完善治理体系和治理能力的新探索,具有一个共同的目标——凝聚力。

百年南昌路上,街区更新后,毗邻《新青年》编辑部旧址、科学会堂,福瑞里作为新成员加盟南昌路街区大家庭。

南昌路44号,福瑞里。在这里,既保留了原有的日间照料中心、长者照护之家、退役军人服务站,又重点打造了诊疗服务区、共享空间区、便民服务区和户外花园步道区。

其中,诊疗服务区聚焦医养结合,"瑞金医院预约挂号、AI数字医养咨询、互联网医疗"等数字化咨询服务系统,"专家诊疗-康复理疗-药品配送"等传统全流程医养服务,在此融合成"医养一站式服务",试运行近半年,人气颇高。

户外花园步道区,定期开展"初心志愿日"品牌服务。

黄浦区商务委、崇明港沿镇政府、淮海集团大力支持，瑞金二路街道携手巨鹿集团、上海崇明生态农业公司、友菜到家等基地直送单位，推出"福瑞里便民菜点"，营造家门口的便民市集，颇具特色。

福瑞里有一个小目标，以零距离党建引领为民服务，听民情、知民意、解民忧，通过项目化运作、品牌化提升，将南昌路 44 号打造为兼具党群、医疗、养老、文化、便民服务等综合功能的零距离家园综合体。

淡水路 372 号，"淮海家·零距离家园"。本周五，是"淮海家"的大日子——每月最后一周的周五，就是"零距离家园日"。这天，由家园主理人发起，携手区政协委员、街区公益合伙人举办公益集市，其中一项保留节目，正是"幸福大篷车"便民服务，周到、惠民、贴心。

2023 年，淮海中路街道在"四百"大走访中发现，居住密度较高的西部街区亟需一处家门口的服务场所，"淮海家·零距离家园"，应运而生。迄今，多功能会客厅、自习室、共享厨房……一系列"家服务"很受欢迎。

服务，无止境，居民还需要什么？"社区云"平台上收集"金点子"，梳理"需求清单"，再匹配"资源清单"，让"零距离家园日"的公益集市常逛常新。

大沽路 192 号，广场驿，就在人民广场，地处南京东路街道，开张满月。

数字时代的基层治理，怎么少得了"一网统管"。便民惠民,更要高效快捷,广场驿就特地引进了小型装修报备、废弃油脂申报、店招店牌备案、餐厨垃圾申报等"一站式"服务,为周边居民和商户打造家门口的"政务便利店"。

有趣的是,在集居民办事、共享空间、休憩空间、文化生活为一体的广场驿里,有一处玻璃展柜,粮票、打字机、三五牌座钟……弹眼落睛。广场驿开张之时,居民们纷纷捐出自家的"老古董",扮靓"零距离家园",打造"城市之心"人文高地。这,也是一种家园认同。

顺便说一句,距离广场驿不远,就是即将开张的原点驿。顾名思义,原点驿,就在上海"城市原点"所在地。原点驿的服务区域,涵盖了今年初因为《繁花》大热的黄河路。黄河路,未来怎样?答案:交给时间。可以肯定的是,原点驿带给黄河路的,将是家门口的便捷服务,温暖、亲切、实用,富有凝聚力,就像所有"零距离家园"那样。

福瑞里、淮海家、广场驿、原点驿……城市更新进程中,建成的、在建的、拟建的"零距离家园",星罗棋布,无疑都是申城基层提高运转"速率"和"效率"的发力点——以党建引领汇聚资源,以优质供给服务民生,以暖心实事凝聚人心,持续提升超大城市基层治理体系和治理能力的现代化水平,坚定不移!

(2024 年 4 月 22 日,《新民眼》)

祥顺里，夕阳红

今天，重阳。

顺昌路 424 弄，百年祥顺里，地处淮海中路街道建四居民区，属于黄浦旧改 69 街坊。2021 年 1 月 6 日，69 街坊启动旧改征收，以 100％赞成的高比例通过了一轮征询；6 月 10 日，二轮征询签约率达 99.13％，远超 85％的生效比率。

几个月来，记者在祥顺里采访，记录申城旧改征收一个百年老弄堂的日常。老屋，老人，旧改中的老人，都是什么样？回头看看几乎搬空的老弄堂，想起几位有趣的老人家——祥顺里，夕阳红，有意思。

"六一"才过 "时髦人瑞"要上学

101 岁的徐文君，很时髦。

我抱了抱人瑞老人家，跟她告别，谢谢她配合采访。

老太太咧咧嘴，笑了，玫瑰红的唇膏，亮闪闪。

刚刚,摄影记者为她拍照,拍了一半,她突然说,等等、等等,只见她转身从小包里拿出一支唇膏,对着镜子上下涂两遍,又转身在餐桌边坐下,整理下衣裳说,好了,接着拍吧!

聊聊家常,该告辞了。老太太很讲礼数,一定要送送客人。75度角的木楼梯,她下得太快,拍照都来不及,我们大声喊,奶奶,奶奶,再上去两层,慢点下,慢点啊!老太太抿嘴一笑,返身上了两层,麻利的。

这天,是6月2日,"六一"刚过。一周后,101岁的老太太,要搬家了,因为旧改,她有了新家。

徐老太的儿子女儿,都住在别处。她喜欢自己住,老地方,住了70多年了,熟门熟路,不用儿女们操心。去年,她100岁了,才让儿子女儿轮流来照顾。

90岁那年,徐文君又开始上学了。那时候,祥顺里对门,就是淮海中路街道开的一间托老所,每天,早上8点去上学,下午三四点钟吃了下午茶点心,回家。一天里,都学点啥呢?啥都学,手指操、小手工、读书看报,样样有。

这学,一上就是10年。2020年,新冠疫情来了,托老所关门了。每天,在家里,虽有儿女轮流作伴,可是,徐老太总惦记着哪天才能去上学呢!

转眼到了2021年,新冠疫情还赖着不走,托老所还不能开门,祥顺里却等来了旧改征收。说起祥顺里旧改,也真是好事多磨,10年前,就说要旧改,不知怎的就没了下文,一等就是 10 年。旧改,终于来了。

一点没悬念,一轮、二轮征询,刷刷地,都过了。

徐老太要搬家了,总有点舍不得。新家是好,可有一样,老太太还是有点担心的,自己年龄大了,到了新家,家门口,还有学上吗,还能像在顺昌路这样,老弄堂对面就是托老所吗?

老太太说,要是实在没法上学了,就在家里自学吧,看看新闻读读报,也能长本事的,你说是不是呢!

我说,是呀、是呀!

老太太,够豁达。101 岁,爱涂口红,擅爬楼梯,腿脚灵便,胃口也好。一只西瓜,一切两半,小勺用上,红瓜瓤,一勺勺送进嘴巴,甜! 不过,这些,跟上学的乐趣相比,都不算什么。你见过多少老人,90 岁迷上上学,10 年里风雨无阻呢!

在祥顺里,我遇见的第一位居民,就是这位活力人瑞,申城 3 000 多位百岁老人中的一位。

"老小孩"徐文君现身说法,活到 100 岁,真不是什么困难事,好日子才开始——过了"六一",来日方长。

"七一"来了 "爱书法"大开眼界

孙永录,90 岁,爱书法。

一支毛笔,蘸了点清水,写在电子屏幕上,笔底文字,挺拔隽秀,气韵刚劲,就像写在宣纸上一样,神奇! 平生第一回,孙永录这样写毛笔字。

2021年7月1日,中国共产党百年华诞,孙永录戴上了平生最珍爱的纪念章——光荣在党50年纪念章。珍爱到什么程度呢?重要时候、重要场合,就戴着,比如,在又新印刷所旧址纪念馆门前留影纪念的时候。"七一"这天下午,建四居民区党总支书记詹亦琛特地邀请几位老居民一同参观又新印刷所旧址纪念馆,其中一位,正是孙永录。

又新印刷所旧址,毗邻祥顺里,就在复兴中路221弄12号(原辣斐德路成裕里)。1920年8月,陈望道所译《共产党宣言》中文全译本在这里首印。2020年起,又新印刷所旧址修缮保护,同年10月完成旧址建筑平移并就位新址。"七一"前夕,"永恒的灯塔"——早期马克思主义传播阵地又新印刷所旧址史迹陈列对公众开放。

在又新旧址展馆,魔墙查询、原文摹写、音频收听、多语种朗读……一样样新科技助力红色文化传播与弘扬。

最让孙永录惊喜的,是纪念馆二楼的原文摹写,毛笔字竟然可以这样写!方桌上,红木笔架、青瓷笔洗、羊毫毛笔,都很寻常,魔幻的是,桌面上的电子屏幕,触摸一下,就会出现《共产党宣言》中的经典名句。拿起毛笔,在青瓷笔洗里蘸点清水,就像描红一样,摹写那些名句,一幅书法作品就呈现在方桌对面的白墙上……

孙永录惊奇之余,不由得赞叹展馆设计匠心独具。写了字,还要去试试音频收听和多语种朗读。孙永录戴上耳机,念下一段话,点点墙上屏幕的播放键,就听见自己的声音回荡在展厅里——"一个幽灵,共产主义的幽灵,在欧洲游荡。"

还有一件事,更让他大开眼界。来自苏州的收藏家蔡坤先生珍藏的 175 本不同语种、不同年代版本的《共产党宣言》真迹,也在这里跟观众们见面。展馆一面墙,幻化成大屏幕,滑动指尖,就能看到不同版本的《共产党宣言》。

在祥顺里住了几十年,眼看着不远处的成裕里完成旧改,眼看着又新印刷所旧址在一片二级旧里中被发掘出来、修缮保护,出落成一个新奇的红色旧址纪念馆,孙永录只想说,太神奇!

"七一"这天,孙永录戴着纪念章参观"又新",他说,这是告别祥顺里最好的纪念——在这里,品味"真理的味道",好滋味!

"骄傲裁缝" 剪出市民服装变迁史

7月,台风"烟花"要来了,弄堂口的裁缝摊终于收工了。

一周前,天气预报就送来了"风消息",可老裁缝照旧在弄堂口出摊。为啥抓得这么紧?台风年年有,不稀奇,老裁缝在祥顺里的摊头,却要到头了,马上,他就要搬去闵行新家了。

王贤国,老裁缝,90 岁这年,因为旧改征收,终于退休了。

从 14 岁在淮海路成衣店学徒,过去 76 年,他不知道什么叫休假。休息日？没有的,除非生病,不得不停下来。

第一回见面的时候,我问他：为啥一定要这么勤奋呢？

"为啥？一个裁缝,就要天天裁裁缝缝,不然,那还叫裁缝吗？"

老裁缝低头忙着手上的针线,头也不抬。

跟老裁缝对话,有点困难。一来,他工作的时候,不喜欢被打扰；二来,他身子骨蛮硬朗,个子不高很敦实,眼睛,就像所有老人精那样,亮亮的,只一样不好——耳朵有点背。

我站在弄堂口跟他说话。问话的,要大声,不太斯文；答话的,更大声,不太耐烦。可是,无论如何,这对话是必需的,因为,这是他最后一次在祥顺里老摊头"答记者问"了。

王贤国的裁缝之路,从淮海路起步,然后,虹口、斜桥、陆家浜路,一直延伸到顺昌路祥顺里。过去 40 多年,他的裁缝摊,就守在祥顺里弄堂口。

原本,老裁缝最初的专业是西装裁剪,后来嘛,大家需要穿啥他就做啥,中山装、大棉袄、喇叭裤、连衣裙、低腰裤……从 20 世纪 50 年代到 21 世纪头 20 年,上海市民服装变迁史,老裁缝一把剪刀从头到脚裁了个遍。这样的资历,不骄傲,都难。

骄傲的老裁缝,很老派,他的摊头靠着老房子的外墙,墙上最显目位置,四个大字:只收现金。

"只收现金"对面墙上,是居委会的公告栏,各种通知,其中一项是——打疫苗请扫市民"健康云"。

手机,老裁缝有的,扫"健康云",老裁缝会的。可是,收费,只要现金,没有理由。

收费模式够倔强,来找老裁缝的人,还是络绎不绝。顺昌路上,没试过老裁缝针线手艺的,不多。

老裁缝说,样样手艺都有规律,做裁缝就要琢磨裁缝规律。掌握了规律,就能手上无尺,心中有尺。

手上无尺,心中有尺,什么意思?

比方,你站在老裁缝跟前,他打量几眼,就知道了你的衣裳尺寸,都说"量体裁衣",到他这儿,不量体,也能裁衣。

不量体,也能裁衣,怎么做到的?用手、用心、用脑,几十年,练出来的嘛。

今年,要搬家了,也不用多带啥。只不过,那一套裁缝家什,要带着,用了几十年,留个纪念。这套家什,都是些最普通的工具,剪刀、针线、缝纫机、熨斗,一样名牌也没有,一个好裁缝,只要工具顺手,就够了。

不过,这些家什,往后也就只是纪念品了,工作了 76年,老裁缝说,他要休息一下。

志愿服务　人搬走了情留下来

一盘棋,楚河汉界,拱卒走马,丢车保帅,好不热闹。要论老城厢的生活乐趣,弄堂口的棋摊,不能少。

棋摊,就在祥顺里弄堂口不远处。春夏秋冬,一年365天,这棋摊就没散过,台风也吹不散,台风一走,棋摊照旧。夏天太热,棋盘酣战,一圈人赤膊观战,就像老城厢常见的棋摊那样。

64岁的杨忠耀,不下棋,只看棋。这弄堂口的象棋摊,他看了三四十年了。3个月前,杨忠耀办完旧改征收交房手续,然后,搬到浦东的新家。可这棋摊,还是天天见。为啥呢?因为,棋摊没散,他也要到天天到建四居委会来上班。虽说他早过了退休年龄,可做社区志愿者又不论年纪大小,想志愿服务就不退休。

每天上午8点,他乘地铁8号线处从浦东赶来祥顺里上班,下午5点下班。上班下班,只要不见大风大雨,就能见到棋摊。

都是谁在下棋呢?有弄堂里的,也有弄堂对面建国东路上的,还有旧改搬了家再专门回来下棋的,从徐汇区来的,从中山南路来的,都有。下棋的人,年长的过了90岁,年轻的也有60多岁了。棋迷扎堆,这棋摊,也就好比老弄堂游戏的兴趣小组。这世上,还有什么,比兴趣更吸引人的!

走进祥顺里,到居委会,路上转角,是葡萄架。每次走到这里,杨忠耀都会想起,7月,"烟花"来了,葡萄还没长大,台风过后,一架青绿安然无恙。8月,"灿都"来了,葡萄

172

架空荡荡,旧改居民带着葡萄搬家了。迎战台风,老弄堂坚壁清野,一颗葡萄也没留给"灿都"——申城防汛防台的一贯风格,宁可"十防九空",也要严阵以待。

日子过得快,转眼,就要重阳了,祥顺里,老邻居们都搬得差不多了。老邻居们带着葡萄搬家,是念想;不散的棋摊,是念想;杨忠耀自己的念想,又是什么呢? 天天回到祥顺里上班啊,退休了,也可以到居委会继续志愿服务嘛。

申城旧改,流行一句话:人搬走,情留下啦! 就算祥顺里搬空了,居委会还在,还是要为居民服务的。重阳来了,居委会邀请老邻居们再回祥顺里坐坐,这是老弄堂的心意,也是大家的心愿。

重阳,重回百年祥顺里,远远看见人头攒动的棋摊,老邻居们笑了——人都在,到家了!

(2021 年 10 月 14 日,特稿)

173

第五辑　经典何以经典

2021年5月21日，市十五届人大常委会第31次会议表决通过《上海市红色资源传承弘扬和保护利用条例》，当年7月1日起实施。

　　上海，党的诞生地。这部地方立法的价值取向正是：加强对红色资源的传承弘扬和保护利用，彰显上海作为中国共产党诞生地的历史地位，传承红色基因，赓续红色文脉，不忘初心、牢记使命，培育和践行社会主义核心价值观。

　　从渔阳里出发，看看经典何以经典，上海如何传承保护红色资源，弘扬海派文化、江南文化、红色文化。

从渔阳里出发

　　淮海中路 567 弄 6 号,曾经的霞飞路渔阳里 6 号,石库门建筑,全国重点文物保护单位,团中央旧址所在地。

　　2004 年,渔阳里团中央旧址纪念馆开馆。150 平方米的展厅,不大,迄今接待参观者逾百万人,全市不少入队、入团、入党宣誓仪式,都在这里举行。

　　建党 95 周年之际,"从渔阳里出发,踏寻红色足迹"纪念活动,正在渔阳里筹备。

　　曾经,理想与信仰点亮渔阳里,探索救国救民真理的一场场跋涉,从渔阳里出发;今天,人们再次从渔阳里出发,重温理想与信仰,助力伟大复兴。

　　在渔阳里纪念馆,一面墙上,一些老照片,记录了峥嵘岁月的开端。

　　1920 年年初,共产国际代表维经斯基经李大钊介绍到上海来会见陈独秀,商讨建立中国共产党。维经斯基的随行翻译杨明斋,租赁了霞飞路渔阳里 6 号为活动地。当年 8

月22日，俞秀松、李汉俊、陈望道、沈玄庐、施存统、袁振英、叶天底、金家凤等8位青年在这里发起创立了上海社会主义青年团，由俞秀松任书记。

同年9月，这里开办了外国语学社，为培养青年党团干部，也为输送青年赴苏俄留学做准备。杨明斋任校长、俞秀松任秘书，学生有刘少奇、任弼时、罗亦农等五十余人。报名渔阳里外国语学社，可以学到多少种语言？除了杨明斋校长、库兹涅佐娃、王元龄担任俄语教员，外国语学社请了多位老师教授不同语种——李达教日语、李汉俊教法语、袁振英教英语、斯托比尼教世界语。

这些名字，对今天的人们而言，熟悉或者陌生，不妨简介一二。杨明斋，祖籍山东，因为家境贫寒，他到俄国谋生，参加工人运动，凭借出色的组织才干进入共产国际。当共产国际代表维经斯基要到上海时，精通俄语的杨明斋成为最佳翻译人选。多年后，杨明斋在苏联牺牲，他一生未曾留下照片，纪念馆墙上的照片是后来人们找到相貌酷似他的堂兄的画像，翻拍而成。在上海，杨明斋成为外国语学社校长，如果说，那些青年学员从渔阳里出发，从此踏上寻求真理之路，那么，杨明斋，就是"星星点灯"之人。

在外国语学社，陈望道的身份有点特殊，既是学生，又是老师。这位《共产党宣言》的中国首位翻译者，修辞学大家，曾任复旦大学校长。在上海社会主义青年团的8位创

178

始人中,较之其他青年的丰神俊朗,照片里的陈望道看上去要老成很多,8 人当中,他最高寿,86 岁辞世。约半个世纪前,先师李熙宗教授曾在望老门下研读修辞学。作为学生,先师评价望老:学问做底气,信仰是支撑。

学问做底气,信仰是支撑。没错,一群群来自全国各地的年轻人从渔阳里出发,为苦难民族不再苦难,历经磨难,使命必达。

当年,霞飞路的渔阳里,被称为新渔阳里,顺着新渔阳里弄堂一路走下去,就到了原环龙路 2 号老渔阳里——今天的南昌路 100 弄 2 号,《新青年》编辑部旧址。

在建党 95 周年"从渔阳里出发"活动中,老渔阳里,是不能绕过的一站。

1920 年春,在这里,共产国际代表维经斯基会见了陈独秀,商讨建党事宜。同年 5 月,毛泽东来到上海,也在这里会晤陈独秀,讨论马克思主义和湖南的改造问题。同年 8 月,陈独秀、李达、李汉俊、陈望道等人建立了中国第一个共产主义小组——上海共产主义小组,经常在这里开会讨论党的工作和工人运动。与此同时,陈独秀将《新青年》改办为上海共产主义小组的机关刊物。同年 11 月,上海共产主义小组创办《共产党》月刊;1921 年 9 月,陈独秀回沪担任中共中央局书记,在此成立中央局机关。

曾经的《新青年》,对当时中国意味着什么?朱德曾回忆说:《新青年》提倡民主和科学的精神给予我影响,恰如一个人遇到一次终生难忘、可能改变他全部生涯的机会。

星星之火,可以燎原。今天,在建党 95 周年之际,摆脱了苦难命运的民族,走在伟大复兴的征途上,照耀前方的,是不灭的理想之火、信仰之光。

(2016 年 6 月 29 日,《新民眼》)

金色外滩和爵士乐

外滩,有个地方叫"外滩·中央","外滩·中央"里有一处林肯爵士乐上海中心 。

作为上海金融业发源地,曾经的远东第一金融街、世界第三国际金融中心,外滩的底色是"金色"。金色外滩,以万国建筑博览群闻名于世,52 幢优秀历史建筑风格迥异。如果说,那些经典建筑是凝固的外滩音乐;那么,爵士乐,就是流动的外滩音符。

酷暑季节,林肯爵士乐上海中心落户"外滩·中央"迄今足月,金色外滩的文化底蕴,将因为流动音符的加入,发生什么变化?

先看看,"外滩·中央"究竟身处何地。

南京东路上,20 世纪 30 年代建成的美伦大楼、新康大楼、华侨大楼、中央大楼,都是上海市优秀历史建筑,分居沙市一路、沙市二路这两条十字形内街的四角,这里曾有著名的中央商场和德大西菜社、东海咖啡馆。2013 年 4 月,"外滩·中央"开发改造项目在此启动,规划不仅保留了老建筑原有的新古典主义欧陆风格,还通过增加穹顶、拱廊,将4幢老大楼与十字形内街及中心广场联为一体,放眼望去,景观丰富,空间宏阔。林肯爵士乐上海中心,就在"外滩·中央"美伦大楼四楼。

众所周知,百年外滩富有金融盛名,南京路步行街号称"中华第一街",每天平均50万人次的客流,从不缺乏商机和人气;如今,"外滩·中央"的加盟,将在财气、商机之外,带来更多雅致的文气。"外滩·中央"的定位,正是"商旅文生活秀"体验型综合体。

商旅文生活秀,能秀出点什么? 爵士乐,一马当先。

爵士乐迷们,十有八九都听说过纽约的美国林肯爵士乐中心,成立29年以来,谈笑有鸿儒,往来无白丁——这个中心拥有世界顶尖的爵士乐艺术家,还有一大批杰出的客座音乐家,每年为全球听众、观众制作、提供数以千计的精彩节目,纯正爵士乐的标杆定位,无出其右。

这回,"外滩·中央"设立林肯爵士乐上海中心。较之申城众多爵士乐俱乐部,林肯爵士乐上海中心最大的不同在于——这里的爵士音乐家和乐队均由纽约总部派遣而来,以品牌授权、演出编排、节目及艺术家输出的方式,全程配合上海中心运营,水准堪称国际一流。

尤为值得一提的是,这里还将成为爵士乐普及的公益平台。多年来,美国林肯爵士乐中心致力于弘扬爵士乐文化,是全球规模最大也最为著名的非营利性爵士乐组织,通过一场场演出、一次次普及、一回回倡导,向世界各地的人们展现爵士乐的魅力。2013年以来,林肯爵士乐中心先后派遣5组乐队来沪,参加"外滩源夏日音乐季"开幕式及"上海城市草坪音乐会"专场演出,向上海乐迷展示最新潮的国际爵士艺术,同时,轻松活泼的音乐教育,4年来共向500多名上海乐童传授了爵士乐技艺。

今后,林肯爵士乐上海中心将承继这一公益传统,推广普及爵士艺术。"上海黄浦"微信平台将面向社会海选,在青少年爵士乐爱好者中招募"林肯爵士手",经历了大师培训的小乐童们,将与大师同台竞技,如切如磋,如琢如磨,小乐童们的技艺提升是否立竿见影,还在其次,开眼界长见识,却是实实在在的宝贵经历。

20世纪20年代,起源于美国的爵士乐风靡上海滩,诞生了一批知名乐队和歌星,其自由、温婉的风格,早已成海派文化的一种特色。20世纪80年代,上海爵士乐再度流行,在和平饭店,以20世纪三四十年代著名华人爵士乐队"吉米·金乐队"为班底的老年爵士乐团,更已是申城知名旅游景点的文化品牌。

今天,和平饭店一街之隔,来了林肯爵士乐上海中心,其国际性、原创性、公益性,风格鲜明。于是,在外滩,既有爵士乐本土老品牌,也有国际知名大品牌,互为知音,金色外滩的文化底蕴,愈加丰盈。

如此底蕴,却也非金色外滩独有。明天,在毗邻外滩的南京东路街道,"南东·音乐·家"社区公共音乐计划即将启动"夏季楼宇音乐会",奉献演出的,都是青年音乐家,搭建平台的,都是社区党建联合体文化单位,凝心聚力让高雅音乐开启社区之旅。

孔子闻韶乐,三月不知肉味。音乐的力量,可见一斑。"南东·音乐·家"经年累月的社区行走,又将让南东呈现怎样的独特气质,就如同爵士乐让金色外滩底蕴丰盈,值得期待。

（2017 年 8 月 11 日,《新民眼》）

漂流的"思南书局"

夜色里,梧桐树下,辉煌灯火中,一个"心"型透明书店散发着钻石般的光辉。

11月的第一个双休日,思南路复兴路路口的小广场上,"思南书局"概念店,开张了。

申城的书店,成百上千,要论特征鲜明,思南书局的最大特色是——漂流。

一个书店,为何漂流,如何漂流?

近年来,思南公馆已成闻名遐迩的申城地标。在衡山路复兴路历史文化风貌保护区内,打造"书香思南·人文中轴",思南公馆的定位,不是房产开发,是公共文化空间;因此,文化活动的公益性、开放性、丰富性、多样性,必不可少。

这些必不可少,如何实现? 思南公馆的答案是:坚持公有化和区域化党建联建。

迄今,思南公馆的产权,公有,而非私产。2005年,为平衡改造资金,思南公馆曾打算将大部分别墅出售,但被市政府否决,"只租不卖"原则,确保了思南公馆的公共性。2008 年,金融危机,思南公馆曾打算分散出售、长期租赁,市政府再次明确,历史保护建筑要坚持向公众开放,形成服务公益、配套商业的格局定位。2016 年,国企永业集团先后收回了思南公馆项目外资与其他国企的股权,形成了 100％独资运营,专心致志打造文化品牌。

最近 5 年,思南书集、思南纪实空间、海派旗袍思南之家、思南露天博物馆、海上思南市集、思南街角之声、思南摩登复古季……一系列品牌活动,让思南公馆成长为——城市旅游新地标、全民阅读金坐标、公共空间文化活动风向标。但,书香思南,一直缺了点什么,是什么? 书店!

曾经,书香思南有一个梦想,建一家书店,赋予这片街区"人文之心"。

过去几个月里,上海永业集团、上海市作家协会、上海世纪出版集团共同酝酿"思南书局",依托书香思南的人文底蕴,集聚优质文化资源联手打造,以此普及全民阅读,推动城市公共文化空间呈现更丰盛的书香内涵。

终于,思南书局问世了,不大的思南书局将要汇聚起人文能量,变成了一颗"怦怦跳动"、充满活力的"人文之心"。

思南书局,造型恰如一颗晶莹剔透的心脏,30 平方米,6 000 册图书,60 天里,将有 60 位作家驻店接待爱书人。

30 平方米的空间,不大,但布局紧凑,功能完备;除了货架上的图书,还将定期推出富有作家个人风格的小型展览,作为思南公馆"摩登思南季"系列活动的重要组成部分,首展特别推出"上海的《繁花》:金宇澄手绘《繁花》插画展"。

30平方米的空间,60天里,60位作家,一天一位。每天上午10时,书店开门营业,每天下午4时到晚上8时,都会有一位著名作家"坐镇"书店,担任驻店作家,与读者面对面交流,为读者面对面推荐图书——这,是国内从来未有过的尝试,也是国际罕有的实践。

每一位在店内买书的顾客,都能得到印有当日驻店作家姓名的独一无二的收银条,还有亲笔签名。首位特邀驻店选书师兼开幕嘉宾的,是著名学者、作家李欧梵,随后几天,金宇澄、毛尖、路内、小白、周嘉宁、张定浩等沪上读者喜爱的作家也将陆续现身书局,跟市民读者交流互动。

此后,更多来自上海和各地的著名作家已经应邀参加思南书局概念店驻店计划,每位作者还将带来自己的代表作,推荐自己喜爱的图书,或特意准备个人的书房物件或收藏品,与读者一起分享,为思南书局增添一份别样的书香雅趣。

60天后,思南书局将撤离思南小广场,开启漂流之路。漂流之路,前景如何?

放心,这个书店,形体灵活,样貌雅致,安装便捷,功能齐全,业态独特,到哪里,都是风景。

或许,在黄浦江滨江,晨练的人们发现,江边多了好看的思南书局。或许,在申城各大商圈,人们发现,熙熙攘攘的商业繁荣里,多了满是书香的思南书局。

是的,无论走到哪里,这个漂流书店的名字都叫——思南书局。在申城的众多场所,人们都将能分享、共享来自"书香思南·人文中轴"的优雅书香,都能感受这座城市独特的书香气质——这,就是漂流的价值和意义。

(2017 年 11 月 8 日,《新民眼》)

经典何以经典

"一个幽灵,共产主义的幽灵,在欧洲游荡。"

在中国,这句经典,家喻户晓。

《共产党宣言》的开篇之句,知名度丝毫不亚于莎翁名句——"生存,还是死亡,这是一个问题。"

1920年,在中华民族生死存亡的历史关头,陈望道先生翻译的《共产党宣言》横空出世,这首部科学社会主义红色经典中文全译本在上海印刷出版,从此照亮中国社会的前途选择。

今天,我们要传承"红色基因",就不能不回答一个问题:经典何以经典?

历史从远处来,历史的密码,总是留存在她的足迹当中。经典何以经典,这个问题,有意思,更有意义。要解答,就须一路追寻首部《共产党宣言》中文全译本的成书历程及其深远影响。

1920年,对陈望道而言,不寻常。

1920年2月，上海《星期评论》周刊特邀从日本留学归来的陈望道翻译《共产党宣言》。陈望道依据戴季陶提供的日文本，参考陈独秀取自北大图书馆的英文本，在家乡义乌的柴房里"勇"译红色经典。

的确，陈望道翻译《共产党宣言》是需要勇气的。一来，当时的社会环境并不利于红色经典的翻译问世；二来，《共产党宣言》博大精深，不少人曾想全部译出未能如愿。多年后，陈望道回忆说，一定要通过自己的手，向世人奉献一个高质量的全译本，让《共产党宣言》成为"唤醒中国这头睡狮最为嘹亮而有力的号角"。

《共产党宣言》篇幅不长，但对人类社会的深刻影响而言，无疑是历史巨著。在中国，谁来印刷出版《共产党宣言》？历史选择了又新印刷所，其中有偶然也有必然，总归是"赶巧"了。

上海市复兴中路221弄12号，原辣斐德路成裕里，又新印刷所旧址。这里原本是法租界，就像《新青年》编辑部、中国社会主义青年团中央机关渔阳里旧址、中共一大会址都选择了法租界，又新印刷所也选在法租界，实在是因为彼时此间的社会治理格局非常适合"民族希望"的萌芽和成长。

1920年8月，又新印刷所出版的第一本书，正是《共产党宣言》陈译本，这是科学社会主义第一个纲领性文献在中国出版。为此，1920年8月17日，维经斯基在给共产国际的信中说："中国不仅成立了共产党发起小组，而且正式出版了中文版的《共产党宣言》。中国革命的春天已经到来了。"

此后，《共产党宣言》陈译本流传海外，1922年11月，朱德在欧洲留学加入中国共产党，周恩来曾赠此书给他。

作家金一南在《苦难辉煌》一书第118页记载道：井冈山斗争初期，毛泽东揣着两本最宝贵的书，一本是《三国演义》，另一本是《共产党宣言》。

1936年，毛泽东会见美国记者埃德加·斯诺时谈道："有3本书特别深刻地铭记在我的心中，使我树立起对马克思主义的信仰。我接受马克思主义，认为它是对历史的正确解释，以后，我对马克思主义的信仰就没有动摇过。这3本书是：陈望道译的《共产党宣言》，这是用中文出版的第一本马克思主义的书，考茨基著的《阶级斗争》，以及柯卡普著的《社会主义史》……"

2017年10月31日，党的十九大闭幕一周，习近平总书记带领党的新一届领导集体瞻仰中共一大会址，特别仔细观看了纪念馆的一件重要展品——中国现存最早的《共产党宣言》中译本。

97年，仿佛也只是弹指一瞬间。

初冬时节，记者走访又新印刷所旧址，遥想身穿长袍的青年陈望道，捧着新鲜出炉的《共产党宣言》走出又新印刷所，该有多么喜悦！尽管那本书在第一次印刷时，出现了小小纰漏,封面上"产"和"党"排字颠倒了。数十年后,身为复旦大学校长的陈望道已是修辞学大家,先师李熙宗教授在望老门下研读修辞学。望老跟学生们谈起往事,当年的印刷失误也成了"治学做事须严谨"的案例,只不过,学生们分明感觉到,这似乎并不妨碍先生发自内心的喜悦,他的口吻是轻松的,要知道,先生平常一贯很严肃——不是望之俨然,即之也温;而是望之俨然,即之也俨然。

1920年,《共产党宣言》中文全译本出版,对翻译者陈望道、对中国共产党、对中国,意义非凡。由此,真理的光芒为在暗夜中探索的中国指明了方向,让寻求救国救民真理的中国共产党人在前赴后继的跋涉中超越苦难,铸就辉煌。

今天,在历史的天空下回眸曾经的瞬间,与红色基因一脉相承的,是这座城市和这座城市里的人,在历史紧要关头"日日新,又日新"的创见和担当,以及超越苦难铸造辉煌的勇气和睿智。

《共产党宣言》陈译本,不过1万多字,被历史一次次证明的却是——信仰的力量!

信仰的力量,让这首部红色经典——钻石恒久远,一颗永流传!

(2017年12月18日,《新民眼》)

当格萨尔王遇见大世界

　　玛多，藏语意为"黄河源头"，平均海拔逾4 500米，无愧"天上玛多"。

　　1 000年前，在玛多，格萨尔赛马夺冠称王，成为古代藏族人民的民族英雄，《格萨尔王》号称东方《荷马史诗》。

　　100年前，大世界建成伊始即风靡上海滩，2017年百岁大世界改造后重新开放，定位于非遗传承平台。

　　如果说，每个时代都要有自己的伟大人物，若没有这样的人物，它就要把他们创造出来；那么，在一个朝气蓬勃的时代，怀揣伟大梦想的人们创造力空前活跃，生发出无数创意——比如，格萨尔王遇见了大世界。

　　"五一"小长假前后，申城文化生活格外活跃，大世界"天上玛多"非遗展演系列活动，独树一帜，空前火爆，就算天落雨，格萨尔王的赛马大会，照样天天演。

　　遇见格萨尔王，大世界笑不动了。大世界中庭户外舞台，不大，原本300人的表演压缩到30人，人少，但照样能载歌载舞地热烈讲述英雄传奇。舞台上,格萨尔王雄姿英发,舞台下,观众如痴如狂,那点冷风小雨,完全挡不住人们要看格萨尔王的热情。

看完了表演,"天上玛多"还有更多宝贝呈现——瓦当、玛尼石刻、糌粑、简易氆氇机、角制藏牌、曲拉、竹笔西成的藏文书法……这些大众并不熟知的非遗展品一一亮相,非遗传承人现场制作,为好奇的观众释疑解惑。1 000多件展品,不少都出自玛多的寻常人家。听说"天上玛多"要在上海大世界开展,玛多人很乐意在大世界晒晒"传家宝"。

看见了格萨尔王的雄姿英发,看见了"天上玛多"的精彩纷呈,大世界越发踌躇满志。

这世界,变化多变化快,当哈哈镜已成童年记忆,重新归来的大世界,却勇敢宣称,不仅要做非遗传承平台,而且,还要以"传承、传艺、传习"为重点,不只立足上海,辐射周边,更要面向全国,走向世界,致力于成为所有非物质文化遗产项目的传承展演地。

1年来,大世界,没有食言,格萨尔王的英雄史诗更是空前照亮了大世界的非遗大舞台。

为什么,人们冒雨也要来观看?观众给出的答案是——格萨尔王,听说过,没见过,要来看看;伟大时代需要伟大传奇,格萨尔王的英雄传奇,跟民族时代脉搏,特别合拍;如果大世界要有一部驻场演出,那就选格萨尔王吧。

一言以蔽之,朝气蓬勃的时代,需要刚健挺拔的精神家园,大世界的非遗传承平台恰恰满足了时代的文化心理需求。

格萨尔王遇见大世界,也很开心。在非遗传承的背后,不只是民族文化的交流互动,更是精准扶贫的创意与实践。"天上玛多",不仅带来了英雄传奇,带来了丰富的文化遗产,更为现实经贸交流带来契机。

地处三江源头,玛多物产丰饶。今日玛多,作为三江源国家公园核心保护区,要保护好"中华水塔",确保"一江清水向东流"。多年来,玛多放弃了很多开发项目,也由此面临着转换发展思路脱贫奔小康的时代命题。

在申城的诸多援建地区中,果洛藏族自治州玛多县是黄浦区重要对口支援地区之一。2010—2018 年,黄浦区对口支援果洛藏族自治州玛多共实施援建项目 54 个,总投资 14 506 万元。援建项目着眼于玛多实际需求,援助资金坚持"80％向基层倾斜,80％向民生倾斜",把有限的资金重点放在改善当地各族群众基本生活条件、提高公共服务能力上,项目涉及新农村建设、产业发展、社会事业和人力资源培训。2010—2018 年,黄浦—玛多两地共派出党政代表团、慰问团、专家团、爱心团 45 批 400 多人次,黄浦区政府、区域企事业单位、社会组织和爱心人士共计为玛多县捐赠资金或实物近 2 000 万元。

而在政府投入之外,活跃的民间交流,无疑也是对口帮扶的有益补充,玛多旖旎的草原风光和英雄传奇,原本就是旅游、观光、探秘、寻幽的首选之地,大世界非物质文化遗产展演,让更多人知道了"天上玛多"——玛多很神奇,不妨去看看!

所以,当格萨尔王遇见大世界,他们便携手开启了全面奔小康的新境界。

(2018 年 5 月 2 日,《新民眼》)

"红色家底"何以传承

200 年前的 5 月 5 日,人类历史上最伟大的一位思想家诞生了。

他的思想,对人类社会造就的空前影响,不言而喻,上海也因此拥有了独一无二的"红色家底"——首部《共产党宣言》中译本和中国共产党的诞生地,中华人民共和国国歌的首唱地,更令这座城市光彩照人。回望历史,"红色家底"何以传承,不单事关信仰,更关乎城市记忆和家园认同。

传承"红色家底",就要让该保护的,得到妥善保护。

今年,马克思主义经典《共产党宣言》中文译本在中国印刷出版 98 周年,而这部红色经典的首次印刷地正是在上海。

1920 年,陈望道翻译的《共产党宣言》,是马克思主义经典著作首次以完整形式在我国出版,出版地点在上海市复兴中路 221 弄 12 号,原辣斐德路成裕里,又新印刷所旧址。11 年前,在这里,原卢湾区经过地毯式文物普查,一处新的不可移动文物被最终确认。

岁月流逝，《共产党宣言》初版本存世仅数册，而又新印刷所也曾在很长一段时间里湮没在岁月中，仅仅是老城厢石库门里弄"成裕里"寻常人家的住所而已。

2007年，全国第三次文物普查开始，原卢湾区文保部门在全区范围内开展"地毯式"的普查——那些记载于文字或者流传于口头，却并未被确认为不可移动文物的旧址，特别是"红色家底"，一个也不能疏漏。文保人员一遍遍对照文献资料，实地勘察，访问当地居民，功夫不负有心人，在此期间，又新印刷所旧址被确认。2007年12月，又新印刷所旧址被卢湾区公布为不可移动文物。

如今，顺昌路、复兴中路交界处的成裕里，属于黄浦区淮海中路街道新天地板块。伴随旧改推进，成裕里已完成居民搬迁。最近几年，这个地块是一片工地，但工地上的又新印刷所旧址被妥善保护着。将来，在一片新建筑当中，这处老建筑如何发挥好传承"红色基因"的特殊功能？一种设想是，将又新老建筑平移到路口醒目位置，设立爱国主义教育基地。

这样的设想，如何有效实施？目前，市区政府、文保专家和建筑学专家正在积极论证保护方案。未来，值得期待。

传承"红色家底"，就要让该记忆的，得到生动记忆。

1935年5月24日，国产进步电影《风云儿女》在黄浦剧场首映，由田汉作词、聂耳作曲的主题歌《义勇军进行曲》在此首唱,传遍中华大地,激励着中华儿女共同抵抗侵略者。

82 年后,剧场外,一个藏有"老建筑故事"的二维码铭牌,挂在了墙上。扫扫二维码,即可"解密"——黄浦剧场,原名"金城大戏院",始建于 1933 年,1934 年 2 月 1 日正式开业,曾首映了《风云儿女》《人生》《渔光曲》等大量左翼进步影片并引起轰动,被称为"国片之宫";1957 年 12 月,周恩来总理提议并亲笔题名"黄浦剧场";目前黄浦剧场是"上海市爱国主义教育基地"。

今年,《在那遥远的地方——纪念国歌〈义勇军进行曲〉唱响 83 周年中国近现代经典合唱作品音乐会》即将在黄浦剧场上演。同时,《信念——红色家书情景朗诵剧》也将与观众见面。中共一大代表何叔衡、邓恩铭的家书,八路军高级将领左权的家书,英烈赵一曼、李白、江竹筠、王孝和的狱中家书,毛岸英赴朝参战前写给家人的长信……一封封读来,激荡心灵。

不独有黄浦剧场,在申城,一处处携带"红色基因"的场所,被赋予新的时代内涵,人们以这个时代特有的方式,一次次激活家园记忆,感受城市骄傲。

这些记忆这些骄傲,都与《共产党宣言》有关。1883 年《共产党宣言》德文版序言中,恩格斯写道:"本版序言不幸只能由我一个人署名了。马克思这位比其他任何人都更受到欧美整个工人阶级感谢的人物,已经长眠于海格特公墓,他的墓上已经初次长出了青草。在他逝世之后,就更谈不上对《宣言》做什么修改或补充了。"

今天,可以告慰《共产党宣言》的两位作者——《宣言》问世后的 170 年里,他们的思想之光早已转化为信仰之力,让中国站起来、富起来、强起来,而在最早传播《共产党宣言》的上海,"红色家底"不仅被爱护,更被传承,生生不息。

(2018 年 5 月 8 日,《新民眼》)

百岁《新青年》旧址"焕然新生"

1920 年 6 月 27 日,"夜,望道叫我明天送他所译的《共产党宣言》到独秀家去。"6 月 28 日,"9 点到独秀家,将望道译的《共产党宣言》交给他,我们说些译书的事。" 8 月,《共产党宣言》首部中文全译本正式出版发行。

——这些记录,出自《俞秀松日记》。

2020 年,陈望道先生翻译《共产党宣言》中文全译本出版 100 周年。2020 年 8 月 18 日,中国共产党发起组成立地——《新青年》编辑部旧址修缮后正式开放。

《新青年》编辑部旧址,在南昌路 100 弄 2 号 ,一座砖木结构旧式石库门里弄老建筑,毗邻淮海路渔阳里。

这里,是宣传马克思主义的主阵地——《新青年》编辑部,以陈独秀为代表的先进知识分子在这里出版刊物,翻译马克思主义著作,推动马克思主义全国传播。

这里,也是第一个中国共产党早期组织的诞生地,在此提出了"按照共产主义者的理想,创造一个新社会"的革命目标,推动各地共产党早期组织建立。

这里,还是中国社会主义青年团的孵化地,为党储备了年轻有为的后备力量。

这里,更是中国共产党第一次全国代表大会的发起地,在中国共产党的创建过程中,上海共产党早期组织实际上起着中国共产党发起组的作用。中共一大之后的1年多时间里,这里作为中共中央局机关,成为当时中国共产主义运动的中心。

100年后的今天,重读经典,漫步星火初燃之地,十分好奇,红色文化传承创新,究竟新在哪里?

岁月远走,容颜会老去,焕然新生的旧址,却以修旧如旧的技艺,让老建筑重现风华正茂的模样。

100年前,一群优秀的年轻人,以青春的智慧、勇气和力量,为未来中国点亮信仰之光。100年后,百岁老建筑血脉中青春的气息,生生不息。因为修旧如旧,因为保护性加固和还原性修缮,如今,精致雕花门头、黑漆实木大门、清水平缝砖墙、石板台阶天井、暗红挂落门窗,一样样让百岁旧址重展新颜。除了旧址内部,这片石库门弄堂里三排房屋的外立面一并修缮,弄内居住条件改善,弄堂风貌焕然新生。

岁月远走,记忆会模糊,焕然新生的旧址,却以崭新的方式,擦亮历史的记忆。

史迹陈列,运用大量珍贵历史照片、史料、文物。其中,场景复原、VR 立体电影、艺术创作、互动查询……在有限的空间里，立体化、沉浸式解读历史。崭新的再现方式，让"星火初燃"不再只是历史的记忆，更是近在眼前、身临其境的场景；你，也不再只是参观者，而是"亲历者、见证者"。历史，便从未如此真切。

只有这些，还不够。新青年编辑部旧址，星火初燃之地，信仰的继承，需要千千万万青春的力量。因此，伴随旧址史迹陈列展正式开展，是薪火相传百年路——"四史"学习教育渔阳里系列活动。其间，"渔阳里：跨越百年的初心传承"主题研讨会暨第四届上海渔阳里文化论坛，黄浦共青团"渔阳里跨越百年"活动，《共产党宣言》中文全译本出版 100 周年邮票首发式，青春喊话@渔阳里……无不在"星火初燃"的回望中，为伟大民族复兴的新征程汲取强大力量、无畏勇气和坚定信念！

（2020 年 8 月 18 日，《新民眼》）

203

福兴商号来了"小福星"

　　小福星,是一个小机器人的昵称。

　　福兴商号,云南中路 171—173 号(原云南路 447号),1928—1931 年之间,这里是中共中央政治局机关。

　　2021 年,建党百年,红色文化挖掘,红色历史传承,需要鲜活叙事、生动表达,于是,福兴商号来了"小福星"。

　　"各位,欢迎来到中共中央政治局机关旧址,我是来自卢湾中学的讲解员。"小福星站在福兴商号二楼靠窗的桌子上,彬彬有礼地打招呼。为啥站在桌子上?因为小不点,站直了也不过 40 厘米。小福星,身量不高,能量却不小,它是黄浦区卢湾中学师生共同开发的机器人讲解员,中共中央政治局机关旧址的来龙去脉,娓娓道来。

　　福兴商号,究竟什么来历?原来,这幢二层钢筋混凝土建筑,坐西朝东,建筑面积 214.14 平方米,紧邻天蟾逸夫舞台。1928 年春,在上海担任党中央会计工作的熊瑾玎以商人身份租得云南路 447 号生黎医院楼上的 3 间房,设立党

204

中央政治局机关，挂出福兴商号的招牌作为掩护。1928年4月至1931年4月，周恩来、邓小平、李维汉、瞿秋白等中央政治局委员在这里工作，政治局很多重要会议都在这里召开，发出百余份文件，指导全国革命开展。这里是中共中央政治局在上海期间，使用时间最长的机关旧址，1980年公布为上海市文物保护单位。

众所周知，红色资源、红色文化是最宝贵的精神财富，是凝聚人心最强大的精神动力。2018年6月起，黄浦区启动了中共中央政治局机关旧址（1928—1931年）修缮保护，房屋置换、腾退原住居民，修旧如旧。迄今，修缮布展已完成，"白色恐怖下的红色中枢"——中共中央政治局机关旧址（1928—1931年）史迹陈列展于2020年10月1日试运营开放以来，已接待2 000多位参观者。每一次讲解结束，小福星都不忘奉献一段太空舞。诙谐舞步，看得参观者忍俊不禁，瞬间感觉这位讲解员聪明又可爱，历史讲得清楚明白，"人"又多才多艺，服了。有意思的是，小福星原名"小福兴"，观众听成了"小福星"，传播红色文化，它就是"小福星"，蛮好！你看，红色文化传播，就这么直抵人心。

小福星，是科技助力红色文化传播的一种尝试。除了小福星，"白色恐怖下的红色中枢"——中共中央政治局机关旧址（1928—1931年）史迹陈列展大量运用沉浸式影片、实景还原、情景互动等时尚方式，其间，一楼运用投影和电子屏幕打造沉浸式观展，叙事手法生动；二楼实景还原机关原貌,设置情景互动,为参观者呈现一个观赏性、参与性俱佳的观展空间。

迄今,科技助力红色文化传播,已成潮流。老渔阳里南昌路 100 弄 2 号中国共产党发起组成立地,新渔阳里淮海中路 567 弄 6 号中国社会主义青年团中央机关旧址,中共一大会址……众多红色旧址纪念场馆,无不尝试以新科技服务于红色历史挖掘、传承与传播。

"清澈的爱,只为中国"——这些天,18 岁烈士陈祥榕的战斗口号令无数人心中热流奔涌。如果说,清澈的爱,是战士以热血和生命守护祖国母亲的赤子之心;那么,建党百年之际,红色文化挖掘与传承所呈现的"小福星"式的新思路、新创意,就是不忘初心、牢记使命的青春智慧——这,也是一种清澈的爱——是对伟大民族复兴的坚定信念、有力发动、精神鼓舞!

(2021 年 2 月 22 日,《新民眼》)

淮海路,"红五月"

"红五月",对121岁的淮海路意味着什么？解码"红五月",不妨先回头看看淮海路走过的百年岁月。

淮海中路567弄6号,曾经的霞飞路渔阳里6号,石库门建筑,全国重点文物保护单位,团中央机关旧址所在地。1920年8月22日,在中国共产党发起组领导下,8位平均年龄仅24.5岁的青年在此成立中国第一个社会主义青年团——上海社会主义青年团。"8位青年"大概不会想到,百余年后的今天,渔阳里,近悦远来,名动天下。当年,从霞飞路渔阳里6号走过一条弄堂,就是老渔阳里《新青年》编辑部旧址,这里也正是中国共产党发起组成立地,初心始发,正在此间。

百年变迁,淮海路不只见证了中西方文化的交汇与融合,更见证了中国共产党的发展与壮大。作为一条世界知名商业街,淮海路有着与生俱来的时尚风情和高雅气质,在这里,诞生了上海第一家电脑商店、第一家美容厅、第一家大众快餐厅,还有,第一次时装发布会。今天,走进淮海路,仍能看到很多上海第一乃至中国第一——商业与艺术相得益彰的 K11 艺术购物中心、历史建筑中的爱马仕之家、维多利亚的秘密旗舰店、MUJI 全球旗舰店……

走过 120 年后,淮海路已不仅仅是一条商业街,更是文化符号,珍藏着近现代上海历史、人文、经济、商业、时尚的发展与积累。深厚的历史底蕴、浓郁的海派特色、丰富的商业资源,定位了淮海路的与众不同。

成长路上,淮海路也曾有过迷茫,面对互联网经济的勃兴,淮海路如何引领消费新风尚,持续提升国际影响力,不负“购物天堂”的美名?

2020 年,新冠疫情带来空前危机。化危为机,“五五购物节”,120 岁的淮海路亮出了“红五月”,一系列有新意、有特色、有影响的线上线下主题活动,引领消费者回归实体消费,重拾线下购物乐趣。今年,121 岁的淮海路再次亮出“红五月”。这个“红五月”,有商圈各品牌各商家线上线下特惠活动,部分品牌折扣之大达到历史之最;有老字号新国潮快闪店,20 家老字号的“招牌产品”选择最时尚方式,让消费者体验不一样的“快闪”;“献礼百年·红色传承”百组家庭亲子定向赛,更让红色地标牵手时尚商场,传承百年淮海路红色基因,联动周边支马路,助力打造淮海路集展览展示、人文休闲、购物消费于一体的世界级商圈。

今天,面对活跃的线上经济,面对日新月异的城市地标,人们为何还要逛淮海路？为了全国土特产食品商场的特色酱菜，为了三联书店的寻常书香，为了渔阳里广场上的咖啡集市，为了 K11 的一场画展，或者，尝尝新来的 Popeyes 中国首店跟老牌的肯德基、麦当劳有啥不一样……为了这些，可也不只为了这些。有一点，却是毫无疑问——淮海路就是淮海路，无可替代。

一切繁华，皆有来由；一切过往，皆为序章。淮海路，底气、智慧和力量，不同寻常——"红五月"，就是 121 岁淮海路活出别样精彩的新尝试。

（2021 年 5 月 10 日，《新民眼》）

一粒咖啡豆的"宣言"

"本店宗旨？可以蹭网，可以充电，可以拍照，可以约会。还可以和店主聊聊眼前的苟且，谈一谈诗和远方。风里雨里，我在这里等你。"

路过淮海路瑞金二路，一扭头，看见写在小店大门上一粒咖啡豆的"宣言"，你会是什么反应？

8月7日立秋，天气依旧火热。跟天气一样热度不减的，还有火热进行的第二届上海咖啡文化周。咖啡文化周，之所以火热，因为，"一粒咖啡豆"，拉动的是消费，激励的是以咖啡小店为代表的庞大小微企业群体，非常之年，这种拉动和激励，尤为迫切。

在上海，究竟有多少家咖啡店？因为咖啡文化周，人们知道了一组最新数据，近8000家！数量全球最多。小微企业无疑是咖啡店主力。2022年3月本轮疫情以来，上海小微企业遭受重创。如何走出困境？百年南昌路"金咖联盟"给出6个字：熬着、挺住、发展。采访之时，乍听这6个字，有些震撼。那几十家小店，一粒粒咖啡豆里，竟然凝聚了如此微小而又磅礴的力量。

这样的底气，哪里来？

2022年6月1日起，上海进入全面恢复正常生产生活秩序阶段，市政府发布实施加快经济恢复行动方案，助企纾困。其中，尤为引人注目的一项措施是——扩大房屋租金减免范围，对承租国有房屋从事生产经营活动的小微企业和个体工商户，免予提交受疫情影响证明材料，2022年免除6个月房屋租金。

此后，全市16个区相继出台细化方案，重点帮扶中小微企业和个体工商户，积极回应中小微企业诉求，竭力解决企业困难；通过减税费、缓期限、降成本、增信贷等一揽子措施，切实减轻中小微市场主体负担；通过增加中小微政府采购份额、加大中小企业专项支持力度，提振中小微主体发展信心。其中，仅黄浦区中小微企业纾困信贷专项额度筹备就达200亿元。

这些措施，目标就在于着力发挥政策工具的最大效用，保住市场主体，守住经济民生。减收租金，加之阶段性减免养老、失业、工伤保险单位缴费，意味着小微企业员工收入不会"剃光头"。

小微活下去，经济才有活力。在上海，逾95％的企业是小微，就业人员逾半数在小微，第三产业中有着小草一样生命力的还是小微。危急时刻，帮扶政策出手相助。救急，让重压之下的小微喘口气，定定神，然后，想尽一切办法熬着、挺住、发展。

活下去，才能谈未来。如何想尽一切办法，活下去？开咖啡店，即便同为小店，也都有自己的生意经。比如，究竟要锁定哪些消费群体，究竟几点开门、几点关门，究竟选择什么咖啡豆、什么器具……百花齐放，各不相同。

千方百计，这股劲，有多拼？看看一粒咖啡豆的"宣言"：蹭网、充电、拍照、约会，都行；风里雨里等你，差不多就是风雨无阻24小时不打烊了。而且，这开店的十八般武艺，准备了不少——要想聊聊开门七件事，就聊聊柴米油盐；要想谈谈诗经、离骚、泰戈尔、徐志摩，或者舒婷、北岛，随你选。

这"宣言"，照老歌的唱法，那叫《爱拼才会赢》；用抗疫以来的时髦说法，叫"不躺平"。

这世界，从来都是见微知著。闹市里，一处街角、一家无名小店、一粒咖啡豆，能拿出如此"宣言"；那么，一个城市的咖啡文化周，究竟要打磨、彰显、传递怎样的城市文化？不言而喻。

8月7日，还有一个好消息——上海全市疫情风险区清零，将实施常态化防控措施。这意味着，咖啡文化周可以更从容地传播城市文化，人们可以更从容地走进一家家咖啡小店，真切感受一粒咖啡豆的"宣言"。

（2022年8月8日，《新民眼》）

淮海路上"一碗面"

在 122 岁的淮海路眼里,一碗面,乾坤大。

酷暑去,金秋至,"五五购物节",火热进行中。中午时分,一碗枫镇大肉苏式汤面,上桌。面,是"姑苏面痴"肖伟民亲手做的——这位非遗技艺传承人,特地从苏州赶来跟上海同道切磋技艺,话题是:老字号的传承与焕新。

淮海路,一直以来人送雅号"首店收割机"。2022 年,淮海路商圈,从东到西,最新落户的——淮海中路 300 号 K11 购物艺术中心,积家旗舰店国内首家永久性安东尼工作坊,自 1833 年起,积家共研发出 1 200 多种机芯,当之无愧的高级制表领导者;淮海中路 656—666 号,Helly Hansen 中国首家旗舰店,Helly Hansen 拥有 145 年历史,是挪威国宝级户外品牌……

与此同时,本土老字号,依然是淮海路上远近闻名的"排队风景线"。特别令人关注的是,除了全国土特产商场、光明邨等等"老地主"之外,又一位老字号——沧浪亭,落户淮海路。

老上海都知道,沧浪亭,以苏式汤面见长。1950 年,沧浪亭开业,店主王寿平,苏州人,念念不忘故乡名园"沧浪亭",面店因此得名。72 年以来,沧浪亭成长为沪上知名老字号,2008 年入选商务部"第一批中华老字号名录"。

2022 年 8 月,沧浪亭落户淮海路思南路路口。沧浪亭,要在淮海路商圈,端出一碗面,味道怎么样?

汤面的灵魂,是汤底。苏式汤面,汤底分两种,红汤或白汤。大味必淡,白汤面,看似简单,行家眼里却是"一白见真功",就好比,淡馒头、白米饭、炒青菜,好不好吃,全在食材的底子和烹饪者的功夫。至于红汤面,沧浪亭的传统汤底是酱油料、猪筒骨、鸡骨架、黄鳝骨头加入清汤熬制;如今,改进工艺,更添鲜香,一锅红汤底,成就独家味道。

无论白汤、红汤,真材实料,推陈出新,这是老字号的品控。老字号能成为老字号,靠品质起家,还要靠品质发展。沧浪亭,在淮海路上端出的这碗面,更不例外。

只不过,老字号的传承发展,关键还在人。一个学徒,从基本功学起,锤炼到功底深厚,甚至出神入化,靠什么,仅仅厨房间里师徒口口相传? 从"小白"出落成"大师",登堂入室,有没有更专业的途径?"姑苏面痴"的答案是,成立"苏面传习所",如今,这个传习所已经在非遗传承之路上领跑。

未来,淮海路上,老字号的后起之秀们,也将经历专门机构,进行专业训练,成为技术精湛、谙熟餐饮文化审美、具备经营管理理念的复合型人才——这是"一碗面"同道切磋、头脑风暴的一个启示,也是老字号发扬光大、布局未来的一盘大棋。

前瞻,不只为"一碗面"的未来,更是百年淮海路本身的格局。如今,面对活跃的线上经济,面对日新月异的城市地标,人们为何还要逛淮海路?为了全国土特产食品商场的特色酱菜,为了三联书店的寻常书香,为了渔阳里广场上的咖啡集市……为了这些,可也不只为了这些。有一点,却是毫无疑问——淮海路是淮海路,无可替代,核心竞争力,恰恰在于无可复制的历史底蕴和不可限量的未来创意——这一点,看看沧浪亭里刚刚上桌的一碗面,一目了然。

老字号,传承焕新,功夫呈现在一碗汤面里。不妨,淮海路的一天,就从舌尖上的老字号开始。荠菜肉大馄饨、鲜肉小馄饨、麻酱馄饨、芝麻汤团、鲜肉汤团、生煎、桂花绿豆刨冰……122 年里,以美食标记岁月,吃过,方知购物天堂之美!

（2022 年 9 月 5 日,《新民眼》）

老字号的光荣

民以食为天，进博会也不例外。

大壶春生煎、鲜得来排骨年糕、小绍兴白斩鸡、小金陵盐水鸭，还有小笼馒头、汤团、素菜包、开洋葱油拌面……进博会上，有一间上海特色小吃馆，杏花楼集团、豫园股份旗下多家老字号入驻，购全球的进博宾朋在此大快朵颐，品鉴地道的申城老字号。

老字号，能有多老？

1783年，童涵春堂国药号创始，至今239岁，历史悠久的中华老字号。

1848年，老凤祥诞生，漫长岁月，长盛不衰，成为中国首饰业的世纪品牌。

1851年，杏花楼创立，粤菜起家，月饼发家。

1852年，邵万生问世，糟货是一绝，万物皆可"糟"。

1936年，江苏商人鲍氏兄弟经营的培丽土产公司开业，"全土"酱菜四季排队风景线由此肇始……

看看这些老字号的年纪,你若惊叹,这么老! 那说明,你真年轻。

事实上,在这些老字号中的"人瑞"和"准人瑞"之外,沪上还有更老的老字号,比如,已经过了 300 岁的曹素功、周虎臣、吴良材。

老字号,之所以能成为老字号,就在于,基因很强大,生命力很旺盛,无论吐故纳新、推陈出新、革故鼎新,都很有一套。不只活得长,每个老字号都充满了强大的不断超越自我的内生动力。

岁月洗礼,经典流传,老字号,经营的是中华品牌,传播的是中华文化。一座城市的繁华与繁荣,若选一位有资历的代言人,老字号,当之无愧。迄今,黄浦区拥有老字号企业共 113 家,占上海全市半壁江山。从豫园到"中华第一商业街"南京路、再到 122 岁淮海路,一个个老字号,见证这座城市的繁荣与繁华、希冀与梦想。

值得一提的是,长三角"老字号",手拉手朝前走。今年进博会期间,黄浦区与苏州市姑苏区共同发布了未来 3 年"老字号赋能创新创业行动计划"——新时代新征程,随着新一轮创新型城区创建开启,"老字号·新活力"创新创业专项行动将继续深化,为青年创业能力和老字号创新能级的提升,提供双创实践支撑;同时,构建老字号创新创业发展公益平台,汇聚老字号创新需求、创业政策、创新创业活动,打造长三角老字号特色双创资源集聚地。

最后，要说说一位特别的老字号。今年，《新民晚报》93岁了。无数读者口中的"夜报"，中国大陆目前最"老"的报纸，名副其实的老字号。

二十多年前，我在夜光杯做实习生，采访过一位常年做剪报的老先生。我问他，为何天天都要做剪报。他说，因为，老字号太有魅力。

二十多年过去了，我更能体会老人家所说的老字号的魅力。油墨书香浸染这座城市的春夏秋冬、晨昏四季、角角落落，就如咖啡香唤醒申城的每一天。我理解，恰如古老的文字本身是文明的标志，油墨书香就是阿拉精神家园的符号和寄托。一份"夜报"，拿在手上，情感温度、书香气韵、城市文脉，瞬间都在心中融化，此种温暖无法替代。

老字号，无论是300多岁的曹素功、171岁的杏花楼，还是93岁的《新民晚报》，有一点是共同的：坚守传统、留住根脉，有定力；突破常规、推陈出新，有活力。在定力和活力之间，参与这座城市的创新与创造，见证这座城市的繁荣与繁华，记录这座城市历史、当下和未来——这，就是老字号的光荣！

（2022 年 11 月 14 日，《新民眼》）

豫园里叫"V 站"的公益大篷车

一辆公益大篷车,为啥叫"V 站"? 据说,一路奔跑至今已有 40 年。

"V 站",在豫园。弘扬雷锋精神,纪念这处申城老城厢志愿服务 40 年,黄浦区豫园街道升级焕新"V 站"公益大篷车,满载志愿服务的创新创意和不变初心。

40 年间,上海"城市之根"老城厢的志愿服务,长什么样? 几个瞬间,见微知著。

1983 年,豫园成立民兵志愿服务队,持续 40 年不间断的公益便民服务,从此开启。从最初的量血压、送茶水、缝补衣服,到电器维修、配钥匙、修雨伞,再到维修电脑、手机贴膜、首饰清洗⋯⋯时代在变,初心不变;项目在变,热情不变,志愿服务,历久弥新。

在人流如织的豫园小商品市场,上海市优秀志愿者马金云二十年如一日,为市民游客提供 1 元钱配钥匙服务,年复一年,物价在涨,价格不涨。此间,公益服务弘扬的,不只是志愿精神，更有中华文化。在中华老字号童涵春堂，全国劳模、全国最美志愿者、黄浦工匠陈黎静，坚守三尺药柜 30年。1998 年，她牵头成立童涵春堂药学服务志愿队，以志愿服务弘扬岐黄国粹，向来自世界各地的人们传播中医药文化，日复一日，乐此不疲。

进入新时代，老城厢的志愿服务，有了自己的节日。2021 年中秋前夕，盛大"豫福日"，来啦！一早，从惠南镇到豫园，公交、地铁一路换乘，"跋涉"近 50 公里，安郁香的心情却很轻松。安郁香原本是豫园街道居民，旧改，改变了她的生活轨迹。2020 年，豫园街道旧改征收，她搬离旧居，住进了惠南镇的新家。但她还有一个身份留在老城厢——"零距离家园·豫福里"巧手志愿者。

"零距离家园·豫福里"，做什么的？就是豫园街道便民服务综合体，自开放以来，"馨、美、康、享、乐、益"六大板块，服务老城厢居民，康养理疗、共享厨房、衣物洗晒、残疾助浴，备受欢迎。"豫福日"，申城老城厢特有的家园公益日。这一天，周边居民就像赶集一样来到豫福里参加公益活动，实现一个个微心愿。巧手志愿者安郁香，要和公益伙伴们一起大显身手，就算一早狂奔 50 公里，值！

毗邻豫福里的可爱里，可以看见，一串风铃两扇门，邻里老少志愿情。可爱里的老人结对照顾的，不只是邻家孩子们的饮食和功课，更是孩子们的成长和未来；孩子们天天摇动的，也不只是邻居老人家门上的风铃，更是老城厢里的尊老爱幼、守望相助。

2023年，伴随疫情基本结束，来自全国各地的游客奔向豫园。豫园大客流志愿服务项目，要跟上。一个志愿服务亭，很特别，装了四个轮子可移动，名副其实的公益大篷车，还有一个名字，叫"V站"！路线指引、商铺推荐、人流疏导、应急救助……"V站"，一样样做起来。

为啥叫"V站"？在英文里，V代表volunteer（志愿）、vitality（活力）；在中文里，V谐音"微笑志愿""微站点"——小微站点，大能量，弘扬雷锋精神，志愿服务活力迸发提质增能。

最后，补充一点。

上海首个社区服务志愿者协会，在哪里？豫园街道！从20世纪80年代的豫园民兵为民服务，到90年代成立上海首个社区服务志愿者协会，再到如今的"党员为民服务日""大客流党群志愿服务""小候鸟爱心陪护"，上海"城市之根"老城厢始终传承公益文化，践行志愿精神，人道是——志愿四十年，善誉老城厢！

（2023年2月27日，《新民眼》）

百年复兴公园，越高寿越时尚

　　清晨，120多岁的大梧桐树，醒了。树干参天，枝叶舒展，真的是老当益壮。老树不孤单，因为，这里是百岁复兴公园。

　　世界地球日才过，"五五"购物节来啦！一座城市，人与自然如何和谐相处，经济繁荣发展与人文传统守护能否相得益彰？百岁复兴公园，用自己的方式告诉你，一切皆有可能。

　　众所周知，复兴公园始建于1909年，是国内唯一保存完整的法式园林，也是近代上海中西方园林文化交融的杰作。

　　2023年以来，复兴公园最大的新闻，莫过于INS复兴公园项目。这个项目，致力于打造集电子竞技、时尚秀场、音乐派对、沉浸式艺术、体验式新零售于一体的文娱综合体，即将于六七月份整体开业。有意思的是，这个项目所在区域就是曾经大名鼎鼎的复兴公园钱柜。

新千年以来的第一个 10 年里,沪上爱唱卡拉 OK 的潮人们,有几个没去过复兴公园钱柜 KTV? 一个时代有一个时代的潮流,当电子竞技、音乐派对……带着新时代的气息争做弄潮儿,INS 项目落户复兴公园,一点也不意外。因为,114岁的复兴公园,从来都是时尚的代名词,百年间,阅尽沪上繁华,见多识广,越是高寿,越能吐故纳新、引领时尚。

值得一提的是,正如复兴公园里的百岁梧桐,INS 复兴公园项目并非一枝独秀,而是“大世界演艺消费集聚区”的一部分。

这个演艺消费集聚区,好比一个时尚部落联盟。成员都是谁? 一位是,全新亮相的大世界,演艺空间集聚,潮流消费赋能,超过 20 个剧场提供音乐剧、话剧、脱口秀、音乐现场等年轻人喜爱的各类演出;一位是,外滩艺术中心,立足外滩核心区位,构建融数据中心、指数发布、艺术展示、艺术鉴赏、学术交流、臻品拍卖、收藏沙龙于一体的艺术综合体;还有一位,正是 INS 复兴公园项目。

黄浦区全域位于上海中央活动区,历史底蕴深厚,文旅资源丰富,2022 年下半年以来,区内文旅重点产业每月环比增长超过两位数。未来,文旅服务业作为高端服务业发展体系中的重点产业,“大世界演艺消费集聚区”塑造品牌、推陈出新,值得期待。无论如何,好不好、行不行,试了才知道。所以,最潮的 INS,百岁复兴公园要试一试。

百年公园,当然少不了古树。数一数,复兴公园里,古树名木及后续资源共计 27 株——名木 1 株、古树 8 株、后续资源 18 株；上海市唯一作为"名木"登记在册的欧洲七叶树，就在这里。至于古悬铃木群落，更是弹眼落睛。复兴公园里，一共有 223 株树龄在 50 年以上的法国梧桐，最高龄的 1 株，位于公园南门口，超过 120 岁；还有 17 株，超过 80 岁，大多分布在中央喷泉四周，就此形成市中心最大的悬铃木古树群。

最近 1 年，申城公园纷纷打开围墙，打开方式各不相同，复兴公园有自己的做法——围墙不再，公园却还是公园，保持了 100 多年的传统格局依然延续——站在公园外人行道上，园内花草树木，一览无遗，够通透；但要进入公园，还须通过大门，真真是，自然可以亲近，花草不可践踏。

如果恰巧从复兴中路大门入园，大门外，是百年黄荆，一树紫花，姿态优雅；大门内，就是 120 多岁的法国梧桐，参天大树，看得人高山仰止。再往里走，就是悬铃木古树群，每一棵，都在讲述复兴公园的不同凡响。

过不了多久，青春的 INS 就要来啦。这些老树们会怎么想？

顾工，一位守护复兴公园多年的园林专家，听到这个问题，笑了笑——老树们自然会说，欢迎你们，活力四射的年轻人！

（2023 年 4 月 24 日，《新民眼》）

"淮海红"和百年淮海路

5月,淮海路,123岁了。

淮海路上,"年轻态"指数增了还是减了,世界级购物天堂还宜居吗,经济活力和社会治理又如何相辅相成?

答案,藏在3位"小巷总理"的经济观察中、1位"准人瑞"的一日三餐里,更奔腾着"淮海红"的理想、志趣和气象。

淮海路,久负盛名。百岁之后,也曾面临发展的烦恼。走出困境,持续发展,街区的年轻化,就是一种必选项。近10年,年轻消费者友好型商业街区,一路探索走过来。效果怎么样?可以是量化的经济指数,也可以是近在咫尺的真切感受。

淮中居民区康智锋、瑞成居民区汤俐、瑞兴居民区王奕静,这3位"小巷总理"的经济观察,别开生面。

3个居民区都在瑞金二路街道,环绕淮海中路;3位"小巷总理"的入职时间,10年左右,每天,都要在淮海路上来来往往。

他们说，最近 3 年，纵有 3 年疫情影响，但淮海路最明显的一个变化是，每晚 9 点后，从新天地广场、K11、TX 淮海到淮海 755，到处都是年轻面孔，这些年轻人大多刚刚结束一天的工作，在商场购物或休憩。一眼望去，似乎到了晚间，百年淮海路就是年轻人的聚集地——这就是人们常说的"年轻态"吧。一个能让大量年轻人流连的商业街区，就是朝气、时尚、潮流的代名词，街区繁荣，可见一斑。

"小巷总理"的经济观察，感性、具象。问题是，日益"年轻态"的百年淮海路，是否仍宜居，毗邻繁华又生活便利？

陈恕老太太，99 岁，曾经的中学英语教师，生在淮海路，长在淮海路，一辈子都住在淮海路。耄耋之年后，她很少出门，窗前是书桌，窗外是悬铃木，守着淮海路的四季晨昏。

她和女儿一起生活，女儿也已年过七旬。一个家，两位老人，一日三餐怎么办？小刘包子和老字号丰裕，包了。小刘包子在南昌路，丰裕在瑞金一路。每天，小刘准时打来电话，问留几个包子，梅干菜还是香菇青菜？丰裕老字号助餐卡，就在书桌上，随时可用。淮海路商圈志愿服务队，集结老字号、知名品牌企业，共建共治共享，探索城市商圈治理新模式。今年，重点打造为老助餐志愿服务项目，可持续扶持老年"幸福食堂"，为老年人提供高质量暖心餐饮服务。

无论"小巷总理"的经济观察，还是"准人瑞"的一日三餐，也都是"淮海红"的牵挂。

上周，"淮海红"淮海路商圈党建联席会议启动了"五五购物·吾爱淮海"。爱淮海，"淮海红"要诠释出一个怎样的世界级购物天堂？

首先，赓续传承"基因红"。依托中共一大会址、淮海路周边众多优秀历史红色建筑及名人故居，提高党的建设科学化水平，创新拓展区域化党建联建，有力推动区域化党建平台发展。

其次，助力商圈商业"经济红"。需求引领、品牌引领、业态引领，串珠成线，扩线成圈，以高质量区域化党建推进商圈调整升级，全面强化跨界战略合作，将淮海路商圈建设成为国际知名高端品牌高度集聚、新业态新模式持续领跑、首店旗舰店引领时尚风向、消费环境优质舒适的消费地标。

最后，打造人文时尚"生活红"。更人文、更未来、更融合，高雅时尚街区，有历史底蕴又年轻新潮，是引领时尚的潮流地标，更是诠释幸福生活的综合街区。

如果说，世界各大著名商业街区都有自己的鲜明特色，"淮海红"就是123岁淮海路的主色调。这样的色调，带来独特气象。比如，光明邨的排队风景，是百年淮海路的繁荣景象，更是城市烟火，乃至海外归来的人，一定要来看看，理由是——看见光明邨排队，才真切感受——到上海了，到家啦！

购物天堂，温暖如此！

（2023 年 5 月 8 日，《新民眼》）

南昌路的"午后一小时"

最后一个音符,滑落琴弦,寂静人群,爆发响亮掌声。科学会堂里,1小时的社区音乐会,精彩!

这是"五一"前夕,南昌路,寻常午后。稍有不同的是,一场"转角遇见音乐"宣告了——庆祝建党百年,社区音乐会落户南昌路。

重庆南路到陕西南路之间,1.6公里的南昌路,马路虽小,转角遇见的,却很丰富——烟火气、生活味、幸福感,还有"真理的味道",即便是在寻常午后。

与1小时社区音乐会同步,此间呈现别样生活图景。

新店 "邻里生意"有家的味道

好豆、冷萃、葡萄汁、酒酿,加一起,什么味道?毗邻科学会堂,南昌路73号的咖啡店,很新,不满1岁。

社区音乐会的1小时里,80后店主陈颖跟两位咖啡师员工在研发一款新口味,品品味道,不俗。

每个女生,都有一个开店的梦。不知道,是不是所有女生都同意这句话,起码,陈颖很信,也因此梦想成真。

小时候,陈颖家住老南市,补课路上,常常坐 24 路公交车经过南昌路。2020 年,南昌路 73 号,陈颖开出了自己的咖啡店,她说这是 2020 年最值得庆贺的一件事。

想想也是,开店不易,何况是在非同寻常的 2020 年。那是在六七月间,疫情防控常态化了,陈颖找到了南昌路 73 号,签好了合同,装修,8 月就开张了。

门面不大,30 平方米,十来个座位,来的顾客,除了走过路过的,就是左邻右舍。左邻右舍不少是周围写字楼里的白领。早上 8 点半,咖啡店就开门了。为啥这么早?上班族,咖啡店里用早餐,一杯咖啡、一只汉堡,方便。

像很多小咖啡店一样,陈颖的店,也少不了大老远专门跑来坐坐的常客,带着朋友来喝喝咖啡聊聊天,一坐大半天。离咖啡店不远,是居委会老年活动室,几位 90 来岁的老克勒,遛弯的时候,顺脚就来了,说是带了好吃的糖果,问咖啡师小哥要不要尝尝。听得陈颖笑了,当初,在大学读营销管理,书上说的"邻里生意",就是这个样子吧,真的是学以致用呢!

"2020 年,经历了惊心动魄的抗疫,复工复产复市,扶持中小微企业,税收有不少优惠,咖啡店,活下来了。"陈颖说,进入 2021 年,瑞金二路街道成立了"金咖联盟",吸引各种咖啡店汇聚南昌路,这条小马路上,咖啡店会越来越多,百花齐放,互通有无。

老店　凭好手艺一直守下去

　　南昌路上,小店多。往往,一家不满周岁的新店,隔壁就是有些年头的"南昌路老字号"。

　　如果说,陈颖的咖啡店,是名副其实的新店;那么,南昌路 77 号,就是名副其实的老店。

　　南昌路 77 号,理发店,60 后店主李师傅,身兼店里唯一理发师,过去 1 小时,刚刚打理好一位客人。早过了午饭的点,可他还没吃午饭,这也是常有的事,忙,没空吃。

　　老店,有多老?"1994 年开到现在啊,你说老不老?"李师傅说,自家真算是南昌路上的"老土地"了。

　　20 世纪 90 年代,他在新加坡学了理发手艺回来创业,就在南昌路上开了理发店。27 年里,接待的大多也都是老主顾,住在南昌路上的,搬离了南昌路的,去了外地的,出了国的,都有。"我不动,就在南昌路上,守着理发店,一直守一直守,有啥意义呢?"李师傅说,意义就是——忽然有一天,一个出了国很久不见的老主顾回来了,推开店门,说:呀,你还在这里呢,看见你的店,就像回家啦!

　　理发店,够别致,也是 30 平方米大小,进了门,走几步,一架螺旋扶梯上了阁楼,就是理发室。客人们来,都会事先预约,说几点就几点,掐着点到,不用排队不用等,干脆利落。理发室一边临街,一排透明窗户,敞亮。西侧也开了窗,窗台上,随意摆了小花小草。这阁楼,就像上海人家常见的样子,日子是讲究的,却一点也不刻意。

1小时里,新店、老店,各有各的忙,浑身透出的烟火气,却蛮像。逛南昌路,会发现,新式里弄、花园洋房经历了微更新,百年南昌路宜居也宜业。如何宜业?各式特色小店齐聚,在这里圆平凡又伟大的创业梦想。时尚新锐,宁静舒适,自由美好,近悦远来,就是南昌路小店的代名词。

随意惬意闲适的背后,是众多小店主花费心思打理出的"邻里生意",小店,就变得像家一样的温馨又舒适。

南昌路73号,新店,要开下去,靠什么?陈颖说,好豆子、好手艺,一定要用好豆子、好手艺,留住了客人,员工也就有了职业成就感。

南昌路77号,老店,继续开下去,靠什么?李师傅说,手艺,还是要靠手艺,精致南昌路,需要好手艺。

2号 "初心始发"生生不息

那一天,大雪纷飞。辽阔雪原上,马车里,"南陈北李"相约建党。

100年后,南昌路100弄2号,老渔阳里《新青年》编辑部旧址,95后保安孙成彪说,电视剧《觉醒年代》里的这个镜头,看了,一辈子也忘不了,大学毕业不久的他,如今就是《新青年》编辑部旧址最年轻的保安。

过去1小时,预约前来的参观者络绎不绝,孙成彪忙着为大家测体温、登记，若需要，就帮忙拍张集体照。这一天，有300多人预约参观，年轻人，尤其大学生，特多。

大学毕业，做保安？有何不可！"《新青年》编辑部，以前只是历史课本上的名字，如今活生生就在眼前！1年来，开了眼界，学到很多东西，有机会在这里工作，很骄傲！"孙成彪身量不高，戴副眼镜，斯文精干，说话的时候，身姿笔挺。

跟孙成彪一样成就感十足的，是95后讲解员刘倩。过去1小时，她为三四拨观众讲解了"初心始发地"的百年传奇。

刘倩大学专业是英语，来自西安。像很多95后那样，刘倩的微信名也很清奇，叫"小刘糊辽"，这是玩笑，做起讲解员，她可一点也不含糊。

2020年，《共产党宣言》中文全译本出版100周年，7月，"星火初燃·中国共产党发起组成立地(《新青年》编辑部)旧址史迹陈列展"对外开放。8月，第一次走进旧址展馆，漫步星火初燃之地，刘倩就决心做一名讲解员。几个月的讲解让她在"星火初燃"的回望中，真切感受信仰的力量。

她一次次告诉参观者——

南昌路100弄2号，100年前，一群人在这里酝酿了开天辟地的大事件。

这里，是《新青年》杂志办刊地，以陈独秀为代表的中国先进分子在这里出版刊物、翻译、宣传和研究马克思主义，推动马克思主义在全国传播,陈望道所译《共产党宣言》中文全译本也在此间酝酿出版。

这里,是中国共产党发起组成立地,早期在此提出了"按照共产主义者的理想,创造一个新社会"的革命目标,推动各地共产党早期组织建立。

这里,是中共中央局办公地,先后筹备了中国共产党第一次全国代表大会、中国共产党第二次全国代表大会,中共一大后的1年多时间里,这里作为中共中央局机关,成为当时中国共产主义运动的领导中心。从石库门到天安门、从兴业路到复兴路,开天辟地的革命烈火,离不开渔阳里的火种,这里是中国红色之路的起点。

100年前,在这里,一群优秀的年轻人,以青春的智慧、勇气和力量,为未来中国点亮信仰之光。100年后,百岁老建筑血脉中的青春气息,生生不息。

生生不息!用孙成彪的话说,就是,《新青年》编辑部,原本只是课本上的名字,如今活生生的就在眼前。

红色文化传承,究竟"新"在哪里,"活"在哪里?

100年岁月远走,修旧如旧的技艺,让老建筑焕然新生;精致雕花门头、黑漆实木大门、清水平缝砖墙、石板台阶天井、暗红挂落门窗……重现风华正茂的模样。

100岁的星火初燃之地,更要以青春的方式,擦亮历史的记忆。展厅里,史迹陈列,运用大量珍贵历史照片、史料、文物。其中,场景复原、VR立体电影、艺术创作、互动查询……在有限空间里,立体化、沉浸式解读历史,"星火初燃"不再只是历史的记忆,更是近在眼前、身临其境的场景;你,也不再只是参观者,而是亲历者见证者。

1号　青年加油中国加油

南昌路 100 弄 2 号隔壁,就是 1 号——黄浦区瑞金二路街道"瑞金·初心会客厅"。2021 年,纪念建党百年,"瑞金·初心会客厅"的青春创意——"初心邮筒"开张了。

天南地北的参观者出了 2 号,就拐进了 1 号,写张"初心明信片",投进"初心邮筒",铭记百年历史,感悟不变初心。

一小时社区音乐会将近结束的时候,18 岁的王萍萍正趴在初心会客厅的大方桌上写"初心明信片"。王萍萍,复旦大学大一新生。这天,小雨,她和两位同学结伴来,没带伞,淋了雨,心情却明媚,心心念念的地方,终于见到了。

"我们都是入党积极分子,从邯郸路校区赶过来,专门来南昌路 100 弄打卡。"胖胖的王萍萍笑眯眯,写在"初心明信片"上的一笔一画,端正秀气。

她很好奇,为啥会有"初心邮筒"? 原来,瑞金二路街道地处党的初心始发地,建党百年,大家都有话要说,写下来寄出去,于是就有了"初心邮筒"——让红色初心在新时代生动呈现,赓续传递。

100 年前,南昌路 100 弄(老渔阳里),淮海中路 567

234

弄(新渔阳里),从老渔阳里中国共产党发起组成立地到新渔阳里中国社会主义青年团中央机关旧址,只要穿过弄堂里的一条小路,这些小路后来被人们称为"马克思主义小道"。

岁月远走,弄堂变迁。如今,曾经的"马克思主义小道"是"瑞金·初心会客厅"里的一部分,一幅壁画展现了这条小道曾经的模样。跟"初心邮筒"配套,是特别设计的"初心明信片"。那一张张明信片,展示了瑞金二路街道辖区内独特的红色遗址遗迹——中国共产党发起组成立地(《新青年》编辑部)旧址、团中央机关旧址、周公馆……推出1个多月来,一张张"初心明信片",写满各式寄语。有当代青年与百年前革命伟人跨越时空的"初心对话",有写给当下的自己表达"此刻初心",也有写给未来的自己……

明信片上,王萍萍写下自己的青春心愿:"青年加油!中国加油!"

后记

1小时,转瞬。社区音乐会落下最后一个音符,南昌路上,别样生活画卷,继续舒展。

将近傍晚,南昌路100弄老弄堂里飘出红烧肉的味道,外婆叫小囡快快回家吃晚饭了。

一群群参观者挥一挥衣袖,告别南昌路——南昌路136弄,再别康桥的徐志摩曾住在这里,翻译家傅雷也曾住在这里;南昌路 148 弄,巴金曾短暂居住……先贤们将笔底波澜、精彩华章留在此间,岁月远走,文字仍在,沐浴得南昌路芝兰芳菲。

蓦然回首,1.6 公里小马路,很特别——梧桐树下,活色生香,精致大气,思想、信念、情怀、才华,一应俱全,真真"非常海派"!

(2021 年 4 月 29 日,特稿)

龙门谣

"落雨了，打烊了，小巴辣子开会了。来来来，听故事，龙门邨里故事多。龙门书院历史久，上海之源有西门，海派文化龙门邨……"

快重阳了，申城裹着桂花香，百年龙门邨，还是从前的味道，却又有很多不同，城市更新进程中，身处老城厢，龙门邨，故事多。

这首《龙门谣》，正是一群年轻人，从 80 后到 10 后，献给龙门邨的重阳礼物，赓续城市文脉，有乡愁记忆，更有青春智慧与力量。

时光弄堂

80 后李一琦，一名设计师，他的设计作品之一是"熊掌咖啡"。今年，在龙门邨，他设计了"时光弄堂"。

"时光弄堂"，想回答一个问题：龙门邨，从哪里来，又将向哪里去？

要回答这个问题，先到龙门邨去看看。

文庙正在大修，中华路文庙路路口，街角墙上，一幅街区地图，标注了龙门邨的方位。文庙东南方，尚文路 133 弄，大拱门上，3 个繁体大字：龙门邨。

看看黄浦地方志，就知道，龙门邨，是吾园、龙门书院、龙门师范和江苏省立中学上海中学的旧址，始建于清同治四年(1865)，经历晚清、民国两个历史时期陆续建成，人称"缩微的万国居民建筑群"。

今天，走进龙门邨，依然可以看见西班牙式、苏格兰式、古典巴洛克式和中国江南民居。1999 年，龙门邨列入"上海市优秀历史建筑"。

在黄浦老城厢，数数龙门邨的左邻右舍，文庙、豫园、小桃园清真寺……个个大名鼎鼎，很多年里，龙门邨似乎寂寂无名，真的是大隐隐于市，结庐在人境，而无车马喧。

当申城完成了历时 30 年的大规模成片旧改，蓬莱路、梦花街、先棉祠街……老旧街区告别往日喧嚣，一下子安静下来，人们忽然发现，西门老城厢，距离文庙不远，还有一个龙门邨，气质很特别，有烟火气，更有书卷气，恰如沪语童谣所唱："龙门邨，有腔调，万国民居有米道。一路往里走，门头一道又一道。咏庐、仁庐、松庐、草庐、方庐……上海最深最长的弄堂来此地。"

龙门邨，弄堂，究竟有多深有多长，看看"时光弄堂"就知道了。

2023 年 9 月，龙门邨"时光弄堂"摄影展来啦。龙门邨 2 号，居民王先生的家。这天，他走出家门，来看看弄堂里特别的摄影展。怎么特别呢？头一样，装置很特别。主弄堂两侧，一排排竹架，弯成弧形，人从下面走过，真的感觉天似穹庐，舒服！那些照片，听说有个奇特的名字，叫"菲林片"，是用了特别的冲洗技术，远看就像未冲洗过的胶卷底片，近看，彩色的人像、景物栩栩如生；一根根银色丝线，一头系着竹架，一头系着照片，阳光洒过，光影摇曳，好似波光粼粼。

近百张老照片，一张张看过来，王先生忽然看见了一位老人家，天哪，那不是爸爸吗！老照片上，弄堂花坛旁，有人在侍弄花草；花坛旁，藤椅上，坐着爸爸，他侧脸看花坛，笑意盈盈。

这张照片，王先生从未见过。那是二三十年前的老照片，那一年，王先生远在非洲工作。一天午后，天气好，爸爸在弄堂里晒太阳，恰好，居委会的一位业余摄影师在拍弄堂风景，照片，就留在了居委会。

如果爸爸还在，今年该是 105 岁了。偶遇老照片，看见旧时弄堂的寻常刹那，王先生落泪了。他赶紧去居委会找到龙门邨居民区党总支书记黄鹰，说，黄书记，等展览结束了，阿拉留下这张照片吧，传给儿子、孙子，一代代传下去。

"时光弄堂"，让人哭，也让人笑。弄堂里，"七仙女"，身披彩色丝巾，齐刷刷走过来，神采飞扬，就像模特走台步。

那年"三八"节，居委会搞活动，弄堂里的老姐们都来了，嘻嘻哈哈好热闹，有人提议，拍张照片吧，就有了这张"七仙女"。今年69岁的杨根妹，就是其中一位。如今，不少老邻居都搬走了，她还在龙门邨。"时光弄堂"里，她一眼就看见了当年的自己，哎呀，多少年过去了，看看，都老了吧。

"不老不老，还是老样子呢！"邻居们七嘴八舌都来凑热闹。

"时光弄堂"里，有欢声笑语，有感动感慨。设计师李一琦时常想，设计一样东西，保留漫长时光里生生不息的家园记忆，这样的设计，就是有意思、有意义的——这，也是一名设计师跟龙门邨的缘分吧。

桂花香里

在龙门邨，哪里的桂花香最浓郁？96号，龙门邨居委会。

午休时间，推开96号黑漆大门，进了院子，静悄悄地，一株大桂树，足有六七米高，开枝散叶，都快重阳了，桂花依然开得灿烂，满院花香。桂树对面，是同样高大的夹竹桃，满树粉花，十分明媚。

走过院子，就是居委会办公室，门开着，几个年轻人，正在吃午饭。古朴的院子、年轻的面孔，反差鲜明。

龙门邨里有一群年轻的"小巷总理"，从85后到90后，9人团队，年轻化、专业化，很典型。龙门邨居民区党总支书记黄鹰和居委会副主任俞琳,都是 85 后,生在老西门,长在老西门,大学毕业后,无论是旅游管理专业还是国际经贸专业,殊途同归,大家都在龙门邨做起了"小巷总理"。

龙门邨迎来了年轻人,年轻的"小巷总理"们也迎来了新课题:龙门新治理,美好老城厢。

龙门要有新治理,"小巷总理"们就要先了解"老土地"。居民们,一个个去结识,起码,弄堂里遇见了,要知道姓甚名谁。关键,美好老城厢的新治理,更要发动"年轻力"。

如今,时尚设计师要在龙门邨做"时光弄堂",上百张老照片,哪里找?"居委会的《照片档案》,老照片,要多少有多少!"黄鹰答应得爽快,实在是因为有家底。

你瞧瞧,龙门邨居委会办公室书柜上,《照片档案》排排站,但凡最近 40 年里的"龙门邨大事",档案里都能找到,那几乎就是龙门邨弄堂生活的编年史。"时光弄堂",是什么?说到底,就是时尚向经典致敬,让老照片派上新用场,很好很青春!

在龙门邨,用时尚的"年轻力"保留家园记忆,不只"时光弄堂",还有 citywalk 和"我在老城厢'修'建筑"。

这几年,老西门街道在做龙门邨历史文化研究,即便新冠疫情期间的暑假,citywalk 也不停步。一群中学生线上"云游"龙门邨,看万国民居,聆听"凝固音乐"。"云游"之后,学生们尝试建模还原那些石库门民居,探秘历史建筑,感受文化与科技的魅力。

几年中,龙门邨也见证了"我在老城厢'修'建筑"的实践和进步,从抽象的概念到独栋 3D 建筑塑造再到整体沙盘,参与的中学生从 1 所到 7 所,建筑设计专业机构也从一家到多家。

　　未来,"我在老城厢'修'建筑"项目,围绕城市历史街区更新与发展,活动形式会更丰富,深度挖掘老城厢的文化学与社会学意义。这当中,会有多少"年轻力"迸发,就像龙门邨里满树灿烂的桂花香,生机勃勃! 这种精气神,《龙门谣》怎么唱的? 对了,就是——"龙门邨,有腔调,万国民居有米道"。

五个萌娃

　　《龙门谣》,一群年轻人献给龙门邨的重阳礼物,这当中,5 个萌娃,功不可没。

　　一个 9 岁的小姑娘,吹唢呐、写书法、练舞蹈,到底有多么精力旺盛? 看看裴岚楹就知道了。小裴同学的书法,练习了好几年,终于在"时光弄堂"派了大用场。

　　那天,放了学,在"时光弄堂",妈妈和黄鹰做后勤,小裴踩上凳子,挥动大笔,一笔一画写了 7 个大字:龙门邨时光弄堂。字是拿油画颜料写的,"龙门邨"3 个字是红色繁体字,"时光弄堂"是黑色简体字,油画颜料很快就阴干了,经得起雨淋日晒。

　　这些字,练了一个星期,写起来胸有成竹,不过,创作的时候,还是需要妈妈和黄书记负责手机配乐提精神,音乐响起,小裴同学大笔挥舞、灵感充沛、一气呵成!

跳下凳子看看,小裴表示自己还算满意,弄堂居民们却给了满分评价——龙门邨时光弄堂,看看,这几个字,够得上一年一度的文庙楹联大赛了,小姑娘,一级棒!

更要紧的是,"时光弄堂"名字写好了,《龙门谣》就可以正式录制了。

10月15日,周日上午,天帮忙,不下雨,秋日暖阳亮堂堂,"时光弄堂"又热闹起来了。

4个一年级小朋友,都是沪语童谣主唱,个个都很投入,这是第几遍排练了?数不清了。有进步吗?当然有。4个小人儿才上一年级,就来主唱《龙门谣》,这可是大任务。看看歌词,哎呀,那么多的字,能认识的,也没几个呀!拼音,也不行,沪语方言跟汉语拼音对不上。萌娃急得哇哇叫,怎么办呢?

不急不急,小朋友排排站,老师教一句,跟着唱一句,歌词记得差不多了,再分工,哪里合唱、哪里独唱,一样样记清楚,效果还真不错。

杨佑灏小朋友拍拍小嘴巴,开唱:"龙门邨,有腔调,万国民居有咪道。一路往里走,门头一道又一道。"

裴欣悦小朋友紧紧跟上:"咏庐、仁庐、松庐、草庐、方庐……上海最深最长的弄堂来此地。"

张优怡小朋友甩甩朝天冲的小辫子,神气活现:"笃笃笃,快点来,龙门邨,人情浓,隔壁邻所真要好,社区里头一家亲。"

施泽晏小朋友胖胖的小手,忙着打拍子:"人是邪气好,建筑邪气嗲,海派文化龙门邨,邪气开心,一道来。"

十来天练下来,一张歌词单子拿在手上,小指头一边指着歌词一边唱,字跟唱词真还对得上,不知道的,还以为萌娃们都识字呢! 一个个小模样,要多可爱有多可爱。

"我们专门请了一年级小朋友来唱《龙门谣》,要的就是童趣盎然,哈哈!"80后汪思亦是黄浦区文化公益事业促进会会长,这些天她一直在琢磨,古老的龙门邨,稚拙的童谣,"反差萌",有味道!

《龙门谣》,是礼物,也是期盼。

每天,走进龙门邨,走过"时光弄堂",看见正在更新的上海最深最长的弄堂,黄鹰和小伙伴们就会想——20年后,萌娃们长大了,小裴同学或许如愿以偿成了艺术家,4名"小主唱"肯定已经认了很多字,见多识广;而龙门邨,恐怕早已开出了新的"龙门书院",近悦远来,书院里有百家讲坛,专家、大咖和居民,都来讲讲上海城市之根的故事;走过漫长时光,弄堂里,烟火气、书卷气从未远走,而是活跃在《龙门谣》里,活跃在每一个传统佳节的乡愁里,年复一年。

（2023 年 10 月 21 日,特稿）

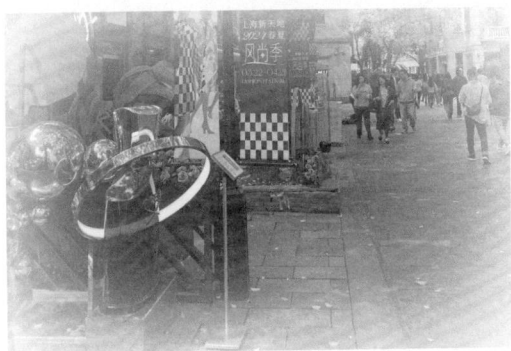

第六辑　新天地有了基层

立法联系点

2015 年，全国人大常委会法工委批复上海市长宁区虹桥街道为基层立法联系点。2016 年，首批 10 家上海市人大常委会基层立法联系点启动运行。2020 年，基层立法联系点增至 25 个，覆盖上海 16 个区。

　　2023 年 3 月，十四届全国人大一次会议，基层立法联系点写入《立法法》。

　　立法故事，从国家大法到地方立法，回头看看，磅礴而隽永。

中国自信，万众瞩目

"朋友！中国是生育我们的母亲。你们觉得这位母亲可爱吗？我想你们是和我一样的见解，都觉得这位母亲是蛮可爱蛮可爱的。"

方志敏烈士所作《可爱的中国》，激励亿万国人在中国共产党的领导下为"可爱的母亲"争自由、求解放、谋发展。

时至今日，可爱的中国早已摆脱了积贫积弱的历史，她向世界展现的，是日益走向伟大民族复兴的自信风采。

2018年3月5日上午，十三届全国人大一次会议开幕。中国自信，万众瞩目。

修宪，本次大会的一大主题。

2018年，是人民代表大会成立64周年。1954年，中华人民共和国的缔造者们，同经过普选产生的1200多名全国人大代表一起，召开了第一届全国人民代表大会第一次会议，通过了《中华人民共和国宪法》，从此，建立起国家的根本政治制度——人民代表大会制度。

今天,回望世界四大文明古国,唯有中华文明绵延至今,是唯一没有断流的人类文明。当古老而又年轻的中国,建立起人民当家作主的新型政治制度,这,在中国政治发展史乃至世界政治发展史上都具有划时代的意义。

64 年来,人民代表大会制度不断完善,法治中国一路前行。2011 年 3 月,第十一届全国人民代表大会第四次会议向世界宣告中国特色社会主义法律体系形成。2017 年 3 月,第十二届全国人民代表大会第五次会议表决通过民法总则,由此,"权利宣言"在法治中国的历史上开启了新篇章。目前,中国特色社会主义进入新时代,全面建成小康社会进入决定性阶段,改革也进入攻坚期和深水区。宪法,作为上层建筑,要适应经济基础的新发展,修宪,更是大势所趋,民心所向。

今天,中国可以向世界宣告:修宪,将推进国家治理体系和治理能力的现代化,将助力决胜全面建成小康社会、开启全面建设社会主义现代化国家新征程、实现中华民族伟大复兴的"中国梦"。

制定监察法,是本次大会的又一亮点。

"针眼大的窟窿,斗大的风。"2014 年 3 月,第十二届全国人民代表大会第二次会议上,习近平总书记以代表身份参加上海代表团全团审议,他用这句脍炙人口的大白话回应了代表关切,阐释治国理政之时制度缺失、纪律松弛的危害。八项规定实施以来,人们看到了很多变化,并由此看到了希望。但公众也担心，八项规定会不会是"一阵风"？回应人民关切，就要扎牢"权力的笼子"，要让人民看到，我们的国家治理体系和治理能力有足够的智慧、勇气来坚持一份定力；要让人民看到，"权力的笼子"不是纸糊的，而且还要用改革创新持续推进，扎牢这个"笼子"。于是，监察法草案，走进了最高国家权力机关的立法视野。

事实上，国家监察体制改革，正是建立中国特色监察体系的创制之举，确立监察委员会作为国家监察机关列入国家机构的法律地位，也正是推动反腐败斗争向纵深发展的重大制度设计。这一重大制度创新，将实现对所有行使公权力的公职人员的监察全覆盖，真正把权力都关进"制度的笼子"，确保党和人民赋予的权力切实用来为人民谋利益、为国家谋发展、为民族谋复兴。同时，立法赋予监察委员会职责权限和调查手段，用"留置"取代"双规"措施，必将进一步推进反腐败工作规范化、法治化，推动反腐败斗争取得更大成效，持续增强人民群众对党的信心和信赖，确保党和国家长治久安。

今天，中国可以向世界宣告：反腐倡廉，是全人类政治文明面对的共同命题；在反腐倡廉的道路上，我们将为世界贡献"中国方案"。

此时此刻，重温 64 年前的一段话，更觉振聋发聩。在第一届全国人民代表大会第一次会议上，毛泽东同志说："我们有充分的信心，克服一切艰难困苦，将我国建设成为一个伟大的社会主义共和国。我们正在前进。我们正在做我们的前人从来没有做过的极其光荣伟大的事业。我们的目的一定要达到。我们的目的一定能够达到。"

　　诚哉，斯言！

（2018 年 3 月 5 日，《新民眼》）

国之重器,磨砺一新

宪法,治国安邦,国之重器。

2018 年 3 月 11 日下午,十三届全国人大一次会议通过宪法修正案,由此,1982 年宪法即现行宪法顺利通过了第五次修改。

翻开宪法序言,站起来,富起来,强起来,感受中华民族走向伟大复兴的强劲脉搏,怦然心动。宪法的格局,昭示的,正是国家的神韵、气度和命运。

今天,在宪法中,人们看到的,是——法治中国。

宪法,国家根本法。万物之始,大道至简,衍化至繁。2011 年 3 月,十一届全国人大四次会议宣告:到 2010 年中国特色社会主义法律体系已基本形成。2010 年年底,我国已依据宪法制定现行有效法律 236 件、行政法规 690 多件、地方性法规 8 600 多件;我国已形成以宪法为统帅,法律为主干,由宪法相关法、民法商法、行政法、经济法、社会法、刑法、诉讼与非诉讼程序法等 7 部门法律组成的中国特色社会主义法律体系一整体。我国政治、经济、文化、社会及生态文明建设，做到了有法可依。此后，法治中国的脚步，从未停歇。

在现行宪法的第五次修改中，"法治"，第一次取代了"法制"——"健全社会主义法治"，弹眼落睛。这，是国家治理体系和治理能力现代化的必然要求，依法治国将渗透进国家治理、社会治理的方方面面，科学立法、严格执法、公正司法、全民守法，全面推进。从"法制"到"法治"，一字之差，法治中国的发展逻辑、发展轨迹、发展愿景，一目了然。

今天，在宪法中，人们看到的，是——自信中国。

在中国，该建立怎样的政治制度？这是近代以来中国人民面临的一个历史课题。中国共产党领导人民一路走来，筚路蓝缕，苦难辉煌，党的命运和人民的命运早已紧密相连。中国共产党的领导，是历史的选择、人民的选择，是中国人民翻身得解放、致富奔小康的根本所在，也是中国人民不断创造幸福美好生活的根本所在。修宪，从社会主义本质属性的高度确定党在国家中的领导地位，实现全党全国人民思想上、政治上、行动上的一致，确保中国特色社会主义事业始终沿着正确轨道，向前进！

一个国家，一个民族，同心同德向前进，必须拥有具备强大凝聚力、感召力、引领力的指导思想。习近平新时代中国特色社会主义思想，是马克思主义中国化的最新成果，是党和人民实践经验和集体智慧的结晶，是全党全国人民为实现中华民族伟大复兴而奋斗的行动指南,是党的十八大以来党和国家事业取得历史性成就、发生历史性变革的根本理论指引,其政治意义、理论意义、实践意义已被实践充分证明,得到全党全国人民的高度认同。修宪,与时俱进,把党的主张经由法定程序上升为国家意志,实现了党的主张、国家意志、人民意愿的高度统一,具有重大现实意义和深远历史意义,更向世界展现了道路自信、理论自信、制度自信、文化自信。

今天,在宪法中,人们看到的,是——梦想中国。

人类失去梦想,世界将会怎样? 5 000 年中华文明绵延至今,今天,中华民族对伟大复兴的不懈追寻,是这个民族最可宝贵的精神财富和强大动力。

修宪,长治久安的根本保证,更事关两个一百年奋斗目标和中国梦的实现。国家的长治久安,取决于政治领导体制是否稳定高效,取决于党的意志能否全面有效地贯彻落实到国家的全部政治和社会生活中。中国共产党、中华人民共和国、中国人民解放军领导人"三位一体"的领导体制,是我们党在长期执政实践中探索出的治国理政的成功经验。修宪,健全了党和国家领导体制,有利于坚持和加强党的全面领导,标志着中国特色社会主义政治制度更加完善。"三位一体"的制度安排,让推动国家发展进步、创造人民美好生活有了更加坚强的主心骨,让推进伟大革命、进行伟大斗争有了更加稳定的定盘星,让中国特色社会主义焕发新的强大的生机活力,让中华民族伟大复兴有了更加坚定有力的宪法保障。

今天,新时代的大幕已然开启。国之重器,磨砺一新;国之重器,使命必达!

（2018 年 3 月 12 日,《新民眼》）

好的服务型政府"长啥样"?

俗话说，人不可貌相。其实，人还是可以貌相的——大凡心地温厚、性情豁达、有原则有底线的人，一眼看上去，就算达不到如沐春风的境界，起码，顺眼，不别扭。

政府也一样。曾几何时，门难进、事难办、脸难看，是公众对一些公仆意识欠缺、服务效能低下的政府部门的批评。

今天，当依法治国成为宪法规范，社会治理体系和治理能力现代化成为行政指南，若要画一幅素描，好的服务型政府该"长"什么样呢？

2018年3月17日上午，十三届全国人大一次会议表决通过国务院机构改革方案，就让我们来看看服务型政府的新模样。

先看看身材。

好的服务型政府，一定是干练的，不是臃肿的。正在进行中的十三届全国人大一次会议，重大新闻精彩纷呈，3月13日，国务院机构改革方案草案一经提请大会审议，就很是"弹眼落睛",改革力度之大,前所未有——方案草案显示,国务院正部级机构减少 8 个,副部级机构减少 7 个,除国务院办公厅外,国务院设置组成部门 26 个。

就像人们健身,效果怎么样,最直观的,就看是否实现了身强体健;最理想的,自然是,增一分太长,减一分太短。而作为大国中央政府,国务院机构改革,也正是要通过有力度的改革实现强身健体的目标,杜绝机构臃肿,杜绝政出多门。

再看看身手。

头脑灵活,身手敏捷,是肌体健康的征兆。而一个好的服务型政府,在无数种好身手当中,服务效率高,是必需的。

具体到国务院机构改革,就是要深入推进简政放权,为各类市场主体营造更好的营商环境和市场环境,更好地发挥政府作用;就是要坚持问题导向,优化协同高效,让机构设置更科学,职能更优化,权责更协同,监管更有力,运行更高效。这样的改革,着眼于政府职能转变,坚决破除曾长期存在的体制机制弊端,让市场在资源配置中真正起决定性作用,推动高质量发展,建设现代化经济体系,让政府心无旁骛去做好该做的事——经济协调、市场监管、社会管理、公共服务、生态环境保护。

没有金刚钻儿,揽不了瓷器活儿。两个一百年的奋斗目标和民族伟大复兴的中国梦,不是敲锣打鼓就能实现的。这样的改革,要实现的更远大目标就在于,让政府拥有与新时代相匹配的"真功夫"——职责明确、依法行政的政府治理体系,沟通顺畅、运转高效的行政执行力——以人民为中心,保障人民权益,倾听人民心声,接受人民监督。

看看这幅素描,一个敢于大刀阔斧自我革命的政府,究竟长什么样? 一言以蔽之,好的服务型政府,一表人才,好样的!

如果说,国务院机构改革是服务型政府的顶层设计;那么,风起于青萍之末,全国各地建设服务型政府的尝试和探索,堪称小荷"已"露尖尖角。

进入3月,"全市通"试水申城——全市161项事务可以在居民"家门口"办理了。"全市通",打破居民办事过程中存在的户籍地或居住地限制,通过建立全市统一的信息交互平台,让居民在全市任何一个受理中心都能申请办理事项。

今后,便民服务提高行政服务效率,"全市通"如何更通畅? 距离中共一大会址不远,就是黄浦区淮海中路街道社区事务受理服务中心。在3月1日启动的"全市通"之前,这处服务中心早就为此进入了"演练"阶段。在演练过程中,一线工作者明显感到许多具体的细节问题需要区运管中心协调解决,比如,演练时网络不稳定,电脑页面跳转缓慢,需要反复刷新。大调研,将这些问题反馈到区,反馈到市。今年,为了"全市通"名副其实,上海要优化网络环境、畅通信息系统,做好服务器性能和网速提升工作,建立应急响应机制,确保全市通办网络通畅,万无一失;黄浦区也将建立相应的"全市通"中转站,建立居民申报材料流转制度,确保流转及时安全。

治大国如烹小鲜。一个社区、一个街道、一个区、一座城市提高行政服务效率的探索和改革,折射的,正是这个国家为实现治理体系和治理能力现代化所该有的模样——勇敢、坚定、自信、从容!

(2018 年 3 月 17 日,《新民眼》)

宪法宣誓，誓言铿锵

"我宣誓：忠于中华人民共和国宪法，维护宪法权威，履行法定职责，忠于祖国、忠于人民，恪尽职守、廉洁奉公，接受人民监督，为建设富强民主文明和谐美丽的社会主义现代化强国努力奋斗！"

2018年3月19日上午，十三届全国人大一次会议继续举行宪法宣誓仪式，3天来，新一届国家机构领导人都经历了宪法宣誓。

新当选的国家领导人在人民代表大会全体会议上向宪法宣誓，今年是第一次。宪法宣誓，昭示的，是全面推进依法治国的坚定信念，是全力推进中华民族伟大复兴的坚强决心。

在辉煌的人民大会堂中央大礼堂，2 970名人大代表见证了共和国历史上这"第一次"。历史的天空下，誓词回响，激荡着爱国主义的磅礴之气。神圣的仪式感，宣誓者将历史使命、责任担当铭刻在心，也让所有国人倍感震撼——尊崇宪法,维护宪法权威,弘扬宪法精神,是法定规范更是内心自觉。

宪法,国家根本法,具有最高法律地位。维护宪法权威,却远不止向宪法宣誓。

2014年10月,党的十八届四中全会提出建立宪法宣誓制度;2015年7月,全国人大常委会通过实行宪法宣誓制度的决定;2018年3月11日,十三届全国人大一次会议通过宪法修正案,国家工作人员就职时应当依照法律规定公开进行宪法宣誓,写入宪法。

维护宪法权威,树立宪法意识、恪守宪法原则、弘扬宪法精神、履行宪法使命——根本在于依法治国。新时代,又该如何全面推进依法治国?

在上海,维护宪法权威,全面推动科学立法、严格执法、公正司法、全民守法,已是近年来的自觉实践。

科学立法,让立法过程成为普法过程。2016年,申城10家单位被确定为上海市第十四届人大常委会基层立法联系点。10个点,有基层社区,也有基层司法机构、基层执法机构,以及企业单位、社会组织。维护宪法权威,科学立法、民主立法,就要普及法律常识,增强法治意识、提升法治思维、扩大立法参与,让立法的过程也成为普法的过程。

严格执法,让精细化管理有的放矢。在申城,过去5年,"五违四必"区域环境综合整治,依法拆违,提升了环境品质,改善了民生,更考验了依法行政的社会治理能力。拆违,不只是要拆除违法建筑,不只是要改善居住条件和居住环境;更是要在综合治理中,严格执法,提升城市法治素养,增强遵法守法意识,无论是对执法者还是对当事人——这,也是依法拆违价值所在。

公正司法,让法治成为核心竞争力。过去5年,上海深化"阳光司法、透明法院"建设,让正义以看得见的方式实现,坚持"公开是原则、不公开是例外",建立了以审判流程公开、庭审活动公开、裁判文书公开、执行信息公开为重点的十二大司法公开智能服务平台,有效保障公众的知情权、参与权、表达权和监督权,上海连续3年蝉联中国司法文明指数第一,努力成为法治环境最好地区之一。

全民守法,让娃娃从小提升法治素养。未来,推动全民守法,如何既呵护"权利觉醒",又推动"义务自觉"?2014年,党的十八届四中全会决定,将每年12月4日定为国家宪法日,在全社会普遍开展宪法教育,弘扬宪法精神。维护宪法权威,提升公民法治素养,不只需要日常的普法,更要从娃娃抓起。为此,众多人大代表建议全国中小学校开设宪法和法律常识课,让法治教育、品德教育都成为孩子们的必修课,培养具备法治素养、法治精神的一代新公民。

所有实践,所有创新,都旨在全面推进依法治国,切实维护宪法权威。

宪法宣誓,誓词铿锵。前方征程,是两个一百年的奋斗目标,是中华民族的伟大复兴。新一届国家领导集体,在向宪法宣誓的那一刻,即已踏上新征程,无惧艰辛,义无反顾。

（2018 年 3 月 19 日,《新民眼》）

用"一个声音"说"要紧事"

今天是国家宪法日。

人民代表大会制度,是国家根本政治制度,依法治国,各级人大及其常委会,如何秉承法治精神,依据宪法和法律赋予的职能,推动实施国家战略?

长江三角洲,正在崛起的世界级城市群,长三角区域一体化发展是既定国家战略。今年 11 月 22 日至 30 日,沪苏浙皖三省一市人大常委会相继通过"支持和保障长三角地区更高质量一体化发展的决定",一个区域内各省级人大同步作出支持和保障国家战略发展的重大事项决定,这在国内尚属首次。这个"首次",正是以法治精神保障实施国家战略的创新实践。

今年 11 月 22 日,上海市第十五届人大常委会第七次会议通过了《关于支持和保障长三角地区更高质量一体化发展的决定》;23 日下午江苏和安徽两省人大常委会、30 日下午浙江省人大常委会也先后通过同样决定。

梳理这4份决定,两大亮点,十分突出。

亮点一,以制度供给保障——规划对接、法治协同、市场统一、生态保护、共建共享。4份决定在关键条款和内容上保持一致,明确支持和保障长三角地区一体化发展国家战略的总体要求、推进机制、重点领域和重点工作,号召国家机关和社会各方共同行动起来支持和保障长三角一体化发展。一个世界级城市群,用"一个声音"说"要紧事",正是4份决定传递出的鲜明信号。毕竟,这不是上海单独作一个决定再和三省对接,而是三省一市同步作出一个决定。如此互信机制的建立,让长三角一体化发展有了更坚实基础。

亮点二,苏浙皖三省都以法律形式肯定了上海的龙头地位。众所周知,长三角地区更高质量一体化发展对服务全国改革发展大局、提升城市能级和核心竞争力具有重要意义。其间,上海要发挥龙头带动作用,会同江苏、浙江、安徽把长三角地区建设成为我国发展强劲活跃的增长极,成为全球资源配置的亚太门户,成为具有全球竞争力的世界级城市群。值得一提的是,三省人大的决定,都以法律形式支持上海发挥龙头带动作用,同时强调苏浙皖因地制宜,各展其长。其中,江苏突出加快建设自主可控的现代产业体系、发挥区域科技创新资源密集优势,努力将长三角地区建成具有全球影响力的科创高地和产业高地;浙江注重高标准推进大湾区大花园大通道大都市区建设,强调以"最多跑一次"改革为突破口撬动各领域各方面改革,率先在长三角地区形成更多可复制推广的浙江经验;安徽强调推动制度接轨、产业升级、要素集聚,打造水清岸绿产业优的美丽长江经济带。

4份决定,两大亮点,透露了沪苏浙皖全面贯彻新发展理念,推进制度创新,以法治思维、法治方式推动国家战略实施的精、气、神。

事实上,推动长三角地区一体化发展,一直是全国人大上海代表团十分关注的重要课题。2013年以来,在沪全国人大代表前后四次开展长江保护立法专题调研,调研成果全部转化为当年全国人代会的代表议案。2018年3月,在十三届全国人大一次会议上海代表团媒体开放日上,上海市委书记李强系统阐述了推动长三角一体化发展的思路、设想和举措。此外,张兆安、丁光宏、陈靖等3位代表分别领衔,共提出4份关于推动长三角地区一体化发展的代表议案,建议把长三角一体化发展作为国家战略;苏浙皖三省代表团也有6份相关代表议案提交大会。这10份代表议案,主题相同,内容涵盖长三角一体化发展顶层设计,引起全国人大及国家发改委等部门的高度重视。这10份代表议案,凝聚了沪苏浙皖开展协作、服务全局、推动实施国家战略的共识。

共识在先,4份决定继而创新制度供给,着眼于长三角在区域治理、区域公共产品供给、产业升级等诸多利益和发展上的共性需求,深化立法协同。这样的创新实践,为促进长三角更高质量一体化发展提供了坚强的法治保障。这样的创新实践,彰显的,也正是法治国家实现治理体系和治理能力现代化所不可或缺的法治精神。

（2018 年 12 月 4 日,《新民眼》）

从电子计票到 AI 上会

"大会就要开幕了，请大家有序入场。"

2019年1月27日上午，市十五届人大二次会议在世博中心隆重开幕。大会开幕前，语音播报"温馨提示"的，正是AI（人工智能）播音员。

说说大会上的新鲜事，AI上会，不能不说。透过AI，人们看到的是，信息化、智能化、互联网化不但深刻地改变着社会生活，推动经济社会发展，同样也作用于中国社会的民主法治进程，促进国家治理体系和治理能力现代化。

其实，改革开放40年，也是中国社会民主法治发展进步的40年，特别是最近20年，伴随互联网技术的突飞猛进，许多的不可能变为可能，民主法治发展进步也得到了前所未有的技术支撑。

2003年元月，市十二届人大一次会议上首次应用电子计票。此后，一年一度的上海市人民代表大会全体会议上，凡大会选举和大会表决均采用电子计算机系统计票。

电子计票，够聪明，选票无论是正着进票箱，还是倒着进，都一样能被准确读出；如果选票上另选他人，选票一进票箱，终端马上就能识别汉字姓名。不过，如果是两张选票一起投，系统可不接纳，系统会提示投票人拿起"下不去"的两张选票，一张张有序投入。会场内，当最后一张选票进入票箱时，选举结果也就出来了。一旦电子计票系统发生故障，选举手册已为排除故障干扰准备了多种预案。在投票过程中，如果计算机系统出现故障，投票继续进行，采用人工计票；如果需要再次投票选举或者另行选举，也采用人工计票。而且，不断系统升级的电子表决，让安全保障万无一失。

"举举手"已成历史。电子表决早已取代举手表决，不仅是信息化为民主法治发展提供了技术支持；更在于，较之传统的"举手"，电子表决更有利于保障每一位人大代表表达"真实意愿"的法定权利。

进入2019年元月，市十五届人大二次会议如期而至，电子计票依然服务大会，AI却是首次亮相。

AI上会，都能做点啥？能做的，还真不少。头一样，AI播音引入全体会议和主席团会议，实现会议议程等一系列信息的语音播报。同时，运用智能会议语音转写设备，为大会提供智能语音会议保障服务。每位代表的审议发言，都有即时语音转写文字，连同音频视频一并录入代表履职册。5 年任期届满,打开履职册,履职经历一目了然。代表履职册"我的履职"就放在上海人大"政务微信"平台上,履职留痕,不只是个人留念,代表履职质量考核也是一目了然。

上海人大"政务微信",更是全方位的大会服务平台,从代表班车动态到大会资料、媒体报道、沟通联络,一应俱全。特别值得一提的是,大会参阅材料全部"无纸化",充分应用数字化践行绿色环保生态。通过使用"政务微信",大会各项决议、决定及选举办法的表决稿在会场大屏幕上显示,参阅资料提供二维码,大会简报提供电子版,大大减少大会纸质材料的印发数量。往年,单单大会预算监督要审查的"4 本账",4 大本,1 000 多页纸张,800 多位代表每人 4本,该是多少纸张!如今,"4 本账"都进了"政务微信",手机上翻阅,节约资源,履职便捷。

AI 更是没忘了媒体服务。在世博中心 4 层、5 层和 6层分设媒体采访语音服务区,记者可以在服务区工作间采访代表,现场运用智能语音设备将采访录音转换为文字记录编辑。虽然转化准确率达不到 100%,口语和书面语的自由切换尚待探索,也还做不到在逻辑、语法、修辞各层面游刃有余,却也不失为一种写作辅助。

无论如何,AI 正在努力服务大会、赋能大会。一位专门从事大会技术支持的资深工程师评价——如果说,电子计票是信息化服务大会的一个"点",以 AI 为代表的新技术则是服务全覆盖；16 年间，从电子计票到 AI 上会，信息化、网络化、智能化更安全、更集约、更高效、更生态地服务于人民代表大会——这，也是人工智能赋能新时代的生动写照。

(2019 年 1 月 27 日,《新民眼》)

法治,让长三角群星璀璨

夜色里,俯瞰长三角城市群,在超过 21 万平方公里的区域内,上海大都市圈及周边五大都市圈,仿佛群星灿烂,散发出流光溢彩的璀璨光芒,昭示着繁华与繁荣的磅礴气象。

一切繁华,皆有由来。作为国家战略,长三角一体化高质量发展,城市群之间协同区域治理,离不开立法先行的高质量制度供给。今天,长三角三省一市纪念地方人大设立常委会 40 周年纪念活动拉开大幕。

长三角,究竟是一个怎样的地方? 汉语词汇里,有个非常特别的词——江南。江南,不仅是一个地理概念,更是美好风物和繁荣富庶相得益彰的诗意表达,蕴含着生态文明、社会经济和谐发展的理想境界。

长三角,大部区域就在江南。如果,用一句最流行的话来概括长三角区域自古以来就认同的发展方式,那就是——绿水青山,就是金山银山。所以,长三角一体化高质量发展,首先是以生态文明为先导的高质量协同发展,长三角一体化高质量制度供给,也正始于环境立法合作。2014年,由上海提议、组织,苏浙皖沪四地人大常委会积极推动长三角三省一市大气污染防治协调机制的制度化,实现了我国区域立法协作"零的突破"。目前,这一合作已转入水污染防治领域,已建立四地法制部门的长效合作机制。2018年,首次实施了长三角区域水源地和大气执法互督互学。2019年,聚焦区域联防联控,上海将继续发挥龙头作用,完善协作机制,强化联合行动,深入推进秋冬治污攻坚、流域协同治理、生态环境信息共享、环境信用联合奖惩、临界市县区生态环境协作互联互通,合力推动绿色生态长三角建设。

想想看,曾经雾霾高发的秋冬时节,因为区域合作制度化的环保联防联控,从太湖流域经黄浦江到长江口,一江澄澈,天高云淡——这,就是江南,就是江河湖海对长三角一体化协同环境保护的褒奖!

值得一提的是,近年来,申城所有环保大事件,从烟花爆竹依法"零燃放"到生活垃圾分类,所有法定规范的创立,无不得到长三角"他山之石"的启迪;同时,上海先行先试的创制性立法,也被长三角城市所借鉴。

制度供给,互通有无,协同合作,不仅在于环境保护。从全球看,城市群已经成为世界经济重心转移的重要承载体,影响着未来世界政治经济发展的格局。长三角,要成为全国贯彻新发展理念的引领示范区,成为全球资源配置的亚太门户,成为具有全球竞争力的世界级城市群,不可或缺的软实力,是三省一市立法"手拉手"。

法治,作为人类文明发展成果,不仅表现为一个国家的软实力,也是一个地区、一座城市的软实力。地方立法,面对区域协调发展战略的新内涵、新要求、新任务,须积极谋划长三角区域协同发展的制度供给。2018 年 11 月 22 日,上海市第十五届人大常委会第七次会议通过《关于支持和保障长三角地区更高质量一体化发展的决定》;23 日下午江苏和安徽两省人大常委会、30 日下午浙江省人大常委会也先后通过同样决定。一个区域内,各省级人大同步作出支持和保障国家战略发展的重大事项决定,这在国内尚属首次。

一个世界级城市群,"手拉手"用"一个声音"说"要紧事",正是 4 份决定传递出的鲜明信号。这 4 份决定,创新制度供给,着眼于长三角在区域治理、区域公共产品供给、产业升级等诸多利益和发展上的共性需求,深化立法协同。这样的创新实践,为促进长三角更高质量一体化发展提供了坚强的法治保障。

而在用"一个声音"说"要紧事"之前,沪浙苏皖四地立法协同会议已在沪"头脑风暴"。这个源自创新的立法机制,开阔了视野,找准建设长三角城市群、深化区域合作机制的制度需求,在更大范围、更广领域、更高层次推进长三角区域立法协作,进而以立法引领、推动、保障长三角继续在创新引领、转型升级、绿色发展、改革开放中走在全国前列。

一种共识是,未来,长三角区域立法协作是横向立法协调,不仅表现为一种共同的立法行为,更多的是地方立法之间的沟通与合作。而无论何种方式,源自创新的长三角一体化立法协同机制,指向的远大目标是——法治,让长三角星光璀璨!

(2019 年 10 月 16 日,《新民眼》)

执法精细化，大树不扰民

12345 市民热线，投诉"扰民树"，3 个月来 5 000 个！

上周，看见这个数字，着实吃了一惊。

《上海市绿化条例》2007 年修订实施，修法动因，就是要解决大树扰民问题。2007 年 5 月 1 日至年底，单单长宁区就迁移了"扰民树"713 棵，2008 年全区 169 个小区迁移了 2 600 棵。

时至今日，树扰民现象竟如此突出。难道，立法倒退了？抑或，立法没有倒退，立法精神在执法中被违背了，若真如此，行政执法部门要被问责。

从上海地方立法机关到绿化市容行政管理部门，一圈打听下来，答案是否定的。但大树为何还在扰民，刨根问底，说说清楚。

先说说，当年修法情形。

20 年前，人们以为小区高大乔木越多越好、越密越好。不料，太多太密距离房屋太近，10 多年后，"绿化树"就成了

"扰民树"。

2003年6月,长宁区人大仙霞代表组开始调查"扰民树"。调查表明,依据当时的绿化条例,小区内伐树或移树都是不允许的,于是,居民采取极端方式解决问题。调查认为,绿化跟民生发生了冲突,就应当修订地方立法。此后,调查报告交给了市十二届人大代表刘正东。2004年1月,市十二届人大二次会议,刘正东提交议案建议修订绿化条例,这份代表议案被大会列为正式立法案。

2006年12月14日,在徐汇区康健街道白玉兰小区居委会,上海市人大常委会首次将立法听证会开进了居民小区,听证内容是绿化条例修订草案。2007年1月17日,市十二届人大常委会第33次会议以立新废旧方式通过了《上海市绿化条例》,当年5月1日实施。依据新条例,高大乔木若影响居民生活,即可依法迁移。2015年《上海市绿化条例》再次修订,市绿化管理部门依据地方立法制定实施细则,明确若小区出现扰民树,严重影响采光、通风和居住安全,或者对人身安全、其他设施构成威胁,即可向区或市绿化部门提出迁移申请。

这当中,有几个关键环节。

第一,谁来申请迁移?受影响的业主,三分之二以上联名向市或区绿化行政主管部门提出迁移申请。

需要强调的是,受影响的业主和全体业主,是两个概念。这样的制度设计,提高迁移效率,化解安全风险,更有效预防小区自治"泛民主化"危害少数业主正当权益。

第二,谁来实施迁移？小区物业服务公司。

第三,业委会,做什么？第一样,在迁移申请或迁移方案上说明"情况属实"。

第四,迁移后,若不成活,怎么办？补种即可。

所有这些,地方立法和行政规章,都说明白了。可是,12345 热线,如今还是接到了大量树扰民投诉,为啥？我咨询了几位绿化行政主管部门的老法师,理一理个中缘由。

一来,市民对解决"扰民树"的法定路径,不知晓、不熟悉,起码,熟悉程度远不及垃圾分类。

二来,还是钱的问题。老公房小区,依法迁移扰民树,财政资金可以用;商品房小区,若迁移费用超出物业公司或业委会的支出权限,需要业主大会表决。开业主大会,麻烦,知难而退,似乎就成了常态。更有甚者,即便费用在业委会支出权限内,有种态度是——钱,能不花就不花,迁移,算了。

这种不正常的常态,最终危及的,是房屋安全和公共安全。因为,"大树扰民",仅仅是通俗而不确切的说法。小区里,一株高大乔木,如果距离房屋外墙仅一二十厘米左右,那么,受干扰的,绝非只是通风采光,而是居住安全、房屋安全,以及地下各类管线的设施安全,若不迁移,后患无穷。

既然如此,树扰民,如何解决？精细化执法,必需的。

精细化执法,首先要有标准。小区里,究竟该种什么?将会有专业技术标准。如何修剪?将有专业技术标准。小区物业服务公司如何遵循标准,修剪迁移维护,也有标准。来自上海市绿化委员会的信息显示,这些标准,或将在今年年底出台。

精细化执法,社区普法,少不了。让业主、物业公司、业委会知晓法定解决路径,各尽其职,保障小区安全。特别是业委会,用好维修资金,该用就用、该续筹就续筹,花钱买安全,花钱买品质,就是提升小区治理水准的经济法则。

精细化执法,在社区,最灵的法宝,还是党建引领。面对树扰民,不少业主、业委会和物业公司叫苦连天,没处理过这种事啊,怎么办?放心,居委会党总支会牵线搭桥,整合资源,沟通协调,最终,解决问题。

一回生二回熟,小区里只要解决了一个案例,若遇下一个,就不会一问三不知。

这世界,变化快。套用一位绿化专家的话:小区,就是小区,不是公园也不是森林,小区里,较之乔木,层次丰富的灌木更合适。当曾经的越高越密越好变得"并不好",那就赶紧纠正。

当务之急,调动所有自治、共治、法治资源,用精细化执法化解树扰民这个所谓"历史遗留"问题,早做,好过晚做。

(2019 年 11 月 27 日,《新民眼》)

"法治中国"走向伟大民族复兴

一部法典，一个决定，万众瞩目。

从中，人们看到的，是法治中国走向伟大民族复兴的新景象。

2020年5月29日下午，十三届全国人大三次会议表决通过《民法典》，表决通过《全国人民代表大会关于建立健全香港特别行政区维护国家安全的法律制度和执行机制的决定》。

今日中国，正处于"两个一百年"奋斗目标的历史交汇期，更加迫切地需要以法治固根本、稳预期、利长远。民法典，是权利宣言，开创了我国法典编纂立法的先河，对推动国家治理体系和治理能力现代化、激发社会经济活力、更好地保护民事权益具有里程碑意义。

民法典，之于国家治理体系和治理能力现代化，不可或缺。民法典与国家其他领域的法律法规一起，支撑起国家治理体系；法典编纂，更让我国民事法律规范得以完善，国家治理能力得以提高，深远影响，不言而喻。

民法典，之于激发社会经济活力、更好保护民事权益，不可或缺。因为，民法典不仅调整私权主体，也调整公权主体；既是公民权益的保障法，也是公权力行使的规制法。公权力该行使的，绝对不能缺位；公权力不该行使的，绝对不能越位。

在审议中，备受好评的立法导向是——民法典不仅强调公权力要尊重民事权利、不能侵害民事权利，更要求公权力积极履行保护民事权利的职责。以备受关注的"70年"和"高空抛物"为例，最通俗的解读是，有了民法典，住房土地使用权70年到期后自动续期，续期费用缴纳或减免，政府职能部门要依法拿出因地制宜、因势利导的行政法规，以制度"定心丸"，让有恒产者有恒心，以利长治久安；遏制"高空抛物"，保障头顶上的安全，职能部门必须依法作为、积极尽职，切实保障公民追偿权，不让无辜者"背黑锅"，体现公平公正。

这样的立法价值导向，无不契合民法典"万法之母"的精神气质。今日中国，当法治日益成为国家核心竞争力，树立公众法治信仰，将让国家核心竞争力更为强大。这样的信仰，来自相互尊重，既是公众对法律的尊重，也是法律对公众的尊重。民法典，万法之母，恰如母亲一般宽厚包容、通透睿智——让人们知晓权利、明白义务，让权利得到保障，让义务界定分明；更让人们对法治有遵循、有预期、有敬畏、有信仰。正所谓，人民有信仰、民族有希望、国家有力量。

再看一个决定。《全国人民代表大会关于建立健全香港特别行政区维护国家安全的法律制度和执行机制的决定》，之于中国，就是"一国两制"行稳致远的法治保障。

大会期间，多名香港代表委员表示，维护国家安全是"一国两制"的核心要义，建立健全香港特别行政区维护国家安全的法律制度和执行机制，不仅是香港对国家的宪制责任，也是维护自身利益的迫切需要，对此坚决支持。

众所周知，去年以来持续的暴力事件，严重威胁"一国两制"在香港的实践。香港在国家安全方面存在法律漏洞，亟待填充。《全国人民代表大会关于建立健全香港特别行政区维护国家安全的法律制度和执行机制的决定》，正是全力支持建立健全香港特别行政区维护国家安全的法律制度，保障香港以国家作为坚强后盾，处理解决紧急重大事件，全面融入国家发展，确保香港长期繁荣稳定。

非常时期，一部法典一个决定，大势所趋，人心所向。

非常时期，一部法典一个决定，更让人们看见了法治中国必将实现伟大民族复兴的坚定决心、坚强意志、深沉力量。

（2020 年 5 月 29 日，《新民眼》）

新天地有了基层立法联系点

　　高大上的新天地，基层立法联系点"开课"啦！这是今年上海 16 个区基层立法联系点全覆盖后的新进展。

　　基层立法联系点，为啥要开到新天地？自有原因。

　　新天地所在的淮海中路街道，是上海中心城区核心区域，百年石库门与时尚新天地、风貌保护区与税收亿元楼隔街相望，既有 5 万在住居民，也有 7 万楼宇白领和日均 5 万余人的游客。特殊的地理位置，居住形态的多样性，活动人群的多元化，让这里的基层立法联系点天然具备采集和征询民意的广泛性。于是，街道决定设立 7 个立法信息采集点，其中 5 个在居民区，分别是——衡复风貌保护区内的西成居民区，二级旧里为主的建二居民区，汇集高档商品房的新天地居民区，售后公房为主的建六居民区，以及同时拥有旧里、公房与系统房的复三居民区，这样，立法联系点在不同类型社区全覆盖。同时，新天地商圈和兰生大厦设立商圈楼宇立法信息采集点，立法民意征询就延伸到了企业、白领和游客中间,实现立法联系全覆盖。

全覆盖了,还没完。"联系点,并不局限于在立法中征询公众意见。"淮海中路街道党工委书记、人大工委主任刘恕说,立法前有立法需求调研,立法后有普法宣传……总归要"全程在线",让立法过程成为普法过程。2020 年,基层立法联系点,不仅开到新天地,更在全市 16 个区普及。作为"开门立法"的一种制度创新,2015 年,全国人大常委会法工委批复虹桥街道为基层立法联系点。2016 年,首批 10 家上海市人大常委会基层立法联系点启动。今年,基层立法联系点从首批 10 个增加至 25 个覆盖上海 16 个区。

基层立法联系点,正是"开门立法"的一种新探索。法治申城,开门立法,实现科学立法、民主立法、依法立法,将要达到怎样的治理效果?

首先,务实而精准,紧盯治理之需、民生之痛,加强重点领域立法,及时回应人民群众的期待和社会普遍关心的问题。近年来,无论是垃圾分类、烟花爆竹依法"零燃放",抑或是"天花板下不抽烟",面对社会热点难点问题,上海不回避矛盾,以良法促善治,大力移风易俗,推动经济社会进步发展。今后,上海将继续突出需求导向和问题导向,抓好高质量发展立法、惠民立法、环保立法、弘德立法和协同立法;重点围绕推进实施三项新的重大任务、强化"四大功能"、建设"五个中心"和优化营商环境、公共卫生安全、保障和改善民生、生态环境保护、超大城市治理、乡村振兴,加强创制性立法,保障促进高质量发展,引领推动城市治理现代化。

其次,开放、创新、包容的城市品格,同样在地方立法中体现得淋漓尽致,法治申城将不断推动制度创新,提高运用法治思维和法治方式深化改革、推动发展、化解矛盾、维护稳定、应对风险的能力。2001年,上海举行国内首次立法听证会。从此,"开门立法"日益成为新常态。今年,25个基层立法联系点覆盖上海16个区。今后,基层立法联系点如何功能定位?扎根基层,接地气、察民情、聚民智;有序参与立法规划编制、法规草案意见征集,以及立法后评估,推进立法全过程民主;不断拓宽公众有序参与渠道,最广泛动员和组织人民群众在依法管理有关事务中持续实现知情权、参与权、表达权、监督权。2020年9月17日,5年一次的上海市人大工作会议上,市委书记李强说,上海要优化法治供给,充分发挥立法的引领、推动、保障作用,让重大战略实施更有底气,让改革更有穿透力,让高质量发展在法治的轨道上"跑得更快"。

未来,上海能否持续提高立法质量,探索形成更多富有"上海智慧"的立法成果?看看新天地的基层立法联系点,看看门越开越大的"开门立法",放心吧!

(2020年9月18日,《新民眼》)

"公筷公勺"为啥进了地方立法

公筷公勺,餐厅要不要提供呢? 11 月 1 日起,这不再是选择题,而是法定规范,因为《上海市公共卫生应急管理条例》实施了。

问题来了——公筷公勺,为啥进了地方立法?

2020 年,非常之年,抗击新冠疫情,众志成城。2 月,上海市健康促进委员会、市文明办、市卫健委、市健康促进中心向全体市民联合倡议使用公筷公勺。3 月,上海市疫情防控新闻发布会透露,抽样调查显示,92%的市民赞成使用公筷公勺,已有 2.5 万余家餐厅要推广使用公筷公勺。4月,上海分餐制地方标准发布,重点关注分餐制和公筷公勺服务,明确提出餐饮服务单位宜采用分餐制,服务人员应引导就餐者使用公筷公勺。5 月,全国两会期间,由全国人大代表陈靖领衔,上海代表团 36 位代表联名建议推行分餐制,使用公筷公勺,倡导文明健康就餐行为,践行文明健康生活方式。

看看这些,就明白了——让"公筷公勺"成新时尚,成法定规范,大势所趋,人心所向。10月27日,市十五届人大常委会第26次会议全票通过《上海市公共卫生应急管理条例》,"公筷公勺"由此进入地方立法。

如果说,今年2月7日当日通过实施的《上海市人民代表大会常务委员会关于全力做好当前新型冠状病毒感染肺炎疫情防控工作的决定》,是非常时期紧急立法,重在"应急",那么,《上海市公共卫生应急管理条例》(以下简称《条例》)更重"预防",坚持人民至上、生命至上,提高公共卫生应急能力,预防和减少公共卫生事件发生,控制、减轻和消除其社会危害,保障公众生命安全和身体健康,维护公共安全和社会秩序。

如何重在"预防"?这部地方立法明晰了公共卫生监测预警、应急处置、医疗救治、保障监督各个环节的核心要害,明确平战结合,依法防控、系统治理,尊重科学、精准施策,联防联控、群防群控。其中,在社会治理环节,特别提出餐饮服务单位应当提供公筷公勺,餐饮行业主管部门以及行业组织应当制定分餐制服务规范,推动餐饮服务单位落实要求。同时,个人应当加强自我健康管理,增强自我防护意识,养成勤洗手、分餐、使用公筷公勺、不食用野味等文明健康生活习惯;在呼吸道传染病流行期间,进入公共场所应当按照要求佩戴口罩,并保持社交距离。

如果餐饮企业违法了呢?《条例》第83条说得明

白——餐饮服务单位未向消费者提供公筷公勺服务，由市场监管部门责令改正；拒不改正，处以警告，并将相关情况纳入餐饮服务食品安全量化分级管理评定范围，评定结果向社会公布。至于个人，若进入公共场所不依法采取防控措施，公共场所管理单位可以拒绝提供服务。

可见，公筷公勺，用不用，真不是选择题啊！疫情并未远走，公共卫生、公共健康却是社会文明发展永恒主题——推动公筷公勺新时尚，阿拉久经考验的上海市民，到底行不行呢？行！

(2020 年 11 月 2 日，《新民眼》)

代表履职"自拍杆"洞见新变化

2020 年,非常之年。

全国人大代表的履职记录方式,不同往常,比如,"云采访"。面对镜头,上海代表团的代表们侃侃而谈。谈什么?议案、建议,或者大会见闻,都可以,只不过,拍摄者不是记者而是代表本人——这,就是"云采访"特色方式之"自拍杆"。

"自拍杆"展现的,不只是履职记录方式的创新,更是洞察、见地和信心。1 年来,那些话题和观点,那些与之相关的议案和建议,为社会经济生活带来什么新变化? 十三届全国人大四次会议召开在即,不妨盘点一二。

十三届全国人大三次会议上,上海代表团的一份代表建议,联名代表达 36 人,为了推行分餐制和公筷公勺,践行文明健康生活方式——陈靖代表通过"自拍杆"向公众介绍这份建议,他说,当时各省市正积极推进使用公筷公勺,大力倡导健康生活方式;北京、深圳等地计划将"分餐制、使用公筷公勺"纳入地方立法。上海市也采取了一系列举措,发布《餐饮服务单位分餐制管理规范》《餐饮服务单位公筷公勺服务规范》等地方标准,在全市酒店餐饮行业加快推行使用公筷公勺……改变传承千年的用餐习惯,不会一蹴而就,代表建议将推行分餐制和使用公筷公勺纳入精神文明创建,充分发挥市场主体和行业协会的推动作用,大力宣传引导公众自觉养成文明用餐习惯。

1年来,公筷公勺和分餐制,已成新时尚。2020年10月27日,上海市十五届人大常委会第26次会议全票通过《上海市公共卫生应急管理条例》,并于2020年11月1日起实施。公筷公勺由此进入地方立法,餐饮机构推行分餐制、使用公筷公勺,成为法定规范。不只上海,全国各地都在推广普及文明健康餐饮新方式。如果要问,前所未有的疫情让我们学会了什么?敬畏,敬畏自然、敬畏生命、敬畏健康。分餐制和公筷公勺,不仅是健康餐饮方式、生活习惯的一种新选择,更是"新冠肺炎后"的新公序良俗。今天,大力普及分餐制和公筷公勺,以法治维护公共卫生公共健康,以法治推进公序良俗——这样的改变,已经发生并且还将继续。

非常之年,一边抓抗疫,一边抓经济。疫情之下,如何促发展保民生,也是"自拍杆"热点关注。

张兆安代表在"自拍杆"中说,特别要提提直播电商。2020年,受新冠肺炎疫情影响以及随后的复工复产复市,我的直播电商呈现井喷之势。商务部数据显示,一季度电商直播超过 400 万场。到了"五一"假期,直播带货更为火爆,助推了"五五购物节"热闹红火和"买买买"模式的纷纷开启。可以预见,2020 年直播电商市场成交总额超过万亿元是大概率事件。促进直播电商健康稳定发展,政府部门与电商平台需要共同为直播经济涵养良好生态,塑造直播电商的自律、直播带货的监管、直播消费的选择和直播经济的公平。

汤亮代表在"自拍杆"中说,作为一名企业家,在制造业打拼了 20 多年,疫情影响导致全球经济萎缩,特别关心中国制造业的应对之策。他欣喜地看到,国家将持续推动制造业升级和新兴产业发展,提高科技创新支撑能力,推进智能制造;如此远见睿识,一定能够"化危为机",谋求新发展新突破。

先哲有云:思想决定语言,语言决定行动,行动决定习惯,习惯决定性格,性格决定命运,所以,思想决定了命运。

这样的判断,适用于个人、社会和国家。非常之年,全国人大代表们通过"云采访""自拍杆"向世界传递中国思考、中国声音、中国智慧,这本身就是履职方式的一种创新。1 年来,围绕社会经济发展,上海代表团开展了"保市场主体,为激发市场活力、恢复市场运行注入强劲动能"为主题的专题调研活动。诚如代表们所言,由于新冠疫情影响,2020 年全国两会"迟到"了,但一系列应对经济形势的政策措施,一点没有"迟到"。这些政策措施如何及时全面地到位?调研组聚焦行业和企业发展重点、难点,关注不同类型市场主体在发展过程中遇到的难点堵点痛点,以更高站位、更宽视野提出具有政策性、创新性、实操性的建议,推动各类市场主体共克时艰更好发展。

岁月不居,时节如流。十三届全国人大四次会议就要来了,"自拍杆"又将传递出怎样的洞察、见地和信心,值得期待!

(2021 年 3 月 2 日,《新民眼》)

当 00 后邂逅古老中医

　　上周，市十五届人大常委会第 30 次会议表决通过《上海市中医药条例》。弘扬中医药文化，也是立法一大宗旨。弘扬，是大事。但凡大事，要做成做好，一切必是从细小处开始的，比如，走进中小学校的"香杏中医学堂"。

　　中山南路上，花木深处，有所"中山学校"，学校里，有小学生也有中学生。两年前，这所不算太知名的学校，做起了一件很有创意的事——开讲"香杏中医学堂"。从此，望闻问切、白芷苍术，八段锦、五禽戏……之于一群 00 后，不再是闻所未闻，而是有趣的中医启蒙。

　　"香杏中医学堂"，究竟怎么回事？距离中山南路不远，向北，过几条横马路，就是复兴中路，香山中医医院就在复兴中路上。中医进课堂，让更多 00 后了解中医、热爱中医、应用中医，两家一商量，作为中小学生拓展类课程，"香杏中医学堂"要开起来。2019 年，香山中医医院组建了"香杏中医学堂"讲师团。然后，近半年时间选题备课，邀请中山学校金牌教师培训授课技巧，丰富授课内容，结果，中医药文化课一进课堂就别开生面。

一场与中医的邂逅，会是什么样？苍术、白芷，做香囊的常见原料，都长什么样？就这个样。搓药丸、贴敷帖，纠正眼保健操穴位位置……一样样"中医零距离"有趣互动，孩子们学得恍然大悟，醍醐灌顶，不亦乐乎！再来点漫画案例教学——两位小朋友，都感冒了，是不是该吃一样的药呢？不是啊！一个染了风寒，一个受了暑热，看起来都是喉咙痛打喷嚏，病因却很不同，对症下药，才有疗效。

你看，弘扬中医药传统文化，拓展学生课外知识，丰富校园文化生活，激发学生了解中医药的兴趣，就可以这么生动活泼、喜闻乐见。想想也是，弘扬中医药文化，怎么能少了创新性和创造性。00后，一群差不多抱着 iPad 长大的孩子，古老中医，距离他们是如此遥远又是如此贴近，他们的启蒙教育，若能充实"岐黄国粹"，人生智慧定会更有厚度。于是，古老中医，就这么新颖活泼地走近 00 后。

其实，在申城，开进中小学课堂的不止"香杏中医学堂"。上海市中医药管理局提供的数据显示，目前沪上已有 20 万中小学生接受了中医医药拓展课程启蒙。推进中医药文化进校园，编写适合中小学不同阶段的中医药读本，还有，中医药专题教育和课外活动，五花八门，目标却也不止一个——从小培养学生对中华优秀传统文化的热爱，是目标；中医也是科学，通过中医药启蒙，培养中小学生的科学精神和思辨能力,也是目标。

中医药学,凝聚着深邃的哲学智慧和中华民族几千年的健康养生理念及实践经验,是中国古代科学的瑰宝。近年来,申城搭建起一批中医药文化传播平台,中医药非物质文化遗产、中医药老字号的传承应用和品牌保护,也都是寻常事。1年来,"香杏中医学堂"日益壮大,新冠疫情没能阻止反而更激发了它的成长,中山学校、卢湾中学、海华小学……都邂逅了"香杏中医学堂"。未来,"香杏中医学堂"会是什么样?不会一成不变,但一定会重现更多中医经典故事,观察体验更多中药实物,学习更多中医传统养生功法。中医很古老,00后很年轻,让更多00后了解中医、热爱中医、应用中医——这,也是一种文化自信!

(2021 年 3 月 29 日,《新民眼》)

山北的选民登记

外滩没有山,有山北社区。

山北社区,黄浦区第 29 选区。

9 月,进入选举季,区和乡镇两级人大代表同步换届选举拉开大幕。观察山北的选民登记,不难发现社区治理新景观。

山北居民区党总支书记林维敏说,2020 年人口普查"大国点名",山北的家底也摸清楚了,常住人口 4 915 人,外来人口 3 223 人,老年人口 1 264 人。就像整个外滩街道一样,山北的特点就是:"老外"多——老人、老屋、外来人口,多!

其实,山北是块宝地。山北居委会里有一张老地图,画的是山北在 20 世纪二三十年代的模样,银行、钱庄、商铺摩肩接踵。如今,当年的老建筑大多成了民居,大量人口居住在几十岁、上百岁的老弄堂里,山北要做好社区治理,就更要选好人大代表。

这些天,山北家家户户都收到了选举通知。通知说,黄浦区第三届人民代表大会代表换届选举工作选民登记正式开始啦!

这次换届,选民登记有几种方式呢? 五种:可以在单位或学校登记;可以主动到选民登记站登记;可以打电话到选民登记站登记;老弱病残、行动不便的,排摸中已有信息记录但还未登记的选民,由登记工作人员主动上门登记;另外,从 9 月 26 日开始,可以进入上海市政府一网通办"随申办"App,打开"扫一扫"扫描选民登记张贴码,或者在"随申办"App 中点击选民登记模块,进入选民登记界面进行登记。

很显然,前三种登记方式比较传统,无论是在单位、学校登记,还是到选民登记站或电话登记,都已沿用多年;第四种,是为老年人和行动不便的选民"量身定制",服务选民,尊重公民选举权,接地气;第五种,算得上新鲜事,头一回,这是城市"数字治理"在选民登记中的首次亮相,便捷又高效。有意思的是,山北的选民通知本身,也用多种方式发出。其中一种,是居委会微信公众号,这种选民通知方式本身,也是头一回。

五种登记方式,服务各类选民。山北社区,既有大量居民,也有不少单位。按照全市统一安排,9 月 1 日到 10 月 25 日,是选民集中登记阶段。其中,9 月 1 日开始,单位、学校进行登记;9 月 26 日开始,社区、个人进行登记。一个目标是——分时分类登记,确保应登尽登。

选民登记,有一件事,要算算清楚——选举法定年龄,到底怎么计算,生日是按农历算,还是按公历算呢?

山北的告选民通知,释疑解惑。通知说,我国宪法和选举法规定,年满18周岁即达到了选举法定年龄。选举法定年龄的计算方法是:从公民出生日起至选举日止。因此,在计算时应注意,不能只计算到选民登记那一天为止,而应计算到选举日止。本次换届选举日为2021年11月16日,凡在2003年11月16日(含本日)前出生的,都达到了选举法定年龄。

至于生日呢,要算公历的,不算农历的。

还有一件事,也要预案充分,有备无患。今年换届,不同以往,抗疫、选举要"两不误"。从选民登记、酝酿和推荐代表候选人、代表候选人介绍,到投票日,各个环节,一旦因疫情或其他重大突发事件影响无法正常组织直接选举,区选举委员会视情可以启用流动票箱、推迟选举,并向上海市区和乡镇选举工作委员会报备做好后续工作。所以,山北选区也做好了疫情防控方案,投票点合理设置,保证不聚集、不扎堆。

9月,进入选举季,选民登记,就是山北的头等大事,就像申城所有选区那样。毕竟,我国宪法将公民的选举权和被选举权列为公民基本权利之首,是公民参与管理国家和社会事务的必要前提和有效途径;选民登记,实质是对公民是否具有选举权进行确认,事关重大。

巧的是,今年8月,山北刚刚经历过一次代表补选,程序熟悉,换届选举忙而不乱有序推进——抗疫、选举"两不误",有把握!

（2021年9月6日,《新民眼》）

选民登记开启"云"模式

日子过得快,转眼要"十一"了。

9月1日拉开大幕后,上海市区和乡镇两级人大代表同步换届选举持续进行中。2021年9月26日起,选民登记开启"云"模式。疫情防控常态化,申城在全国率先开发建设"换届选举云平台"。"云"上,可见"数字治理"推进全过程人民民主新景观。

凡事都有章法,换届选举更不例外,选民登记、酝酿和推荐代表候选人、代表候选人介绍,到投票日,一步步,有条不紊。9月1日到10月25日,是选民集中登记阶段。其中,9月1日开始,单位、学校进行登记;9月26日开始,社区、个人进行登记。一个目标是——分时分类登记,确保应登尽登。

本次换届,选民登记,共有五种方式:可以在单位或学校登记;可以主动到选民登记站登记;可以打电话到选民登记站登记;老弱病残、行动不便的,排摸中已有信息记录但还未登记的选民,由登记工作人员主动上门登记;另外,从 9 月 26 日开始,可以进入上海市政府一网通办"随申办"App,进入"换届选举云平台"选民登记界面进行登记。

不同以往,"换届选举云平台",是首次亮相。"云"上选民登记,也是新鲜事。这个创新,好在哪里?

首先,"一扫即登",数据多跑路,选民少跑腿。2020 年,第七次人口普查显示,申城中心城区,一个鲜明的人口特征是:人户分离。旧改后,从中心城区搬入郊区的人口,户籍通常留在原居住地,导致人户分离。人户分离,给选民登记带来不少麻烦。不过,有了"随申办"的"一扫即登",也就好办了。

通过"随申办",选民可以直接线上登记,特别是人户分离的选民,可以自主选择在居住地或户籍地登记,"一扫即登",免得往返奔波;"云平台"第一时间比对登记信息和后台数据,将登记情况及时告知选民,避免重登、错登;选民还可以查看选举工作安排,申请查看代表正式候选人情况;等等。

至于,流动人口的选民登记,也有保障。上海适当放宽流动人口,特别是已经取得居住证的流动人口在本市参选的条件——在沪高校非沪籍学生、婚入人员及持本市居住证满 5 年的非沪籍人员,本人提出申请并作出承诺可直接登记参选。

还有,试点在长三角生态绿色一体化发展示范区内开展流动人口选民资格认定便利化,也有创意。因为试点,在示范区工作和生活的吴江籍、嘉善籍和青浦籍流动人口可以在现居住地进行选民登记并依法参加选举，选民资格审查由三地选举机构具体负责。

千方百计，服务选民。千头万绪，最后都要落实在基层。这回，"智慧选举"App，就是基层减负的好帮手。工作人员通过扫描健康码或身份证，帮助选民特别是那些行动不便的选民进行登记；然后，"云平台"自动生成各类名册公告，统计分析当选代表结构，减少基层的工作量和差错率，保障精准高效。

最后，要特别说说"一屏纵览"。

今年换届，抗疫、选举"两不误"，"云平台"更提高了疫情防控应对力，其中，"一屏纵览"，蔚为可观。一面可视化大屏，五大版块，覆盖选举全过程——选区划分和名额分配、选民登记、代表候选人推荐协商和确定、投票选举、当选代表，直观呈现全市 16 个区、215 个街镇（乡）的选举情况，实现选情"一屏纵览"，选举工作机构研判选情、科学决策，多了重要依据。一个目标是——力争让换届选举成为上海践行全过程人民民主的生动实践。

好吧，心动不如行动。选举权和被选举权，那是宪法赋予你的第一大公民基本权利。打开手机，进入"随申办"，点击"换届选举云平台"，登记，就这么简单！

（2021 年 9 月 27 日，《新民眼》）

选举日，见证全过程人民民主

明天，选举日。

上海 16 个区、108 个乡镇，将依法选出区和乡镇两级人大代表 14 000 余名。9 月进入选举季以来，万千上海选民亲历"中国式直接选举"，见证"全过程人民民主"。

党的十九届六中全会再次明确提出"全过程人民民主"重大意义。人民代表大会制度是我国根本政治制度，区和乡镇人大换届选举作为"中国式直接选举"，核心关键正是党建引领下"全过程人民民主"的基层实践。上海，"全过程人民民主"重大理念的首次提出地。观察全市 2 333 个区人大代表选区、4 421 个乡镇人大代表选区，不难发现本次换届选举呈现出富有时代特色的新景象。

首先，强有力的基层党建引领，充分发动，保障选民实现宪法赋予的基本权利。

目前，全市已登记选民 1 270 多万人，其中沪籍人口登记数 1 178 多万人，沪籍登记率为 92.5％，外省市来沪常住人口登记数比上届增加了两倍多。选民登记，最大限度地"应登尽登"，怎么做到的？党建引领，就是关键。

新村乡，崇明最西部的一个乡，毗邻江苏，远离上海市中心；叶榭镇，松江区农村地区，老年人口密集；宝兴社区，地处外滩街道，居民已旧改搬离……无论偏远郊区，还是中心城区，选情或许不同，而让每一位选民知情、参与，保障每一位选民的选举权和被选举权，却是同一个目标。

在偏远郊区，可以看到——面对深度老龄化乡村，镇党建服务中心和村党支部志愿者主动上门，"拉家常式"普及选民登记，说的是方言俗语，讲的是换届选举，何时选、谁来选、怎么选，深入浅出，通俗易懂，发动充分，服务到位，即便独居老人和行动不便的选民，也无一遗漏。

在中心城区，可以看到——无论社区、楼宇，还是园区、商圈；无论国有企业、民营企业，还是小微企业、"两新"组织，依靠基层党建创新平台，凭借城市党建、党建联建、党建服务中心，齐心协力推进选民排摸、宣传发动，形成全社会参与的强大合力，确保选民底数清、情况明。即便零星单位、老旧楼宇，也要逐一上门摸底征询，提高选民登记精准度。

其次，身处"数字时代"，换届选举就要"数字赋能"，让选民登记事半功倍。

上海城市治理正全面数字化转型，本次换届选举依托"一网通办""一网统管"，升级开发了"换届选举云平台"。

手机扫码、"随申办",都是选民登记新方式。选民信息第一时间比对核验,查找"错重漏",及时反馈,实现"一扫即登"。一个引人注目的数据是——全市有 1 万多名选民通过"随申办"完成登记。

与此同时,云平台上"一屏纵览"。最新选情如何?让数据、图表来说话,实时动态展示各区、各街镇、各选区,分析、研判、预警,保障换届选举始终依法有序推进。

云平台,覆盖选举工作全流程,选民登记功能之外,还可以自动生成选举工作所需的各类名单、名册、报表,自动进行代表候选人、当选代表结构等各类报表的统计分析,实现事务"一键自办",减负基层,很有效。

因此,即便伴随城市发展,"三分离"现象——人户分离、人企分离、企业经营地和注册地分离,较之 5 年前更加突出,但"数字赋能"换届选举,却是高效、便捷、有力。

明天,投票的时候,到了。各个选区,精密部署,疫情防控、换届选举"两不误"。

上海,"全过程人民民主"重大理念的首次提出地。作为"光荣之城"的阿拉选民,十分珍惜宪法赋予的基本权利,会以高度的责任感和使命感将"全过程人民民主"落实到每张选票上!

选举日,上海准备好了!

(2021 年 11 月 15 日,《新民眼》)

法治，上海最根本的软实力

法治，之于上海，意味着——有规则、有预期、有未来！

法治，之于市民，意味着——获得感、幸福感、安全感，有保障！

过去 5 年，上海市人大常委会共制定和修改法规 121 件，作出废止决定两件。即便最艰难的战疫时刻，这座城市依然保持定力，融入血脉的法治意识、法治思维、法治精神，正是上海最根本的软实力。

非常时期，非常立法！

2020 年，新年伊始，新冠疫情突袭。面对疫情，人民至上，生命至上！

2020 年 2 月 7 日，全国首部疫情防控地方性法规——《上海市人民代表大会常务委员会关于全力做好当前新型冠状病毒感染肺炎疫情防控工作的决定》，当日表决当日实施。

2020 年 10 月 27 日，市十五届人大常委会第 26 次会议表决通过《上海市公共卫生应急管理条例》，并于当年 11 月 1 日实施。防疫"三件套"——佩戴口罩、个人卫生、保持社交距离，进入法条，明确"在呼吸道传染病流行期间，进入公共场所应当按照要求佩戴口罩"。由此，上海成为全国乃至全球第一个将"戴口罩"写进地方立法的城市。

回头看看，疫情防控期间，600 多位市人大代表到社区报到，200 多位市人大代表投身抗"疫"一线工作，总计有 1 900 多人次市人大代表依法提出各类意见 1 600 多条，推动解决人民群众出行、就医、保供等急难愁盼，为打赢大上海保卫战提供制度保障。

15 部浦东新区法规，成绩斐然！

2021 年 6 月 23 日，依据全国人大常委会授权，市十五届人大常委会第 32 次会议全票通过决定，支持浦东新区高水平改革开放。

一个新名词——浦东新区法规，进入公众视野。这是全国人大常委会首次授权上海在浦东新区变通适用国家法律、行政法规，这是新时代我国立法制度的一次重大变革创新。

三十而立的浦东，挑最重的担子，啃最硬的骨头。迄今，现行 15 部浦东新区法规，让人们看见——法治就是最好的营商环境，就是最强的治理效能。

其中，"一业一证"法规实施，餐饮、便利店等办证开业时间从 95 个工作日压缩至 5 个工作日;"生物医药"法规实施,2024 年浦东生物医药产业规模将达到 4 000 亿元,生物医药制造业产值突破 1 000 亿元;"非现场执法"法规实施,城管执法办案耗时从平均 27 天缩减为少于 4 天……

立法,作为法治源头,正是治理体系和治理能力现代化的风向标。浦东新区法规是中央赋予上海改革开放极为重要的制度工具,制度优势和制度潜力,必将让浦东首创性改革、引领性开放和开拓性创新得到最有力保障。

一次次制度供给,让"人民城市人民建,人民城市为人民"!

2019 年 1 月 31 日,市十五届人大二次会议高票通过《上海市生活垃圾管理条例》。爱生活爱家园爱上海,最广泛的社会发动,推动生活垃圾无害化、资源化、减量化,让垃圾分类成为新时尚,全市生活垃圾分类达标率持续保持在 95% 以上。

2021 年 8 月 25 日,市十五届人大常委会第 34 次会议全票表决通过创制性地方立法——《上海市城市更新条例》。人民城市发展史,就是一部城市更新史。老楼加装电梯,就是一种典型的微更新。2021 年,全市既有多层住宅新装电梯 1 579 台,较过去 10 年的 3 倍还要多;2022 年,全市老楼加梯完成 2 303 台,超出全年新增 2 000 台的预期目标。老楼加梯,政策支持制度安排,从无到有、从繁到简,进而进入地方立法,不断创造高品质生活。

一个个"家站点"和立法联系点，让全过程人民民主看得见！

家门口，服务"零距离"！集党建、服务、治理"多功能"于一体，居民在家门口就能享受一站式便捷服务。这样的党群服务站，也是申城5 000多个"家站点"中的一个。

"家站点"——代表之家、代表联络站、代表联系点。迄今，上海基本实现全市范围内每平方公里就有一个"家站点"；从偏远郊区到中心城区，1.5万名全国、市、区、镇四级人大代表均已编入"家站点"，打通代表联系群众的"最后一公里"。

"家站点"，往往兼任基层立法联系点的信息采集点，民意信息，源源不断汇集到地方立法机构。

2016年，上海设立首批10家基层立法联系点。2019年11月2日，习近平总书记考察虹桥街道基层立法联系点时发表全过程人民民主重要讲话。2020年，基层立法联系点增至25个覆盖上海16个区。5年来，全市基层立法联系点对92件立法提出建议14 008条，其中1 546条意见被不同程度采纳——"立法民意直通车"，名副其实！5年来，基层立法点和"家站点"，普及法治文化和法治文明，让法治思维融入日常生活，让立法过程成为普法过程。

未来，在上海，全过程人民民主将让开放、创新、包容的城市品格在基层治理中发扬光大，广泛发动和组织人民群众,有序参与社会治理和城市管理,依法实现知情权、参与权、表达权、监督权,让人们真切感受——法治,城市最根本的软实力!

（2022 年 6 月 12 日,《新民眼》）

话说顺天村

老树，136 岁，什么树？广玉兰。

长在哪里？凌家小院，就在顺天村。

顺天村，成都北路 262 号，位于"城市之心"江阴路街区，百年历史，很传奇。如今，顺天村是基层立法联系点，上周三(11 月 23 日)，《上海市住房租赁条例》表决通过，距离顺天村立法听证刚好 1 个月。

顺天村，一个很特别的基层立法联系点，记者蹲点采访的日子里，听到了不少传奇故事，慢慢说。

家有老树

一场暴雨，百岁老树，要倒了！

这，曾是顺天村遇到的一次危机。

第一个发现危机的，是凌国安。怎么办？赶紧上报。居委、绿化部门第一时间响应，紧急处置。终于，老树转危为安了。

老树,究竟该怎么保护?《上海市绿化条例》有说法。顺天村的老树保护,更是别具一格。

这天,刚刚过了小雪节气,申城天气,还没冷下来,小院里,茶花开得热闹,翠竹身姿挺拔,铁树硬扎得好像随时准备跟人比试比试……不过,要论硬朗,小院子里最弹眼落睛的,是谁呢? 百岁老树啊!

70多岁的凌国安,是个讲究人,上海老克勒,干净利落。他拎着把水壶,绕着老树浇了一圈,站在树下,抬头看看高处,树冠还是那么茂盛,亭亭如盖,再抬手拍拍树干,就像拍了拍老伙伴的肩膀,说,蛮好,长得蛮好,身板硬朗着呢!

凌国安第一次见到老树,是在2000年。那一年,他买下了现在的房子,成了顺天村居民。他和凌师母走进小院,一眼就看见围墙边的大树,两人惊叹,天哪,市中心竟然有这么老的广玉兰! 没过两天,居委、绿化部门上门了,拜托凌家夫妇照顾好老树。原来,依照《上海市绿化条例》,古树名木保护都有属地责任,凌家新搬来,职能部门要上门告知保护义务。

放心,放心! 凌家夫妇是爽快人,一口答应了。何况,遇见,就是缘分。凌师母说,老树是一直在这里等着,终于等到了咱们吧,好好照顾它。两人合计了一下,先把小院子打理清爽,哪个百岁老人不喜欢清清爽爽的,树也一样呢!

小院子,一天天收拾出来了。栽下一丛翠竹,跟老树作伴。再请绿化部门重新安置了古树名木保护牌,保护牌上写得清楚——编号 0719,100 年,二级保护,上海市政府确认,确认时间为 1986 年。

2022 年,玉兰树整整 136 岁啦!

树下,围了一圈青石条。石条,哪里找的?城市旧改,要在老石库门旧里找寻石板石条,不难,只要留心。老凌就这么做了,树下石条围好了。老凌又专门设计了落水管,洗衣机排水通过专门管道进入排水沟,从此,污水就跟老树告别了。

日日受到辛勤照护,百岁老树心情很不错。阳春三月,花开了,满树硕大玉兰,花香沁人心脾。夏日里,树荫下,喝茶乘凉,惬意。秋天来了,老树安安静静等待冬天。冬日里,落叶了,老树冬眠蓄力,准备春日里繁花灿烂。凌家夫妇,幸福地陪着老树过好一个又一个春夏秋冬。

不料,前年夏天一场暴雨,老树明显倾斜。危险!

投入抢险的,不止凌家夫妇。绿化部门拿出了保护方案,方案实施还要倾听居民的意见建议。于是,居委会组织居民开了几次协调会,大家七嘴八舌,职能部门仔细倾听。这样的协调会,在基层立法联系点,是常事,但为了保护老树,却还是头一回。

几场协调会开下来,有一点共识,很有建设性。稳固树干,细绳索恐怕不行,不如换成金属支撑。结果,就成了如今的模样——三根碗口粗的金属管,支撑树干,一根在凌家院子里,两根在隔壁邻居院子里。

好了,老树稳固了,大家都放心了。

保护老树,凌家夫妇还有什么心愿?老凌说,家中老屋里有块牌匾,很古雅,上书"光辉挽鹿"——旧时人家,恭贺新婚夫妇同心同德、不离不弃,把日子过得有声有色,就爱用这四个字,他和凌师母要用这份心劲儿继续照顾老树。老树,见证顺天村和城市的岁月沿革,有缘照顾老树,那也是阿拉的荣幸!

落地听证

"您的立法建议,都写进地方立法了,开心吧!"

"真的?"

"真的!"

58岁的徐洪祥听得眼睛一亮,咧开嘴巴笑了,样子有点傻,但是真开心!

2022年11月23日下午,市十五届人大常委会第46次会议表决通过了《上海市住房租赁条例》。第二天,记者在弄堂里找到了老徐,好消息,要告诉他。

从2001年上海率先在全国举行首次立法听证会开始,每部与民生密切相关的地方立法,听证,都是保留节目。比如,让凌家夫妇最有感觉的《上海市绿化条例》就是第一部开进社区听证的地方立法。

20年里,上海立法听证的形式,发生了不少变化。小型化、多样化、高频次、进社区、进基层立法联系点,却已是常态。开进基层立法联系点的立法听证,不再是正襟危坐的,七八个居民,坐下来聊聊,立法者听听,真知灼见、思想火花,没准就迸发了,最起码,基层最鲜活的社情民意,能听到。

今年"十一"过后,数数顺天村的大事,《上海市住房租赁条例》立法听证会,算一件。平生第一回,徐洪祥参加了立法听证,作为听证陈述人,说了自己的立法建议。

徐洪祥,何许人也? 他可是顺天村的"老土地"了。

老家江苏,20多岁时,徐洪祥来到上海。不久就住进了顺天村,专职小区里的废品回收。这一收,就是三四十年。在顺天村,他熟悉大小弄堂每个门牌号。有多熟? 举个例子。老徐热心,有时候临时兼任小区大门保安,有生人要进大门,他就问人家找哪户人家。来人随口报了门牌号和姓名。老徐说,不对,顺天村没有这个门牌号,也没有这户人家。

有这位"铁将军把门",顺天村更安全。为了这个,居民们更喜欢老徐了,有老徐在,顺天村生活垃圾资源化、减量化、无害化,是优等生,治安也是优等生啊!

老徐却说,没啥没啥,专业的人做专业的事,正常!

能让老徐感觉非比寻常的,是《上海市住房租赁条例》立法听证。作为一位新上海人,顺天村里的长租户,老徐非常了解租赁市场。于是,居委会就请他来做听证陈述人。

就像上海众多基层立法联系点一样,这回听证会规模很小,立法机构来的听证人、居委干部、居民,围坐下来,不过十来个人。

听证会上,老徐有很多话想说,时间有限,就说三点最要紧的。第一点,最希望立法鼓励房屋长期租赁。为啥呢?安居才能乐业。成千上万的外地年轻人,刚刚在上海开始工作,要租房,长租让人感觉稳定;少点"漂",多点"稳",对人、对城市,都是好事。第二点,建议立法明确租赁房屋的装修安全,从建材到房屋结构,都要安全。第三点,租金要合理,不能让"二房东"随意涨价。

老徐的听证发言,被一一记录下来。

日子过得快,转眼到了 11 月 23 日,《上海市住房租赁条例》表决通过。

翻看条例表决稿,老徐的立法建议,都有回应。无论是鼓励长租、监管"二房东"、规范住房租赁行为,还是保障住房租赁当事人合法权益,促进住房租赁市场健康发展,上海拿出了实招。

这个好消息,让老徐着实开心。再看看顺天村基层立法联系点,这里也是社区零距离家园,带个小院子,两间房,地方不大,模样普通,用场却不小,神奇的——这是老徐的心里话。

创意普法

墙上,两个矮个子太空人在漫步,前头小狗带路。有趣的是,貌似闲庭信步的小太空人,没闲着,都背着灭火器。

消防安全,还有《上海市消防条例》,怎么才能家喻户晓、妇孺皆知?顺天村,请来太空人出马。

这办法,的确非常顺天村,天马行空,不拘一格,令人捧腹。滑稽的效果,就是让人记住了——在老房子、在弄堂、老小区,消防安全,非常重要,切记切记!

消防这件事,黄浦区南京东路街道顺天村居民区党总支副书记杨琛骅,时时放心不下。这阵子,居民区党总支书记调任别处,顺天村里大事小情,他更得多上心。

85后杨琛骅,在江阴路街区长大,来顺天村居委工作也有七八年了。在他眼里,顺天村,是特别的。

顺天村的故事,杨琛骅从小就常听大人们说起。据说,清末顺天府府尹陈夔龙家族曾经居住在此,"顺天村"因此得名。民国时期,女银行家张幼仪经营上海女子商业储蓄银行,职工宿舍就是如今的顺天村民居。岁月流转,顺天村里,旧里、新里都有了,房子老了,老人多,租客也多,服务好这些居民群体,更得多用心;何况,越是老旧小区,治理思路,越是要清爽。

顺天村,墙外就是江阴路。20世纪80年代,江阴路花鸟市场举办了上海第一次花卉交易会;90年代,花鸟市场发展高峰时,一天客流高达10万人,同时也带来了交通拥堵、噪声扰民。2001年,江阴路花鸟市场搬迁,还路于民。2018年起,伴随城市更新,江阴路"美丽街区"建设拉开序幕,顺天村,也开始了法治特色小区的更新之路。

你看,一面墙,3D彩绘,上书"法在我心中",四周装点扇形国风镂空雕花,漂亮! 这仅仅是顺天村法治文化的一处"微景观",就像背着灭火器的小太空人一样,"微景观",要传递的,是"城市之心"悠久弄堂的治理新思路,这思路,是鲜活生动的。

有件事,杨琛骅很确定,作为基层立法联系点,先后参与《上海市社会救助条例》《上海市养老服务条例》《上海市未成年人保护条例》《上海市房屋租赁条例》立法调研,在顺天村,立法过程变成了普法过程。

不得不说,"城市之心"社区普法,的确有一套。2021年,"法治顺天村·共襄民法典"游园会上,普法手偶剧、法治相声……居民说,接地气、入民心,创意普法,够别致!

听了居民评价,"小巷总理"杨琛骅只想说——只要居民满意,值了!

再回头看看从小长大的地方,杨琛骅想说,城市的发展史,就是一部城市更新史。百年江阴路,经历了不少变迁。顺天村,作为江阴路街区的一分子,自然也在变迁中,有一天,这里的老旧房屋,也将在城市更新的大潮中蝶变。

不过,有些记忆不可磨灭。老弄堂里,上海人家对百岁大树的呵护,那是爱体面、守规矩的上海市民对法律的尊崇、对自然的敬畏;社区立法听证会上,一位废品回收者,发出最基层的声音,最终被写进地方立法;还有,弄堂墙壁上,作为"消防大使"的小太空人……

岁月远走,总有一些美好,值得记忆。顺天村大门外,就是江阴路街区零距离家园展示厅。一间展厅,就像一个小小的街区历史记忆长廊,墙壁上的文字和图片,讲述这里的前世今生。

这些讲述,让人们想去做一些事,只为——爱城市,爱家园!

(2022 年 12 月 4 日,特稿)

带去江南一枝春

"春蚕吐丝,不再只在春天,一年四季,都可以吗?""可以的!""电梯零件,换成轻巧坚韧的高分子材料,耐磨度大大提升,使用寿命大大延长,做得到吗?""做得到!"

这是一场有趣的对话。对话的两位来自全国人大上海代表团,一位是黄勇平代表,昆虫学家;另一位是许保云代表,化工专家。

十四届全国人大一次会议开幕在即,人们关注:履新之际,继往开来,上海代表团将呈现怎样的履职风采?

代表履新,视野够开阔。在人们印象里,上海代表团里大咖云集,来自不同行业、不同领域的行家里手,总能在思想碰撞中迸发新思路、开拓新视野。就像许保云代表和黄勇平代表,说起各自领域的最新成果,头头是道。即便专业不同,话题却都事关科技创新;作为科研工作者,他们都曾有过天马行空的大胆创意,都曾经历一再试错的艰难攻关,他们也都更能理解科创之于上海、之于国家的意义。

事实上,科技是第一生产力;科技创新,是城市软实力。一个国家越是发展发达,便越是不遗余力地促进科技创新。所以,上海代表团的诸多代表,即便来自不同领域,一样心系科创,心系城市软实力,心系国家发展第一生产力。

代表履新,调研够勤奋。要提出高质量的议案、建议,实地调研少不了。过了年,代表们的建议、议案酝酿进入倒计时,收官若要圆满,更要马不停蹄。赴京前,代表们围绕上海经济社会发展情况开展集中视察。视察期间,大家听取了上海市经信委推动建设三大先导产业创新高地工作情况汇报,实地视察了上海华虹集团旗下华力集成电路制造有限公司,了解地方国企改革创新发展情况。一路看,一路头脑风暴,思路、出路,一样样在建议、议案里拿出来。

岁月不居,时节如流。非凡的抗疫3年已成过去。最艰难的时候,人们坚信,没有一个寒冬不可逾越。非常之年,上海代表团的全国人大代表们通过"云采访""自拍杆"向世界传递中国思考、中国声音、中国智慧,在履职方式上也做了一番创新。

走过非凡的3年,回头看看,越是在非常时期,作为最高国家权力机关的一分子,上海代表团的全国人大代表们以行动向世界展示的,正是"国之大者"的信心、勇气和担当。

而今,经历艰难跋涉逐渐走出疫情的阴霾,在这个春天重新出发之时,牢记"国之大者",牢记使命与担当,就是上海代表团的鲜明气质。

看看代表们的行囊,若要问君何所有？阿拉代表定会笑答：怀揣信心与希望,带去江南一枝春,问一声——你好,3月的北京！

（2023 年 3 月 4 日,《新民眼》）

民生晴雨表　立法智囊库

　　新天地、顺天村、恒隆广场、崇明岛上最西端的新村乡新浜村……从时尚到传统、从繁华到偏远，一个共同点是——基层立法联系点，全都有。

　　2015 年，全国人大常委会法工委批复上海市长宁区虹桥街道为基层立法联系点。2016 年，首批 10 家上海市人大常委会基层立法联系点启动运行。2020 年，基层立法联系点增至 25 个，覆盖上海 16 个区。

　　2023 年 3 月 7 日上午，上海代表团分组审议立法法修正草案。修正草案一大亮点，正是"基层立法联系点"拟写入大法。

　　在上海，基层立法联系点长什么样？多种多样。但可以肯定的是，科学立法、民主立法、依法立法，阿拉基层立法联系点要做——民生晴雨表，立法智囊库！

直接参与　让立法过程成为普法过程

　　复兴中路 360 号，淮海家，故事多，人称"一千零一夜"。

为啥故事多？因为，这里是淮海中路街道党群服务站，是基层立法联系点，还是"家站点"。毗邻新天地，门庭若市。问路咨询的、走访调研的、党建活动的，还有，就是立法信息采集，这个"点"的民意信息，源源不断汇集到地方立法机构。

今天，"一千零一夜"的故事，还在继续。一早，淮海家来了一群年轻的"小巷总理"。他们来上课，主讲人是黄浦区淮海中路街道党工委书记、人大工委主任陆晓钧。立法前、立法中、立法后，基层立法联系点全过程参与，有讲究。年轻的"小巷总理"们都是基层治理骨干，培训好了，做行家里手，架好民意"连心桥"，开好民意"直通车"，更靠谱。

几年来，直接参与立法，把立法过程变成普法过程，淮海家，做了不少事，就算抗疫期间，也没停过。

"消费者权益保护条例，公开征询立法建议啦！"2021年6月下旬，一条来自淮海家的"群公告"让淮海中路代表组行动起来。区人大代表、老凤祥集团党委书记杨奕马上与公司法务部一起研读《上海市消费者权益保护条例（修订草案）》，提出修改建议。

区人大代表、淮海商会会长林卫慈，组织召开了一场座谈会，听听选民和商会成员怎么说。

淮海家立法信息采集点负责人、建纬律师事务所主任邵万权专门做了调查问卷，在线听取意见建议，扩大消费者权益保护条例在淮海路商圈的知晓率。

几年来,淮海家积极参与上海地方立法意见征询,共围绕20部法规条例草案,通过座谈、走访、线上讨论等渠道听取社会各方建议,累计上报建议366条,被采纳25条。地方立法的制定过程中,基层立法联系点成为民意、民情、信息交汇的枢纽,让立法的过程变成普法的过程。而在上海,截至2022年10月,全市基层立法联系点共对97件法规提出12 340条意见,其中1 148条意见被采纳。

精准征询　院士、废品回收者各抒己见

在基层立法联系点,提出高质量建议,被立法采纳的,都是专业大咖吗?看两个"点",就明白了。

这些天,59岁的徐洪祥很忙,参加了平生第一场立法听证之后,他就兼任顺天村普法宣传员了。

徐洪祥是新上海人,职业是社区废品回收,工作地和居住地都在顺天村。

顺天村,位于上海"城市之心"南京东路街道江阴路街区,百年历史,也是基层立法联系点。

去年"十一"过后,《上海市住房租赁条例》立法听证开进了顺天村。作为顺天村里的长租户,老徐非常了解租赁市场。于是,居委会就请他做听证陈述人。

就像上海众多基层立法联系点一样,这回听证会规模很小,立法机构来的听证人、居委干部、居民,围坐下来,不过十来个人。老徐的听证发言,被一一记录下来。转眼到

了 11 月 23 日,市十五届人大常委会第 46 次会议表决通过了《上海市住房租赁条例》。老徐的立法建议,都有回应。无论是鼓励长租,监管"二房东",规范住房租赁行为,还是保障住房租赁当事人合法权益,促进住房租赁市场健康发展,上海拿出了实招。

这个好消息,让老徐着实开心。再看看顺天村基层立法联系点,这里也是社区零距离家园,带个小院子,两间房,地方不大,模样普通,用场却不小,神奇——这是老徐的心里话。

从 2001 年上海率先在全国举行首次立法听证会开始,每部与民生密切相关的地方立法,听证,都是保留节目。20 年里,上海立法听证的形式,发生了不少变化。小型化、多样化、高频次、进社区、进基层立法联系点,却已是常态。开进基层立法联系点的立法听证,不再是正襟危坐的,七八个居民,坐下来聊聊,立法者听听,真知灼见、思想火花,没准就迸发了,最起码,基层最鲜活的社情民意,能听到。

顺天村,是基层立法联系点的一种。而作为社会团体,拥有数百家会员单位,覆盖建筑业整个产业链,在建筑领域颇具代表性的上海市绿色建筑协会,也是申城首批基层立法联系点之一。

不同于街道社区,这个很"专业"的立法联系点为自己提出的目标是——反映社情民意,既是"直通车",也是"复印机",关键在于对立法意见建议的民意汇集要真实及时、专业权威,不说外行话。

不说外行话,有底气。这个协会设立了 10 个专业委员会,还有院士领衔的专家委员会,想不专业,都难!

专业性立法,借助基层立法联系点这个平台,整合行业专家资源,提供专业技术支撑;同时,协会作为第三方机构参与立法,有助于反映各方意愿,让立法更有利于求取"最大公约数",提高立法质量。在这个立法联系点之外,上海人大工作研究会、上海市律师协会也都设立了非常专业的立法联系点。

无论是顺天村的老徐,还是绿色建筑协会的院士专家,行业、地区和专业,都有各自的代表性。立法联系点,各擅其长,专业精准,无疑有助于提升立法意见建议的征询质量。

依法善治　立法联系点覆盖 16 个区

2020 年,在上海,基层立法联系点覆盖全市 16 个区。就像淮海家一样,几乎所有"家站点"同时承担了立法联系点的职能——不只是立法信息采集,也是推动依法善治的大平台。

新村乡,崇明最西部的一个乡,毗邻江苏,远离上海市中心。新村乡新浜村人大代表联络站,也是基层立法联系点,位于崇明岛西北部,位置偏远地方不大,但却时时想群众所想、急群众所急,充满了烟火气!

2019 年,《上海市生活垃圾管理条例》实施。新浜村,崇明区率先开展垃圾分类"定时定点"投放试点村,新浜村人大代表联络站积极组织代表们包队入户,集思广益,整合资源,率先试行银行积分管理模式,尝试"监督检查—积累积分—实物兑换",不断提升投放准确率,让更多村民投身垃圾分类新时尚,让良法善治营造美丽乡村。

苏州河,上海的母亲河。2021 年夏,随着普陀区中远两湾城小区断点问题解决,长达 42 公里的苏州河中心城区河岸线宣告全线贯通!苏州河打通断点的背后,是宜川路街道中远两湾城第三居民区人大代表联系点里代表们奔忙的身影。他们在"家站点"接待来访,挨家挨户记录问题,专人专事反复沟通……终于,2020 年最后一天,沿河权属用地开放共享投票获得通过!截至 2022 年年底,普陀区共建成 318 个"家站点",覆盖了所有街镇、社区和主要产业园区。这些"家站点"设有电话、信箱、网站、微信等多种联系方式,线上线下,全天候联系群众,成为建设人民城市,践行全过程人民民主的宣传站、民意窗、连心桥、监督岗、大课堂。2022 年,区内三级人大代表共有 1 032 人次走进"家站点"联系群众,收集意见建议 979 条,为群众依法解决问题 270 个。特别是苏州河沿岸贯通、老旧住宅加装电梯、非成套住宅改造、老年人跨越数字鸿沟、市容环境整治等"老小旧远"问题,"家站点"平台切实推动解决"急难愁盼"。

市中心,南京西路商圈,呈现着世界级中央活动区的繁荣与繁华。其中,恒隆广场云集世界 100 多个知名奢侈品牌,外资、港澳台企业超过 130 家,2021 年更是成为全市首幢年税收"百亿楼"。2018 年,恒隆广场人大代表联络站来啦! 2022 年,经历了大上海保卫战,复工复产复市,静安区人大常委会以恒隆广场代表联络站为平台,精挑细选 17 家企业和 19 名各领域代表开展调研,加快推进国际消费中心城市建设,就《上海市优化营商环境条例》实施情况,听取大家的意见建议。

恒隆广场人大代表联络站,在楼宇经济密度最高区域,近距离倾听来自一线的声音,也为广大市民和外国友人生动地了解全过程人民民主打开了一扇窗!

记者手记:开门立法

目前,全国人大常委会法工委在全国 31 个省(区、市)设立了 31 个基层立法联系点和 1 个立法联系点,辐射带动全国各地设立 5 500 多个基层立法联系点,形成了国家级、省级、市级联系点三级联动的格局。这些联系点,已经成为让基层声音原汁原味抵达国家立法机关的"直通车"。

党的二十大明确提出建设好基层立法联系点。如今,立法法修正草案增加一条作为第七十条:"全国人民代表大会常务委员会工作机构根据实际需要设立基层立法联系点,深入听取基层群众和有关方面对法律草案和立法工作的意见。"

立法是国家的重要政治活动,是把党的主张和人民的意志通过法定程序转化为国家意志的过程,关系党和国家事业发展全局。立法法是规范国家立法制度和立法活动、维护社会主义法治统一的重要宪法性法律。

当"基层立法联系点"入法,鲜明的价值导向是——开门立法,是常态,科学立法、民主立法、依法立法,将不断满足人民群众对美好生活的向往,以及国家治理新需要。

(2023 年 3 月 7 日,《全国两会·焦点》)

"春天的故事"传递磅礴力量

这些天，在上海"城市之心"南京东路街道江阴路街区顺天村，凌家小院里，137岁的广玉兰树，开花了。

一树繁花——春天，来啦！

2023年3月13日上午，十四届全国人大一次会议胜利闭幕。回顾大会重要时刻，真切地感受——"春天的故事"，传递磅礴力量。

无疑，在"春天的故事"里，立法法和基层立法联系点，最是可亲、可爱、可敬。

顺天村，上海16个区众多基层立法联系点中的一个。顺天村里，凌家有古树。树长得好，是因为，人照料周到；照料周到，是因为，《上海市绿化条例》作为最早开进社区听证的地方立法，将立法的过程变为普法的过程。20年来，城市以市民对法律的尊崇，一天天挥洒出绿意盎然。

顺天村里，85后"小巷总理"杨琛骅，在社区参与了多次立法听证之后，期盼基层立法联系点能够见证更多的法治进步。

2023年3月13日上午,十四届全国人大一次会议表决通过修改立法法的决定,基层立法联系点正式写入立法法。

在党的二十大报告中,明确提出建设好基层立法联系点。立法,是国家重要政治活动,是把党的主张和人民的意志通过法定程序转化为国家意志的过程,关系党和国家事业发展全局。立法法,是规范国家立法制度和立法活动、维护社会主义法治统一的重要宪法性法律。

当"基层立法联系点"入法,鲜明的价值导向是——践行全过程人民民主,开门立法是常态,科学立法、民主立法、依法立法,将不断满足人民群众对美好生活的向往,以及国家治理新需要。

迄今,全国人大常委会法工委在全国31个省(区、市)设立了31个基层立法联系点和1个立法联系点,辐射带动全国各地设立5 500多个基层立法联系点,形成了国家级、省级、市级联系点三级联动的格局。

迄今,基层立法联系点已经成为民间声音原汁原味抵达国家立法机关的"直通车";未来,像顺天村一样的基层立法联系点更将成为"满天星",遍布大江南北、城市乡村,点点微光汇聚成"法治中国"的磅礴力量。

无疑,在"春天的故事"里,宪法宣誓,最是震撼人心。

3月10日上午,习近平同志全票当选中华人民共和国主席、中华人民共和国中央军事委员会主席。

如潮掌声在人民大会堂响起。这是历史的选择、人民的选择。

"我宣誓：忠于中华人民共和国宪法，维护宪法权威，履行法定职责，忠于祖国、忠于人民，恪尽职守、廉洁奉公，接受人民监督，为建设富强民主文明和谐美丽的社会主义现代化强国努力奋斗！"

在辉煌的人民大会堂中央大礼堂，新当选的国家领导人在全国人民代表大会全体会议上向宪法宣誓，昭示的，是全面推进依法治国的坚定信念，是全力推进中华民族伟大复兴的坚强决心。

宪法宣誓，激荡着爱国主义的磅礴力量。神圣的仪式感，宣誓者将历史使命、责任担当铭刻在心，也让国人倍感震撼——尊崇宪法，维护宪法权威，弘扬宪法精神，是法定规范更是内心自觉。

2014年10月，党的十八届四中全会提出建立宪法宣誓制度；2015年7月，全国人大常委会通过实行宪法宣誓制度的决定；2018年3月11日，十三届全国人大一次会议通过宪法修正案，国家工作人员就职时应当依照法律规定公开进行宪法宣誓，写入宪法。

宪法，国家根本法，具有最高法律地位。维护宪法权威，树立宪法意识、恪守宪法原则、弘扬宪法精神、履行宪法使命，根本在于依法治国。

在上海，维护宪法权威，全面推动科学立法、严格执法、公正司法、全民守法，已是自觉实践。所有实践、所有创新，都旨在全面推进依法治国，切实维护宪法权威。

宪法宣誓，誓词铿锵，前方征程，是中华民族的伟大复兴。党的二十大擘画了以中国式现代化全面推进中华民族伟大复兴的宏伟蓝图。时代壮歌，人民史诗。"惟其艰巨，所以伟大；惟其艰巨，更显荣光。"

今天，上海代表团的全体代表，圆满完成大会各项议程之后返回各自工作岗位——无论辽阔深海、工业基地、大学校园，还是社区弄堂、乡村田野……每个人都将传递"春天的故事"，那是踔厉奋发、勇毅前行的信心、勇气和力量！

（2023 年 3 月 13 日，《新民眼》）

"家站点"的新年万有引力

过了元宵,年,就过好了。

本周,在普陀,一个名叫"万有引力"的"家站点"开工。

上海,"全过程人民民主"首提地。2014年起,上海探索人大代表联系群众"家站点"平台,历经10年,迄今全市建成代表之家、代表联络站、代表联系点5 757个,基本实现全市范围内每平方公里就有一个联系点。在上海,1.5万名全国、市、区、镇四级人大代表均已编入各个"家站点",打通代表联系群众的"最后一公里"。

"家站点",各擅其长,却有一个共同的新年目标——持续将人大制度优势转化为治理效能,打造共建共治共享的社会治理格局,呈现"法治上海"全力推进全过程人民民主的万有引力!

新年开工,普陀区万有引力新业态新就业群体人大代表联络站,铆足了劲儿。快递小哥、环卫工人、出租车司机,以及千千万万的劳动者,都是美好城市生活的创造者、守护者。其中,新业态新就业群体,无论是快递物流、网约送餐、房屋中介、护工护理、货运驾驶、物业保安,还是家政服务、工地短工、农业临工、保洁环卫……都呈现出工作机会互联网化、工作时间碎片化、就业契约去劳动关系化、整体流动性强组织程度低。

在普陀,服务好新就业群体,正是"万有引力"的努力方向。今后,"万有引力"聚焦新业态新就业群体的就业意愿、劳动保障、社会福利等"急难愁盼",发挥人大代表主体作用,整合社会资源,推出就医、技能、亲子等多个实事项目,维护新业态新就业群体合法权益,助力其健康成长。同时,酝酿高质量代表建议和议案,为促进全市新业态新就业群体发展提供实践样本。

"万有引力"的目标,是所有"家站点"的共同方向。龙年春节,在黄浦老城厢豫园街道,"家站点"嵌入社区治理,让人大代表成为服务群众的"热心人"、示范引领的"带路人",温暖热闹的景象堪比豫园灯会。节假日里,外来务工家庭的父母依然工作繁忙,无暇照料孩子,怎么办? 豫园社区推出"情聚可爱里"自治项目,"家站点"里,黄浦区人大代表高莉莉为小朋友们带来一场老字号点心 DIY 活动,周旭代表在元宵节送上汤圆祝福,梅守真代表带领学校老师为孩子们提供"爱心助考"志愿服务活动,毛惠刚代表带领事务所律师为困难学子提供助学帮助,冯渊代表谱曲录制《情聚可爱里之歌》……人大代表以专业优势、丰富资源激发社区自治活力,凝聚起社区治理的万有引力。

10 年来,在上海,"家站点"服务内容不断拓展,延伸进楼宇、进园区、进景区、进"两新"组织,大力促进区域经济发展和能级提升;探索"家站点"与党建融合,强化代表的政治引领,确保代表联系群众工作的正确政治方向。

同时,"固定+流动""线上+线下"的组织方式,让"家站点"以高效率实现联系零距离、全天候。其中,"固定+流动"扩大联系覆盖面,一些区探索在各个固定点位之间嵌入若干个巡回联系点,甚至在旧改地块建立了"移动代表联络站"。"线上+线下"则提高了联系便捷度,各区推出"网上代表之家",以数字赋能,打造时时在线的沟通渠道,让代表可以常态化高效密切联系选民。

此外,"家站点"以高质量促运行、树品牌、见实效。5 757 个"家站点"因地制宜,挖掘资源,各显神通、百花齐放,架设为民服务的"连心桥"、当好社情民意的"枢纽站"、担当社会治理的"加油站"。

龙年新春,践行全过程人民民主,"家站点"将不断增强人大代表履职接地气的广度、察民情的深度、聚民智的精度、惠民生的力度,助推区域经济社会发展,凝聚共建共治共享的强大万有引力!

(2024 年 2 月 6 日,《新民眼》)

"开门立法"迎来更多"新时尚"

2024 年,市人大常委会成立 45 周年,上海地方立法也要 45 岁了。

45 年来,上海地方立法的一个鲜明特色是"开门立法"。

过去 1 年,市人大常委会科学立法、民主立法、依法立法,公众有序参与,形式生动活泼,践行全过程人民民主,"开门立法"也迎来了更多"新时尚"。

野保立法 科普达人"田野调查"

2023 年 6 月 20 日,市十六届人大常委会第三次会议表决通过《上海市野生动物保护条例》。

立法一大亮点:建立市野生动物栖息地制度。上海要成为生态之城,"野生动物栖息地"通向的,正是沙鸥翔集、鱼翔浅底、万类霜天竞自由的生态文明新景观。

野生动物保护,先要有了解,才会有行动。地方立法倡导栖息地野生动物保护的公众参与和志愿服务。这样的立法导向,要先在实践中尝试。立法前,市人大常委会向公众广泛征询立法建议和意见。2023 年 3 月 3 日,世界野生动植物日,上海市绿化和市容管理局邀请科普达人、市民公众,以各种方式走进野生动物栖息地,这是一次科普,也是一次立法实践。

在崇明东滩,"云观鸟",通过直播镜头,平时难以接触的东滩自然保护区核心区域就在眼前。在松江叶榭獐极小种群恢复与野放项目栖息地,市绿化市容局、市林业总站的工作人员和志愿者,一同探访生性胆小的上海"土著居民"——獐。人们协助维护监测设施,检查红外相机,更换电池,还种植了獐喜欢吃的黑麦草。

立法前的"特别探访",提高了专业人员对栖息地现状的了解,也让市民公众提升了自然保护意识,助力上海成为人与自然和谐共生的生态之城!

如今,城市考古有"citywalk",野生动物保护有"田野调查"。当严肃的立法以"田野调查"的方式走近公众,科普达人、野生动物爱好者以特别的方式参与地方立法,有益有趣,非常时尚!

立法联系点　续写"一千零一夜"

复兴中路 360 号,"淮海家",黄浦区淮海中路街道基层立法联系点,毗邻新天地商圈。"淮海家",故事多,人称"一千零一夜",先后参与多部法规草案的意见建议征询,上报各类立法建议近百条。

过去 1 年，"淮海家"续写"一千零一夜"。

"学生营养餐，能不能既符合营养标准，也可以让我们有比较多的选择？"

"学校实施健康教育，最好要有来自校外的检查监督，确保课时真的用于健康教育……"

2023 年，《上海市爱国卫生与健康促进条例（草案）》公开征求意见，在"淮海家"复三、复四基层立法信息采集点联合开展的意见征询会上，一群中小学生畅所欲言。

不只中小学生群体，"淮海家"立法建议征询加强辖区内基层立法信息采集点的"多点联动"，让更多居民群众、单位白领有序参与立法全过程。于是，除了线下"面对面"，线上意见征询深入到楼组、园区、企事业单位；社区楼组骨干、外来人员、区卫健委、曙光医院、上海交大医学院等医学、法律专业的人大代表共同参与，共收集到立法建议 68 条。

不只"淮海家"，众多基层立法联系点也都有自己的"一千零一夜"。

新天地、顺天村、恒隆广场、崇明岛上最西端的新村乡新浜村……从时尚到传统、从繁华到偏远，它们的一个共同点是基层立法联系点，全都有。

过去一年，在上海，基层立法联系点继续做好"民生晴雨表，立法智囊库"。就像"淮海家"一样，基层立法联系点"无门槛"，无论是外国人、外地人，还是上海人；无论是地方立法,还是国家大法;无论是立法前征询,还是立法后评估,只要愿意都可以"全过程参与"。如何参与? 不拘一格。最时尚的视频会议,也在基层立法联系点的意见征询中,一用再用!

开门立法　鲜活、生动、时尚

开门立法,全过程征集民意更具广泛性——从走进地方国家权力机关的立法模拟,到基层立法联系点的小型听证,精彩纷呈。

打造全球著名体育城市,上海需要一部怎样的地方性法规?《上海市体育发展条例》的酝酿过程,不一般。

2023 年 9 月 4 日下午,70 多名市人大代表、基层立法联系点代表、奥运和世界冠军运动员、世界马拉松大满贯选手、外籍"白玉兰奖"获得者受邀参加"走进人大"主题活动,在人民大道 200 号市人大常委会会议厅,就即将提请审议的《上海市体育发展条例(草案)》建言献计,为上海建设全球著名体育城市出谋划策。

模拟审议、立法听证、基层立法联系点收集意见……这都是不同形式的"开门立法"。

从 2001 年上海率先在全国举行首次立法听证会开始,每部与民生密切相关的地方立法听证,都是保留节目。20多年里,上海立法听证的形式,发生了不少变化。小型化、多样化、高频次、进社区、进基层立法联系点,已是常态。开进基层立法联系点的立法听证,不再是正襟危坐的,七八个居民,坐下来聊聊,立法者听听,真知灼见、思想火花,没准儿就迸发了,最起码,最鲜活的社情民意、最新潮的思想观点,能听到。

2023年,上海地方立法将这一传统发扬光大,将全过程人民民主演绎得鲜活、生动又时尚!

(2024年1月22日,上海两会报道)

科技强国之心、报国之志,热辣滚烫

"当前,全球激烈的科技竞争说到底是人才的竞争、教育的竞争。创新驱动的实质是人才驱动,科技强国的实质是人才强国!"

"我国新能源汽车正向着'电动＋智能＋生态'的智能网联汽车新时代全速前进,智能网联汽车已成为新能源汽车产业'下半场'竞争高地。"

"核工业是国家安全的重要基石,我国核领域要率先实现从跟跑到并跑、领跑的跨越,切实担负起支撑国家战略的历史责任。"

这些观点,来自上海代表团的全国人大代表,他们是大学校长、科技工作者、一线技能大师,言辞之间,强烈的科技强国之心、报国之志,热辣滚烫!

真投入长投入 实现高水平科技自立自强

2023 年,是全面建设社会主义现代化国家的开局起步之年，这一年之于丁奎岭个人而言也是全新的起点——当选十四届全国人大代表、履新上海交通大学校长。他说，国家使命与学校发展紧密联系，与有荣焉。

党的二十大报告，首次对教育、科技和人才进行一体化部署，极具战略意义和深远影响。大学，正是串联这三者的核心节点之一；人才与教育，既是科技发展的前提，也是创新发展的标志。

如何做好人才与教育工作，加快推进科技进步，从而实现高水平科技自立自强？

丁奎岭代表的答案是两个关键词：真投入、长投入。

他说，人才是最好的投资，要在思想上、行动上、资源上真投入。择天下英才而育之，聚天下英才而用之，要构建识才爱才育才用才的制度体系与生态环境，同时打造涵盖职业发展、子女教育、医疗保障、交通住宿的宜居宜业环境。教育是出人才、出成果的基石，要在战略上、政策上、举措上长投入。青年人才特别是科技领军人才的培养是一个日积月累、循序渐进的过程，鼓励培养模式改革，全面提高人才自主培养质量，为推动科技强国建设源源不断地输送扎根中国、面向未来的卓越创新人才！

突破"卡脖子"技术　占领智能网联汽车行业高地

"预估到 2025 年，我国智能网联汽车行业人才净缺口约为 3.7 万人，而 2025 年智能网联汽车涉及的相关专业高校本科生规模预计仅7 300余人,智能网联汽车行业人才供需不平衡情况日益凸显。"全国人大代表刘懿艳长期从事科技工作,观点颇为前瞻。

她说,汽车产业从工业2.0时代大步跨入4.0时代,行业形态从移动互联升级为产业互联,智能网联汽车行业从最初的应用软件场景开发,逐渐深探到底层操作系统、芯片等基础技术的研究、开发,对应人才需求的专业背景也从现有的以应用学科为主,逐步扩展到基础学科。

从现状来看,智能网联汽车行业基础学科人才数量少、底子薄弱,不利于行业往纵深和长期发展。针对芯片、操作系统、基础软件等智能网联汽车"卡脖子"技术,智能网联汽车行业需要不断涌现一代又一代的高精尖技术领军人才,突破技术瓶颈占领行业高地。其中,围绕"卡脖子"技术,支持数学、物理学、信息与计算科学、汉语言文学等基础学科领域的科学研究与人才培养,为关键战略领域输送高素质后备人才,尤为迫切!

国家"核科学日"　大力弘扬"两弹一星"精神

90后师延财,中国核工业建设股份有限公司高级技能大师,上海代表团最年轻的代表。

说起我国核工业发展史,他如数家珍。1958年9月27日,我国第一座实验性重水反应堆和第一台回旋加速器正式移交生产揭幕典礼隆重举行，开启了我国原子能事业的新纪元。半个多世纪以来，我国核工业逐步发展壮大，铸就了"两弹一艇"惊世伟业，创造了一个又一个奇迹，涌现出了以钱三强、邓稼先、王淦昌为代表的一大批科学家。"两弹一星"精神和核工业精神继承了以爱国主义为核心的民族精神，彰显了以改革创新为核心的时代精神。

师延财代表有一个心愿——每年的 9 月 27 日设立为国家"核科学日"，并以设立"核科学日"为起点，普及核能知识，铭记核工业创业初心，以奋进之姿永葆强核报国之志，以躬身之为锻造成事之功，共担祖国核事业这项光荣使命，共圆核强国这个宏伟梦想。

他说，设立国家"核科学日"，激励核工业人和核科学工作者敬业爱岗创新求索，教育广大青少年崇尚科学、热爱科学，让核能更好地造福人民大众，持续提升我国核能全球竞争力，续写我国核科技事业新华章！

（2024 年 2 月 21 日，全国两会会前报道）

人勤春来早

一群十来岁的 10 后"小记者",拿着话筒捏着笔,团团围住 90 后师延财代表。

昨天,上海代表团离沪赴京,代表们从上海展览中心集中出发,早到的师代表在大门口遇到了敬业的"小记者",10 后和 90 后的问答,开启了出发日的代表履职。

人勤春来早。观察上海代表团的履职风格,最鲜明的特色就是:勤奋、高效。

去年,全国人大代表在大会期间继续通过"云采访"向世界传递中国思考、中国声音、中国智慧——"云履职",这本身就是履职方式的一种创新。

面对镜头,上海代表团的代表们侃侃而谈。谈什么?议案、建议,或者大会见闻,都可以。"云履职"展现的,不只是履职方式的创新,更是洞察、见地和信心。

一年来,那些话题和观点,那些与之相关的议案和建议,推动了社会经济生活的新变化、新发展。

张义民代表说,一个村子、4个合作社,600多亩地的1/4必须种植粮食保障粮食安全,其他因地制宜,瓜果蔬菜都可以;但要扎实推进乡村振兴,特别是产业振兴,农村土地制度改革是重要突破口,既有利于缓解城市土地资源紧缺,也是推动产业发展、盘活农村资源要素的关键,因此建议加快推进集体经营性建设用地入市配套政策。

一年来,自然资源部制定并发布《集体经营性建设用地使用权出让合同》和《集体经营性建设用地使用权出让监管协议》示范文本,上海市闵行区即将支持启动试点,那些曾经看似无用的碎片化农村宅基地,也将因此焕然新生。

刘懿艳代表说,我国新能源汽车正向着"电动＋智能＋生态"的智能网联汽车新时代全速前进,针对芯片、操作系统、基础软件等智能网联汽车"卡脖子"技术,智能网联汽车行业需要不断涌现一代又一代的高精尖技术领军人才,突破技术瓶颈占领行业高地,为关键战略领域输送高素质后备人才,尤为迫切!

去年全年,我国新能源汽车产销量分别达到958.7万辆和949.5万辆,同比分别增长35.8%和37.9%;我国新能源汽车产销量占全球比重超过60%、连续9年位居世界第一位;新能源汽车出口120.3万辆、同比增长77.2%,均创历史新高。国家层面的智能网联汽车人才培养和发展规划,加强产学研融合、加快培养交叉学科人才和基础学科人才,已是大势所趋。

倪迪代表说,从厦门到好望角,在郑和下西洋的时代,郑和用一生跑了 7 次;如今我们一年可以跑 7 次!如此巨大反差是时代的进步、技术的发展,更是我国迈向海运强国的风向标;在全球范围内抢占发展绿色、低碳航运的先机,必须尽快明确技术路径,迅速形成并壮大产业规模。

今年 3 月 1 日,上海临港绿色航运促进大会上,临港新片区绿色航运产业联盟宣布成立。由临港新片区管委会、中国远洋海运集团、国家电力投资集团、上港集团、中国船级社、全球甲醇行业协会共同发起设立,加快国际航运业绿色低碳转型,促进产业链上下游交流合作,积极参与甲醇、氨等绿色新能源标准制订和技术研发,为上海港提升绿色新能源加注服务能力,培育具有国际眼光和全球视野的碳管理团队。可以预见,中国"低碳航运",长风破浪会有时,直挂云帆济沧海!

去年,十四届全国人大一次会议期间,上海代表团提交 13 件议案和 117 件代表建议。其中,13 件议案全部为立法案,涉及经济发展、城市建设、对外开放、社会治理、民生保障、民主法治等领域的立法和修法。这些议案、建议,凝聚了上海代表团的集体智慧。

明天,十四届全国人大二次会议开幕。上海代表团又将呈现怎样的履职风采,值得期待!

（2024 年 3 月 4 日,《新民眼》）

"盛会热词"照亮生机勃勃的春天

三月北京,故宫东华门城墙外,一树玉兰,含苞待放,酝酿着春天的朝气、活力与希望。

2024年3月11日,十四届全国人大二次会议闭幕。盘点两会新闻,新质生产力、"第二十条"在盛会中次第绽放,成为当之无愧的"盛会热词",照亮了生机勃勃的春天。

新质生产力,首次写进政府工作报告,也昭示了这个时代特有的朝气、锐气和进取心。

究竟什么是新质生产力? 最通俗的说法是,新,就是创新;质,就是质优,新质生产力就是高质量的先进生产力。

无疑,新质生产力是生产力质的跃迁,是以科技创新发挥主导作用,摆脱了传统增长路径,符合我国经济高质量发展要求的生产力,也是数字时代更具融合性、更体现新内涵的生产力。

从本质上看,新质生产力体现了高质量发展观。互联网、区块链、大数据、云计算……新技术风起云涌,催生了一批新业态、新事物、新模式，提升生活品质，改变生产方式，拉动经济社会高质量发展，巨大优势和巨大潜能，无可比拟。

事实上，新春伊始，中国外贸展现好势头。以电动载人汽车、太阳能电池和锂电池为代表的"新三样"，乘风破浪，扬帆出海，势不可当。"新三样"走俏海外，秘诀何在？全国人大代表、上海交通大学校长丁奎龄院士讲述的一个小故事，见微知著。不久前，他走访上海交大校友、宁德时代董事长曾毓群所在企业。丁院士问，为什么锂电池能做到全球最好？答复是，中国有非常强大的电化学基础研究，领先，得益于国内电化学的持续发展，得益于强大的基础研究支撑整个产业发展。

未来，大国竞争的核心是科技竞争。发展新质生产力，需要科技创新，需要战略定力，需要强大的基础研究和人才支撑。因此，新质生产力将涵养出独特的时代气质——全社会崇尚科学、尊重人才，担当实干、埋头苦干，始终保持自立自强、踔厉奋发的精气神！

"第二十条"，首次出现在两高报告中，昭示着法治中国守护、捍卫公平正义的坚强决心。

不久前，"第二十条"还只是春节大热电影。之所以大热，是因为，法，不能向不法让步；面对公平正义，虽千万人吾往矣，流淌在中华民族骨子里的血性、道义和朴素价值观，令人血脉偾张。

全国两会上，"第二十条"出现在最高法提交最高国家权力机关审议的工作报告中，这是国家对社会大众"朴素正义"的积极回应，是法治中国以"能动司法"捍卫公平正义的明确宣言，向全社会传递了崇尚法治、厉行法治、捍卫法治的强烈信号，有力彰显了中国特色社会主义司法制度的独特优势和治理效能。

数字时代，如何实现"第二十条"公平正义的价值取向？与之相匹配，是数字法院的打造。数字法院，不仅仅是技术变革，更是理念、思维、机制的根本性改造，通过综合运用大数据思维，实现司法领域重塑性变革——全面数字赋能、全程预警监测、保障适法统一、提升司法质效。这，也是中国式现代化所必需的法治体系和法治能力的现代化。

在上海，维护宪法权威，全面推动科学立法、严格执法、公正司法、全民守法，已是自觉实践。所有实践，所有创新，都旨在全面推进依法治国，切实维护宪法和法律权威。

今天，上海代表团的全体代表，圆满完成大会各项议程之后返回各自工作岗位，带着春天的朝气、活力与希望。

江南三月，草长莺飞。生机勃勃的春天里，撸起袖子加油干，不负韶华，不负春光！

（2024 年 3 月 11 日，《新民眼》）

跋：学习的态度和坚持的态度

（2014 年，全国人民代表大会成立 60 周年。2014
年 10 月 25 日在全国人大新闻报道研讨会上的发言）

各位领导、师长、朋友：

大家好！

我是新民晚报记者姚丽萍。非常荣幸，能在这里跟大
家聊聊与人大新闻报道有关的话题。

我想说说一个从事人大新闻报道 15 年的记者，该以怎
样的职业态度来对待人大新闻报道这件事。

学习的态度

2000 年，我从复旦大学中文系研究生毕业进入新民晚
报。报社出于对我的信任，让我承担人大新闻报道。

总编提出两个要求：第一，要做好人大新闻报道；第
二，要拿到全国人大新闻奖的一等奖。

我认为这是不可能完成的任务。首先，我的专业是汉

语修辞，不是新闻，我不会写新闻，更不会写专业性极强的人大新闻。其次，写人大新闻的记者不计其数，我怎么能拿到一等奖？

但是，别无选择，没有退路。

记得第一次去采访上海市人大常委会的法规审议，审议内容是一部经济类法规，委员们明明说的都是现代汉语，可是，我完全听不懂。

那之后的15年里，我写了很多人大新闻，单单在新民晚报发表的人大新闻评论就超过了100篇；并在最近10年获得8次中国人大新闻奖一等奖。

15年里，能发生这样的变化，是人大为一个愿意学习的记者，提供了很多学习的机会和平台。2003—2004年，我受上海市委宣传部和新民晚报派遣，在上海市人大常委会做了整整一年的驻会记者，熟悉了解了各个专门委员会和工作委员会的运作情况，密集学习与人大制度有关的知识常识。

那一年，让我明白，作为一名人大新闻记者就意味着要适应"终身教育"，大学教育训练了我们的学习能力，那么，把这种能力运用到人大新闻报道中，并且把它当成一种职业态度，是非常有益的。

坚持的态度

有一种很流行的说法，说新闻是易碎品，新闻记者是年轻人的行当,上了年岁,必然失去竞争力。

在我看来,这种说法比较片面。如果新闻真的易碎,为什么新民晚报老总编赵超构先生的《延安一月》可以流传至今?而我所见过的很多值得尊重的记者,都是有了一些职业经历,有了点年纪,能够在各个方面达到一个职业记者比较理想的状态。

那么,训练一名成熟的记者,究竟需要多长时间?

我说一个故事,或许可以回答这个问题。3 年前,我做了一个甲状腺结节手术。因为记者的职业习惯,住院期间,我观察过外科大夫们的手,给我留下了深刻印象,他们的手,的确与常人不同,灵敏而有力,透露着专心和专注的力量,那是长期职业操练的结果。医生告诉我,做一名成熟的外科医生,需要 15 年时间,经历成千上万例手术。

我希望记者也能有这样一双手,不只是会飞快的打字,而且能写出好看的、有思想有深度、有影响力的人大新闻报道。那么,记者从外行成为内行,究竟需要多少年?

我不能回答这个问题。但是,15 年里,我看到了与人大新闻报道有关的三个变化:人大新闻从每年大会期间才出现的"稀有品种"到如今的一年四季常态化的报道;从单一的消息或通讯到如今消息、通讯、深度报道、评论均有呈现;从读者受众感到陌生的"生面孔"到如今的"熟面孔"。

这些变化,令人欣喜。为了这些变化,坚持做人大新闻报道,也是一种职业乐趣。

时常遐想，80 岁的时候，遥想曾经的职业经历，能够莞尔一笑，心满意足。为了遥远的 80 岁，我很乐意以学习的态度、坚持的态度，探索更多角度，让严肃的人大新闻报道深入浅出，可读可议，喜闻乐见。

谢谢大家！

图书在版编目(CIP)数据

立法也时尚 / 姚丽萍著. --上海：文汇出版社，
2024.6. -- ISBN 978 - 7 - 5496 - 4274 - 8

Ⅰ.I253

中国国家版本馆 CIP 数据核字第 20248LJ807 号

立法也时尚

作　　者 / 姚丽萍
责任编辑 / 熊　勇
封面装帧 / 张　晋

出版发行 / 文匯出版社
　　　　　　上海市威海路 755 号
　　　　　　（邮政编码 200041）
经　　销 / 全国新华书店
排　　版 / 南京展望文化发展有限公司
印刷装订 / 上海颛辉印刷厂有限公司
版　　次 / 2024 年 6 月第 1 版
印　　次 / 2024 年 6 月第 1 次印刷
开　　本 / 889×1194　1/32
字　　数 / 200 千字
印　　张 / 11.5(彩插 2)

ISBN 978 - 7 - 5496 - 4274 - 8
定　　价 / 48.00 元